TRÊS MIL ANOS
DE POLÍTICA

TRÊS MIL ANOS DE POLÍTICA

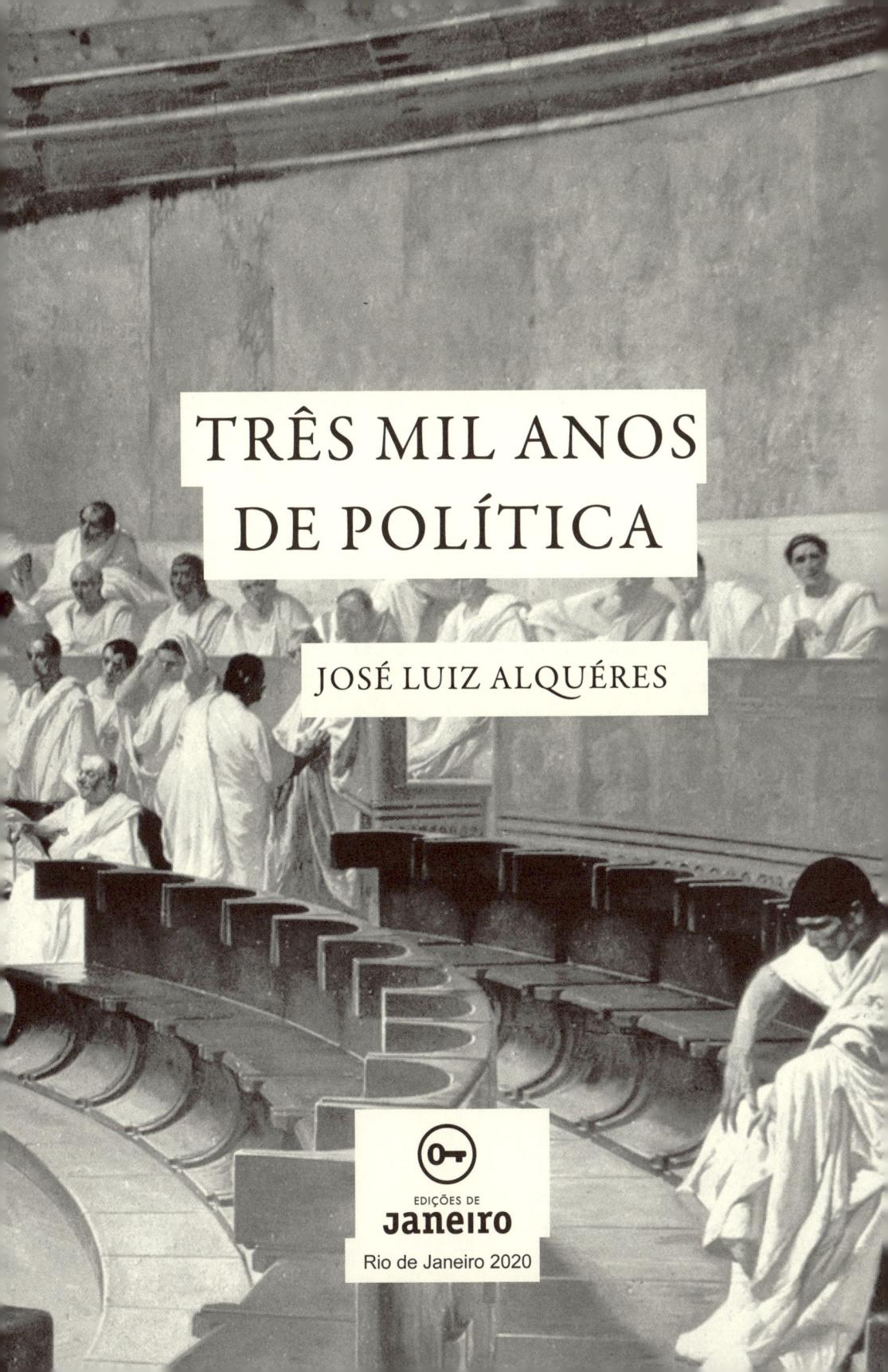

JOSÉ LUIZ ALQUÉRES

EDIÇÕES DE JANEIRO

Rio de Janeiro 2020

© 2020 desta edição, Edições de Janeiro
© 2020 José Luiz Alquéres

Editor
José Luiz Alquéres

Coordenador editorial
Isildo de Paula Souza

Produção executiva
Carol Engel

Copidesque
Marcelo Carpinetti

Revisão
Patrícia Weiss
José Duarte Reis

Projeto gráfico e Capa
Casa de Ideias

Imagem da capa
Cesare Maccari (1840 – 1919), Cícero Denuncia Catilina (1888)

CIP-BRASIL. CATALOGAÇÃO NA PUBLICAÇÃO
SINDICATO NACIONAL DOS EDITORES DE LIVROS, RJ

A461t

Alquéres, José Luiz
  Três mil anos de política / José Luiz Alquéres. - 1. ed. - Rio de Janeiro : Edições de Janeiro, 2020.

  ISBN 978-65-87061-01-6

  1. Ciência política - História. I. Título.

20-66635
CDD: 320.9
CDU: 32(091)

Meri Gleice Rodrigues de Souza - Bibliotecária CRB-7/6439

Todos os direitos reservados e protegidos pela Lei 9.610, de 19/2/1998.
É proibida a reprodução total ou parcial sem a expressa anuência da editora e do autor.
Este livro foi revisado segundo o Acordo Ortográfico da Língua Portuguesa de 1990, em vigor no Brasil desde 2009.

EDIÇÕES DE JANEIRO
Rua da Glória, 344 sala 103
20241-180 – Rio de Janeiro-RJ
Tel.: (21) 3988-0060
contato@edicoesdejaneiro.com.br
www.edicoesdejaneiro.com.br

Este livro é dedicado aos amigos Carneirão (*in memoriam*) e Paulo Antônio Carneiro Dias, que me acolheram no *Diário de Petrópolis* há quase quarenta anos, e à dedicada equipe de colaboradores deste icônico jornal petropolitano, no qual os capítulos deste livro vieram à luz.

AGRADECIMENTOS

IMPOSSÍVEL RELACIONAR TODAS as pessoas e todas as conversas, em grupo ou a dois, que me fizeram amar a política e procurar entendê-la. Assim, agradeço minha família, meus colegas da EPUC e do IFCS-UFRJ, meus mentores mineiros sábios, pernambucanos corajosos, paulistas práticos e gaúchos brigões. Afonso Arinos bem os definiu como estereótipos das mentalidades que constituem o homem brasileiro.

Este livro deve muito a Joaquim Falcão, Airton Flores, Mauro Barcellos, Paulo Born, José Carlos Sussekind, Paulo Rabello de Castro, Vera Albano, Carol Engel, Isildo de Paula Souza e José Hugo Campbell Alquéres.

Este livro também homenageia os jovens líderes empresariais Miguel Setas, os irmãos Ricardo e Maurício Perez Botelho e Cristopher Vlavianos, cujas atuações me fazem ter esperanças em relação ao futuro do Brasil.

Ao José Roberto de Castro Neves, agradeço o prefácio e inúmeras sugestões.

Naturalmente, omissões e erros são da minha exclusiva responsabilidade.

JOSÉ LUIZ ALQUÉRES

SUMÁRIO

PREFÁCIO JOSÉ ROBERTO DE CASTRO NEVES 13

INTRODUÇÃO 17

PARTE I A POLÍTICA NA ANTIGUIDADE 21
   1. A política ontem e hoje 23
   2. A China de Confúcio 26
   3. A política na Grécia 29
   4. Ainda sobre China e Grécia 32
   5. O desafio de manter o equilíbrio entre autoridade
       e liberdade 36
   6. Os intelectuais e a política 39
   7. A política na Índia: Kautilya 43
   8. O homem é a medida de todas as coisas 47

PARTE II A REPÚBLICA ROMANA 51
   9. A República Romana 53
  10. Esgotamento de um modelo político: as lições do fim da
       República Romana 56
  11. Uma reflexão: é inevitável que as democracias morram? 60
  12. Grandes pensadores do fim da República Romana 64
  13. Avanços e retrocessos na política 68

PARTE III — O IMPÉRIO ROMANO E A IDADE MÉDIA........71

14. O Império Romano...73
15. O fundamentalismo religioso como inimigo
    da democracia..75
16. Os reinos deste mundo, segundo Santo Agostinho 79
17. Pensamento político medieval...83
18. Religião e política: São Tomás e seu opositor,
    Marsílio de Pádua..87
19. A vitalidade na transição..90
20. Pensamento político no limiar da Idade Moderna............94

PARTE IV — A IDADE MODERNA..99

21. A Idade Moderna 101
22. A política e a Revolução Científica 105
23. Quando a política desceu do céu para a Terra 110
24. O hiato entre o progresso das ideias e
    o das práticas políticas..114
25. Antes das grandes revoluções 120

PARTE V — A CONSAGRAÇÃO DA DEMOCRACIA.............127

26. As grandes revoluções 129
27. Lições da democracia americana 133
28. A política a partir da Revolução Francesa.......................136
29. Monarquia constitucional..140
30. Parlamentarismo..144
31. Presidencialismo...147

PARTE VI — INDIVIDUALISMO E COLETIVISMO..............149

32. Regimes autoritários e totalitários....................................151
33. Marxismo...156
34. Fascismo e outros totalitarismos 160
35. Nacionalismo 164
36. Populismo..167
37. Patrimonialismo..170

38. Estado, mercado e empresas..................................174
39. Neoliberalismo e liberalismo social 178

PARTE VII A CRISE DA DEMOCRACIA 183

40. A crise da democracia 185
41. Violência e não violência 188
42. Os movimentos políticos de massa 192
43. Racismo e discriminação 196
44. A democracia e suas doenças............................200

PARTE VIII O FUTURO DA POLÍTICA NO MUNDO QUE SE GLOBALIZA........................205

45. Primeira razão para esperança: as mulheres na política e a sustentabilidade serão os impulsionadores do humanismo do século XXI.............................207
46. Segunda razão para esperança: a emergência de bons políticos, bons eleitores, bons sistemas e práticas políticas.....211
47. Terceira razão para esperança: a reabilitação da moderação na política 216
48. Conclusão: sem participação ampla da população na política não há solução.......................................219

POSFÁCIO 225

ÍNDICE ONOMÁSTICO 227

PREFÁCIO

Vamos falar sobre política?

> [...] vão tratar dos assuntos de Estado, pois é o que fazem todos, quando se aproxima uma revolução.
> Shakespeare, *Ricardo II*

PARA OS GREGOS, os *inventores* da democracia, *idiota* era aquele cidadão que não se importava com a política, com a discussão das coisas comuns, preferindo ocupar-se apenas dos seus interesses particulares. Entendia-se como um dever do cidadão participar da administração pública, manifestando sua opinião sobre os destinos da comunidade. Agir de forma indiferente à coisa pública era um egoísmo, um ato estúpido, próprio a um idiota.

Platão, nessa mesma linha, registrou que quem não gosta de política será governado por quem gosta. Essa verdade vem sendo repetida de variadas formas. Eis a grande vingança aos alienados.

Assim, seja apreciando o tema como um dever cívico, seja como uma forma de se proteger dos exageros dos donos do poder – e não viver como mero integrante de um gado conhecer, refletir, discutir e participar da política é fonte de inúmeros proveitos.

Três mil anos de política, de José Luiz Alquéres, o livro que aqui se tem nas mãos, é um presente ao leitor. O culto e elegante autor apresenta de forma leve, como uma gostosa conversa, a história do pensamento político desde a sua origem na China e na Grécia, passando pelos romanos, a Idade Média, a Idade Moderna e os acontecimentos mais contemporâneos, como o fenômeno do nacionalismo, os modelos totalitários e o neoliberalismo, entre outros. Nada fica de fora.

O nosso caminho sofreu muitos percalços. Foram erros e acertos. Houve desvios que acabaram em profundas tragédias, como, para citar um exemplo, o nazismo, que permitiu o Holocausto. Como fica claro em *Três mil anos de política*, erros e acertos do passado apenas podem ser evitados se refletirmos sobre a história.

Muito mais do que relatar fatos, ele nos apresenta, de forma objetiva, sua inteligente perspectiva do movimento dos pensamentos políticos, com sua corajosa e franca crítica. O texto conta a história com fluidez. Prende o leitor. Faz melhor: conta a história.

Possivelmente influenciado pela rica formação do autor, *Três mil anos de política* possui a valiosa qualidade de narrar os acontecimentos a partir de seus protagonistas. As ideias e movimentos políticos não surgem do azul, sem um propósito específico, mas, antes, de homens, sob circunstâncias que se encontram narradas neste delicioso livro. A abordagem não poderia ser mais eloquente. Afinal, a política é uma atividade essencialmente humana e só se justifica nesse contexto.

Alquéres nos empolga com figuras incríveis, como Platão, Santo Agostinho, Spinoza, Montaigne, Hobbes, Marx, entre muitos outros. Fica claro que a história da política é também a história da humanidade.

Depois de nos conduzir pela trajetória do pensamento político, o autor apresenta os temas que dominam a atual discussão política, como a crise da democracia e os efeitos da globalização. Tópicos atuais, que marcam a ordem dos nossos dias. Ao fim, o inspirado autor cuida do futuro da política, com seus novos desafios, como a necessidade de garantir maior inclusão e representatividade.

José Luiz Alquéres cumpre perfeitamente a tarefa de construir essa lúcida exposição. Quem o conhece sabe de suas inúmeras virtudes.

PREFÁCIO

Engenheiro de formação, mas, por vocação, um iluminista, acumulou sucessos por onde passou. Como gestor, ocupando cargos de comando em grandes empresas do país, ele sempre deixou sua marca de correção de propósitos e sensibilidade. Exemplo de *homo faber*, Alquéres dedica parte de seu tempo a inúmeras instituições filantrópicas e de incentivo cultural, como a Sociedade de Amigos do Museu Imperial, o Museu Histórico Nacional, a Casa Stefan Zweig, entre outras. Por onde passou, fez diferença positivamente – o que explica sua legião de amigos e admiradores.

Apaixonado por literatura, o intelectual Alquéres promove com êxito a disseminação de cultura, o que faz de diversas formas, inclusive por meio da edição de primorosos livros – tornou-se um respeitado editor –, que tanto contribuem para o desenvolvimento do país.

Toda essa extraordinária bagagem de vida autorizou Alquéres a produzir *Três mil anos de política*, que seguramente se transformará numa pérola na nossa biblioteca, excelente fonte de conhecimento.

O trabalho também merece ser visto como uma candente manifestação de apreço aos valores democráticos. Corretamente, conclui-se que não há uma solução viável para a nossa sociedade senão pela ampla participação política de todos. A legitimidade de um governo, aponta o escritor deste livro, apenas existirá com a chancela da população. Isso, claro, demanda consciência, desenvolvimento de espírito crítico, o que começa com a obtenção de informações relevantes – exatamente o que a leitura deste livro propicia.

Com a privilegiada inteligência de seu autor, *Três mil anos de política* demonstra que discutir política não se limita a criticar esse ou aquele administrador público, ou se declarar de direita ou de esquerda, liberal ou conservador, ou, ainda pior, defender apaixonadamente este ou aquele político, como se estivéssemos tratando de um time de futebol. Falar sobre política é discutir sobre o caminho da nossa sociedade, de como atingir nossos objetivos enquanto Estado organizado, de como aprimorar o nosso país.

Possivelmente, a única forma de corrigir um Brasil tão desigual, lamentavelmente marcado por abismos sociais e pela falta de oportunidade, é falar sobre política, entendendo-a como um movimento histórico, um caminho pelo qual devemos trilhar.

Esse caminho passa, também, por *Três mil anos de política*.

Rio de Janeiro, julho de 2020

José Roberto de Castro Neves
Advogado, mestre pela Universidade de Cambridge e doutor pela UFRJ. Autor de livros de Direito e editor de seletas sobre Shakespeare e temas atuais.

INTRODUÇÃO

Este é um livro sobre política. Ideias políticas, pensadores, experiências, revoluções; enfim, um panorama do que de mais importante ocorreu neste campo nos últimos 3 mil anos.

Procuramos identificar um fio condutor dos fatos que se sucedem. Assim, a política é vista em sua associação com o progresso das ideias da filosofia, da sociologia, da economia e no contato com a mentalidade vigente em cada época.

O texto evidencia que neste campo existem avanços e retrocessos. Muitos dos retrocessos se devem ao desconhecimento do que já se viveu anteriormente, do que foi tentado, mas não funcionou. Por isso, o livro tem um propósito construtivo em relação ao futuro: tornar mais suave a evolução da prática política, muito frequentemente associada a episódios violentos e sangrentos, por mero desconhecimento da história.

Os capítulos do livro nasceram em 2018 como artigos semanais, publicados na coluna dominical no *Diário de Petrópolis*. Por essa razão, existem remissões e analogias entre situações atuais e históricas, um imperativo que a imprensa diária exige, mas que nos faz valorizar o quanto estudar o passado ajuda a explicar o presente e prevenir danos futuros.

Estamos participando de um momento peculiar da história do mundo. Um parto está em curso. Uma época das comunicações instantâneas entre todos os habitantes, de associações supranacionais, de maior preocupação com a redução das desigualdades entre as pessoas e entre as regiões, de novas pandemias.

Conhecer a história política tornou-se oportuno e, embora conduzido como uma longa conversação, omitindo coisas importantes a bem da concisão, imaginamos que este texto possa colocar em sintonia com a política um público que normalmente não procuraria entendê-la. E mais, julgamos que assim criamos as bases para que o seu exercício resulte em algo mais positivo para a sociedade.

O livro está estruturado em oito partes: A Parte I aborda a política na Antiguidade, no Ocidente e no Oriente. Como se pode constatar, muitos temas ainda atuais já estavam presentes. Tais discussões abrangiam a visão do homem e suas expectativas em relação à vida. A ordem religiosa era um aspecto fundamental na ordem terrena.

A Parte II explora aspectos da grande experiência da República Romana, instituição que por quinhentos anos ofereceu certa alternância de poder e crescente ampliação de representação popular no governo, mas que acabou absorvida pelo conceito tirânico do império ou, para sermos modernos, um imperialismo de coalizões.

A Parte III mostra a política no longo período do Império Romano e da Idade Média, mais de mil anos. No início, trazemos o pensamento agostiniano sobre as duas cidades: a de Deus e a dos homens. Fica evidente que o envolvimento da religião com política compromete a evolução de um pensamento político saudável e livre, o que aponta para a necessidade da laicização do Estado. A tentativa de racionalizar a crença religiosa produzida por São Tomás encontra a oposição de Marsílio de Pádua e de Guilherme de Ockham. Enquanto isso, o fracionamento do império em centenas de feudos modifica bastante as relações políticas.

A Parte IV apresenta o iluminado período da Idade Moderna, durante o qual a Reforma, o Renascimento e a Revolução Científica mudam de vez a cabeça dos homens, no que se costuma hoje chamar de Ocidente, resgatando importantes conceitos da Antiguidade clássica pré-socrática e colocando a razão no centro das decisões. No final desse período, acontece a grande ruptura com a ordem política absolutista, da qual emerge com força o Romantismo alemão, que seduziu até

Napoleão Bonaparte. É o período de formação do Estado-nação na Europa e dos impérios coloniais.

Na Parte V exploramos o papel das grandes revoluções americana e francesa e dos modelos básicos de governança que delas emergiram: a monarquia constitucional, o parlamentarismo e o presidencialismo – os três consagrando a democracia, que veio a se espraiar por boa parte do mundo.

Na Parte VI procuramos sumarizar as principais ideologias que desde as grandes revoluções tem procurado dominar os regimes políticos em alguns países. Frequentemente se arvorando a defender direitos do povo, a sedução pelo poder absoluto marca a maioria deles.

A Parte VII procura trazer um retrato de ameaças à democracia, conforme a leitura que fazemos dos acontecimentos da atualidade. A democracia está em crise e nos cabe lutar pela sua sobrevivência.

Alguns dos motivos para termos esperança na vitória nessa luta são analisados em três dos capítulos da Parte VIII. As razões para esperarmos um futuro positivo vem da própria história, como sugere a conclusão deste livro.

Em 8 de maio de 2020, ano da pandemia da Covid-19.

José Luiz Alquéres

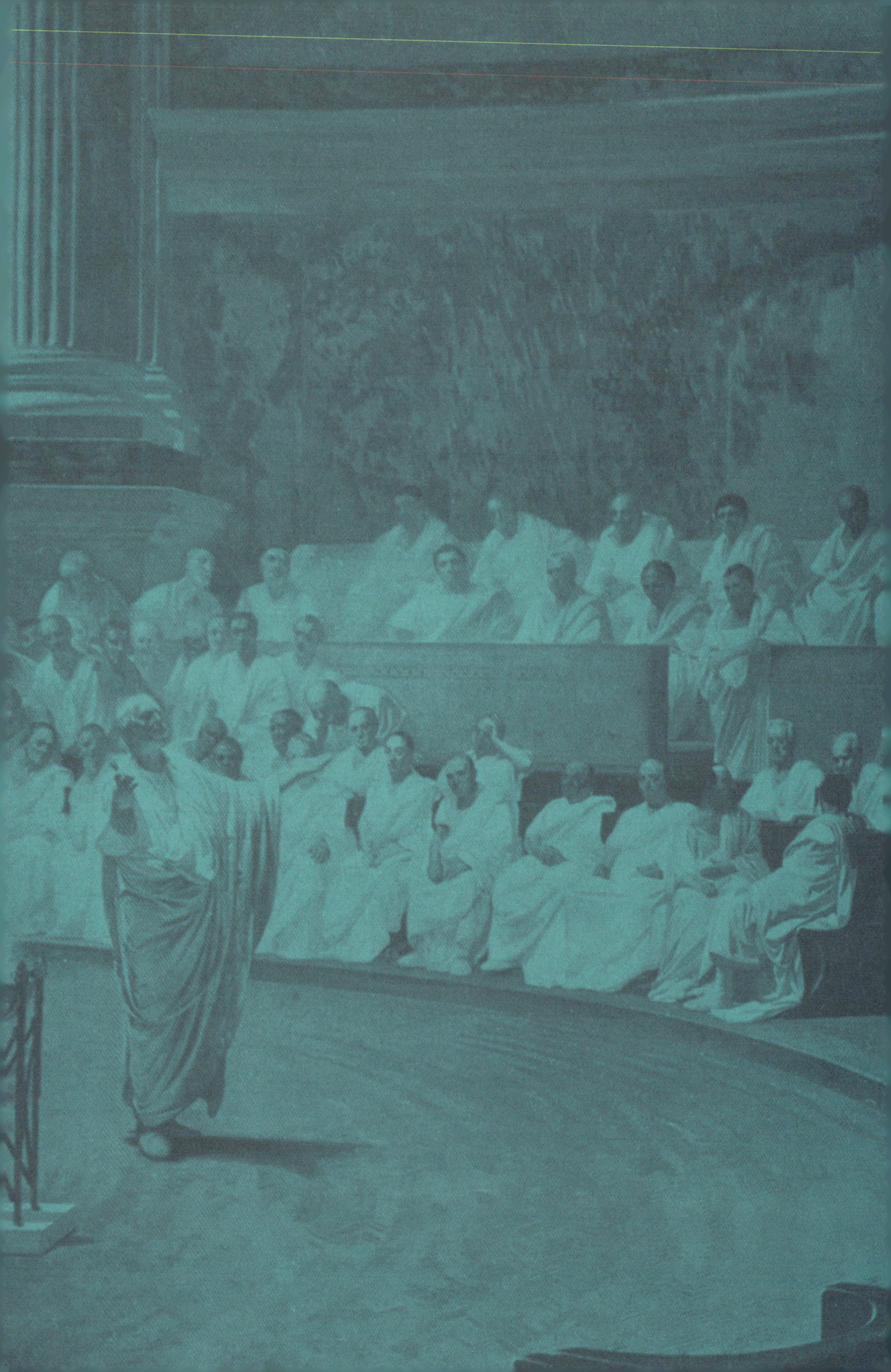

PARTE I

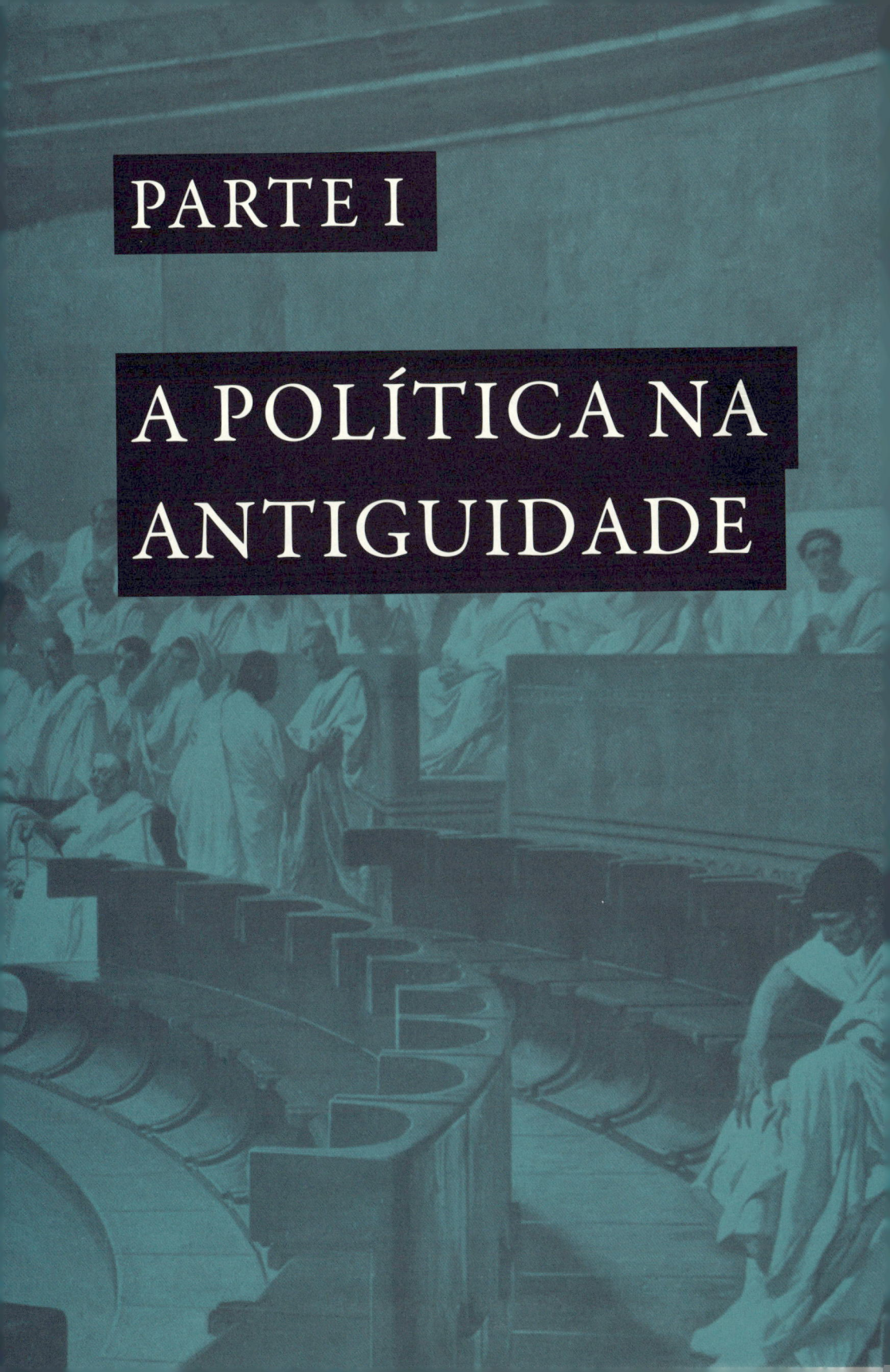

A POLÍTICA NA ANTIGUIDADE

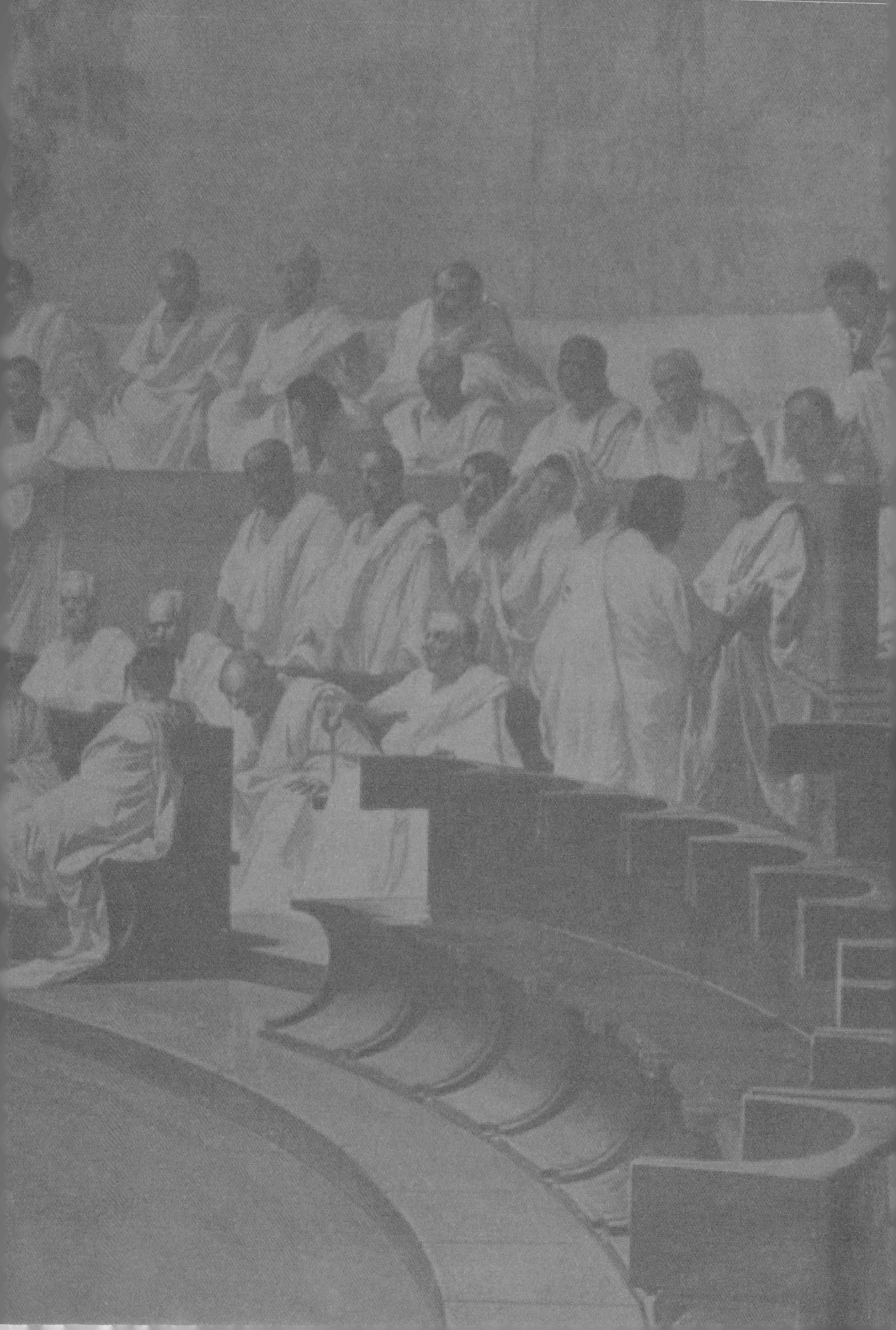

1
A POLÍTICA ONTEM E HOJE

DESDE QUE O MUNDO é mundo, a política é uma das mais constantes preocupações dos homens. Longe de ser um problema pontual que ocupa a cabeça das pessoas em época de eleições, ela coloca em debate permanente a vida em sociedade, a estrutura do poder e os limites da liberdade individual.

Seu desafio é de estabelecer e fazer cumprir o limite razoável de restrições à liberdade individual a bem da ordem pública. Política vem de *polis* – palavra grega para definir *cidade*. Viver na *polis* é viver em uma grande comunidade, o que implica em deveres e restrições para que todos possam exercer um amplo leque de direitos.

Cultura política aparece na literatura desde os seus textos mais antigos, em particular, em dois deles: a Bíblia e a *Ilíada*, cujas primeiras versões escritas datam do século 7 AEC (Antes da Era Comum).

A Bíblia sugere um modelo de governo a partir da ordem ideal do *céu*, onde há Deus, o Todo-poderoso, que tudo enxerga, tudo sabe e tudo comanda. Mesmo ele enfrenta uma revolta de espíritos maus que, ao serem vencidos, são expulsos do ambiente celestial e condenados a viver eternamente fora dele, sob o comando de Lúcifer, o líder derrotado. Céu e Inferno, ambos governados autocraticamente, como governavam os faraós do Egito, os reis da Assíria, e outros reis no conturbado, desde aquela época, Oriente Médio.

Esse modelo celestial centralizado era uma projeção do que ocorria no governo de tais povos liderados por figuras paternais, provedoras das necessidades de seus súditos. Os regimes absolutistas no passado eram legitimados por "outorga divina do mandato", pela qual os reis assumiam o governo. Hoje, os regimes autocráticos subsistem como fenômenos de massa, amparados no populismo ou na repressão.

O outro texto para nossa reflexão é a *Ilíada*, poema da Grécia Clássica atribuído a Homero,[1] cujas versões mais antigas são contemporâneas à Bíblia, embora o primeiro texto padrão remonte há apenas 560 AEC. Nesse poema, que trata de uma guerra entre gregos e troianos, os habitantes de Troia, cidade asiática na entrada do estreito que liga o Mediterrâneo ao mar Negro, há frequente evocação ao Olimpo, morada dos deuses gregos. Esses deuses são habitualmente convocados para assembleias nas quais Zeus, o líder de todos, tenta, em geral sem sucesso, coordená-los e impedir que intervenham nos negócios humanos. Ora ele ouve um lado, ora ouve outro, faz vista grossa e protela suas decisões... Como se vê, mesmo o poderoso Zeus agia de forma bem humana.

Tão característico do estilo das assembleias do Olimpo é o julgamento mencionado na *Ilíada*, com tentativas de compra do juiz. Uma realidade que infelizmente conhecemos bem. Um exemplo disso está na origem da Guerra de Troia: o famoso julgamento de Páris, príncipe troiano, que se vê instado por três deusas a julgar qual seria a mais bonita. As três tentam suborná-lo oferecendo diferentes dons. Hera oferece o poder. Atena a sabedoria. Afrodite, que foi a vitoriosa, ofereceu o amor.

Ao optar pelo amor, e se apaixonar por Helena, que era casada com um rei grego, Páris se vê na contingência de raptá-la e levá-la para Troia. Os gregos, revoltados, vão à guerra e, ao final, acabam vencendo os troianos – naturalmente com a ajuda das duas deusas preteridas no julgamento – e levam Helena de volta.

---

1 O nome Homero é atribuído a um poeta da Grécia Clássica, tradicionalmente considerado autor dos poemas épicos *Ilíada* e *Odisseia*. Contudo, devido à ausência de relatos históricos que provem sua existência, ele é visto hoje pela maioria dos estudiosos como um autor fictício, cuja obra é o resultado da reunião de contos orais que circulavam pela Grécia ao longo de séculos.

As duas narrativas – a da Bíblia e a da *Ilíada* – ilustram o contraste entre os dois *céus*, o do poder absoluto e o do poder compartilhado. Contrariamente aos impérios, nos quais nascem ou são aplicadas as concepções centralizadas da ordem celeste, a Grécia é o berço da democracia e, desde a Antiguidade, das assembleias, da eleição periódica dos governantes e dos variados conselhos de representantes. Vemos também ali todas as chicanas que os jogos do poder trazem. A corrupção dos processos, que, por sinal, também é registrada na Bíblia, é a prova mais eloquente da dificuldade de se conduzir com lisura a vida pública.

O mundo grego era formado por mais de mil cidades-Estado, cada qual com seu governante e seu sistema de poder, e muitas com governantes eleitos – dentre elas, algumas repúblicas, um sistema que põe em prática o conceito de democracia.

Estando presente em todas as formas de governo, uma questão desafiante para todos regimes tem sido como traçar um limite entre a liberdade individual e a autoridade pública.

2
A CHINA DE CONFÚCIO

O MUNDO GLOBALIZOU-SE com o progresso das telecomunicações. As notícias e informações de qualquer região são disponíveis instantaneamente. Quando não era assim, partes enormes do planeta ignoravam a existência de outras, iam criando seus modos de vida e progredindo de forma desigual à luz de condicionantes econômicos, sociais ou geográficos.

Já vimos como em dois antigos textos da literatura ocidental a questão política aparece claramente. Na Bíblia, sob a forma da organização do céu, morada de Deus que detém os mais absolutos poderes. Na *Ilíada*, de outra forma. Em sua morada no Olimpo, os deuses interagem em assembleias e vivem suas intrigas, paixões e dubiedades.

Em torno do Mediterrâneo, as sociedades, embaladas em tais crenças, iam reproduzindo esses ambientes celestiais em suas estruturas de poder ou, melhor dizendo, as sociedades terrenas inventavam um céu à sua imagem e semelhança.

No outro lado do mundo, uma sociedade diferente emerge na China, país vastíssimo no qual se assistiu a uma progressiva concentração de poder diminuindo a pulverização de reinados. Em certo momento da Antiguidade distante havia lá cerca de 10 mil reinos, os quais eram certamente apenas grandes tribos.

Confúcio[2] nasceu na China em 551 AEC, concomitante ao florescer da cultura da Grécia Clássica. Vocacionado para o estudo, embora tenha trabalhado em tarefas humildes no início de sua vida, ele vai reunindo seus ensinamentos e propondo uma prática política que até hoje predomina na China. Em sua época, os 10 mil reinos já haviam se agregado em apenas seis e a forma de governá-los era uma grande questão. Confúcio muito contribuiu para que, no processo de concentração de poder, fosse valorizada a importância do mérito dos homens e de seus conhecimentos.

Seus pontos fundamentais eram o governo laico, ético, no qual o poder do soberano seria hereditário e somente em condições excepcionais ele poderia ser afastado. O soberano deveria ser um homem capaz ou virtuoso, porque a sociedade seria baseada no exemplo – e o exemplo viria de cima, idealmente. Confúcio considerava-se um educador. Para ele, a mais nobre das atividades era a formação de homens melhores. Por isso, tinha um grande respeito pelo núcleo familiar.

Podemos dizer que a sociedade por ele preconizada seria dividida em três níveis: (i) o do soberano, ou *poder real*; (ii) o dos ministros conselheiros e grandes gestores públicos, que cultivariam basicamente os valores de lealdade e obrigações mútuas; (iii) e o do povo, que devia respeito absoluto aos seus superiores.

A frase de Confúcio "Governante deve ser governante, ministro deve ser ministro, pai deve ser pai e filho ser filho", constante dos *Analectos*,[3] mostra regras que reforçam a coesão social, a profunda estratificação social e o respeito à hierarquia, valores que presidiam aquela sociedade.

É a partir do século II AEC que o confucionismo e, mais especialmente, a sua resultante política – o poder de uma classe instruída para dirigir oficialmente o país – se impõe.

---

2 Confúcio foi um pensador e filósofo chinês que viveu entre 551 e 479 AEC. Para muitos estudiosos, é considerado o autor de *Os Cinco Clássicos: Livro das mutações, Clássico da História, Clássico da poesia, Clássico dos ritos* e *Os anais de primavera e outono*. O estudo desses textos é visto até hoje como leitura de referência dentro da cultura chinesa.

3 Texto doutrinal mais importante do confucionismo, os *Analectos* é o título de uma coletânea de aforismos atribuídos a Confúcio recolhidos por seus alunos.

No final de 2017, assistimos na televisão à cerimônia final do 19º Congresso Nacional do Partido Comunista da China, no qual 2.300 delegados, sem um único voto discordante, elegeram o presidente. Este tipo de solidariedade coletiva tem raízes milenares.

É preciso observar que, já no século XX, a penetração da ideologia comunista impôs certo ajuste no discurso, mas não mudou valores intrínsecos a essa sociedade. O presidente Mao,[4] conhecido como *o grande timoneiro* nos textos chineses, até hoje é uma espécie de patrono do Estado chinês, no qual são dominantes o culto à personalidade e a ausência da alternância no exercício do poder, o que o torna vulnerável à corrupção, ao nepotismo e à restrição às liberdades individuais. Existe, porém, a meritocracia, combinada com certa *aristocracia do poder*, na organização do quadro de gestores políticos na China.

---

4 Mao Tsé-Tung (1893 – 1976) foi um político chinês, líder da revolução que criaria a República Popular da China em 1949.

3
A POLÍTICA NA GRÉCIA

NA GRÉCIA CLÁSSICA, durante a qual conviveram uma diversidade de regimes – tirânicos, aristocráticos, militaristas, oligarquias e até democracias –, os filósofos frequentemente debatiam o tema da política. Em meio a essa realidade, Platão[5] escreveu alguns dos textos políticos mais antigos que se tem notícia. Nessas obras, ele reproduziu hipotéticos diálogos, dos quais participava Sócrates,[6] seu mestre.

Os diálogos de Platão, que contêm discussões de natureza política, são: *Teeteto*, *Sofista*, *Político*, e, especialmente, *A República*, considerado uma obra-prima sobre o tema.

Baseados em rigorosas pesquisas, os especialistas atuais demonstram que, em seus primeiros diálogos publicados, Platão divulga o pensamento de Sócrates, seu mestre, já que este não registrou sua obra por escrito. Contudo, à medida que ia encontrando receptividade e sucesso, Platão vai nos textos mais tardios colocando suas próprias ideias na voz de seu mestre.

---

5 Platão (427 – 347 AEC) foi um dos mais conhecidos e influentes filósofos do Ocidente. Fundador da Academia de Atenas, que teve Aristóteles entre seus alunos, ele também é considerado o principal responsável pela difusão do pensamento filosófico de Sócrates.

6 Considerado um dos fundadores da filosofia ocidental, Sócrates (469 – 399 AEC) foi um pensador atípico, pois não tinha o costume de transmitir seus estudos pela escrita, preferindo os relatos orais com seus alunos. Grande parte de seu pensamento chegou até nós em obras escritas por discípulos, principalmente Platão e Xenofonte.

O que Sócrates tinha de vivo, direto, leve e irônico, Platão, ao contrário, tinha de profundo, reflexivo e complexo, afastando-se do mundo real para o mundo idealizado. Daí o adjetivo platônico, usado hoje como imagem de algo meio etéreo, irrealizável, abstrato.

A *República* contém a visão de Platão de uma ordem ideal para o mundo, que, para ele, era o conjunto das *polis*, as cidades-Estado, unidades que compunham o mundo civilizado, cercado de regimes considerados bárbaros. A *polis* deveria ser, por excelência, o espaço da justiça. Em seu afã de perseguir a ideia de justiça absoluta, Platão vai progressivamente delineando os contornos de um Estado que aparece como inibidor da liberdade individual.

Em sua obra, esse pensador grego defende a legitimidade da escravidão, o que afastava dos direitos políticos mais de um terço da população da *polis*. Embora abra a possibilidade das mulheres ascenderem politicamente, Platão reconhece e exalta o papel dos homens como superiores a elas em qualquer atividade. Para ele, a maior parte das mulheres deve se limitar ao papel de criadoras da prole humana em casamentos escolhidos por critérios eugênicos.

Agentes políticos por excelência, os homens eram divididos em três categorias: os governantes, os auxiliares e os artífices, com enorme poder por parte dos governantes, que, por outro lado, não poderiam possuir bens e nem mesmo criar seus filhos. Todas as crianças deveriam ser cuidadas em *infantários* do Estado para que não se ligassem a seus pais e mães, mas, sim, tivessem lealdade só ao Estado – no caso, a *polis* –, supremo regulador da justiça e da vida em comum. O Estado tinha o monopólio da definição das virtudes, elencadas como sendo sabedoria, coragem, temperança e justiça.

Para poder realizar essa utópica visão, Platão propunha que o Estado fosse governado por reis-filósofos, cabendo aos diferentes membros da sociedade uma estrita conformidade aos papéis designados para que a harmonia do todo coroasse a perfeição desse Estado idealizado.

Tão antigas quanto a obra de Platão foram as críticas feitas a ela, especialmente pela defesa da eugenia, pela justificação da prática da mentira – desde que para a defesa do Estado – por propor o intervencionismo total, pelo desmonte da família em benefício da *polis* e pela censura à arte. A título de alcançar uma pretensa igualdade e um todo harmônico, sacrifica-se no altar da ordem o valor da liberdade e impõe-se ao indivíduo uma relativa anulação frente ao Estado.

Algumas das ideias de Platão guardam alinhamento com as de Confúcio no tocante à classe de mandarins e a de auxiliares, que são as classes que exercem a gestão do Estado. Contrariamente a Platão, todavia, Confúcio é um grande defensor da família, da hierarquia e do poder real hereditário.

A base do pensamento político de Platão derivava do que lhe foi legado por Sócrates, e aquele certamente o modificou segundo suas próprias convicções. Um dos aspectos limitadores de nosso conhecimento sobre Sócrates deve-se ao fato de ele nada ter registrado, chegando a nós através dos escritos de Platão, seu principal *porta-voz* para a posteridade. Há, porém, autores da época, menos célebres do que Platão, que, ao descreverem os ensinamentos de Sócrates, fazem com que vislumbremos um homem de ideias bem mais arejadas e calcadas na realidade das coisas. Segundo esses textos, diferentemente de Platão, Sócrates seria um pensador bem perto do mundo real, um entusiasta da vida participativa em sua cidade, próximo à arte e aos artistas, engajado na formação das pessoas de todas as classes sociais para a melhoria da vida urbana.

Talvez o texto mais contundente desta época em defesa da democracia é o chamado "Oração Fúnebre", de Péricles, discurso que ele fez em homenagem aos mortos de Atenas no segundo ano da Guerra do Peloponeso. Esse discurso consta da obra de Tucídides, o primeiro grande historiador *moderno* do mundo ocidental, e deveria ser do conhecimento obrigatório de todo político, de todo homem público.

Podemos ver que há dois milênios e meio, tanto no Ocidente como no Oriente, já discutiam questões políticas que permanecem atuais.

4
AINDA SOBRE CHINA E GRÉCIA

Os LIVROS QUE abordam a história do desenvolvimento político da humanidade usualmente se fixam no que ocorreu em uma parte do mundo. Em nosso caso, trata-se do Ocidente. Verificaremos, todavia, que a despeito da distância geográfica e cultural, a evolução do pensamento político guarda surpreendentes paralelos entre áreas geográficas extremamente distantes e das quais não há registro consistente de intercâmbios.

Na China do século V AEC, as ideias de Confúcio sistematizam as bases filosóficas de um pensamento com grande respeito à tradição, à hereditariedade e à hierarquia. Embora tenha passado dificuldades econômicas na juventude, Confúcio vinha de uma família bem situada do ponto de vista hierárquico em uma sociedade na qual o sentido de casta era forte.

Seu continuador foi o filósofo Mozi,[7] nascido nove anos após a morte de Confúcio. Carpinteiro de origem humilde, Mozi evoluiu de forma bem mais difícil e sempre por meio da experiência própria e de seu aprendizado com a vida. Assim, ele defende a elevação dos mais provados para a administração do Estado, sendo a conquista da aptidão aberta a todos que se aplicassem nos estudos e praticassem a virtude. Estas seriam as pessoas que poderiam aspirar a exercer a autoridade – e

---

[7] Mozi (*Mo Tzu*, 470 – 391 AEC) foi um filósofo chinês que viveu no período anterior à unificação da China.

não as que avocassem um direito derivado do nascimento. "A exaltação do virtuoso é a base do governo", pregava ele.

Mozi aprofunda as bases da valorização da meritocracia – tendo em sua própria história o melhor exemplo daquilo que pregava. Ele complementou as ideias de Confúcio.

Na Grécia, um pouco mais tarde, Aristóteles,[8] que iria se tornar o maior filósofo grego, começa a se destacar na Academia de Platão, em Atenas, onde se matriculou aos dezessete anos de idade e permaneceu por muito tempo.

Contrariamente ao esperado, Aristóteles não foi naturalmente apontado para suceder a Platão quando este faleceu. Viajou logo depois para se afastar da cidade e acabou sendo contratado por Felipe II,[9] soberano da Macedônia, como tutor do seu filho Alexandre (conhecido futuramente como Alexandre, o Grande).[10] Concluída a formação do pupilo, voltou para Atenas, onde fundou o Liceu, instituição rival da Academia.

Ao longo da expansão de seu império, que alcançou a Grécia, Egito, Norte da África, Pérsia, Afeganistão e Paquistão, Alexandre fundou várias cidades, focos de cultura grega que deram origem (após sua morte) ao helenismo, uma influência permanente no pensamento mediterrâneo no Oriente. Alexandre nunca se separava de sua cópia da obra *Ilíada*, paradigma do que seria sua vida: breve, violenta e corajosa, a exemplo do heroico personagem Aquiles.

Aristóteles é o filósofo que escreveu de forma mais abrangente sobre história natural, filosofia e todos os grandes temas da Antiguidade. Aqui nos interessa sua obra política, onde ele identifica seis tipos de governo.

---

8 Aluno de Platão, Aristóteles (384 – 322 AEC) se tornaria, ele próprio, um filósofo extremamente influente na cultura ocidental. Criador do Liceu, escola ateniense onde expunha seus ensinamentos, Aristóteles se notabilizou também por ter sido mestre de Alexandre, o Grande. A maior parte de seus escritos chegou à Europa através de traduções feitas pelos povos árabes.

9 Pai de Alexandre, o Grande, Felipe II foi rei da Macedônia entre 382 e 336 AEC.

10 Alexandre III da Macedônia (356 – 323 AEC), comumente conhecido como Alexandre, o Grande, ou Alexandre Magno, tornou-se rei com apenas vinte anos de idade, sucedendo a seu pai, o rei Felipe II. A dimensão atingida por seu império ao longo dos anos o tornaram uma das pessoas mais influentes de seu tempo. Alexandre ficou famoso também por ter sido aluno de Aristóteles durante sua adolescência.

Os governos ditos *verdadeiros* – que governam para o coletivo – são a monarquia, governo de uma pessoa, a aristocracia, governo de um grupo representativo de pessoas e a politeia, governo de muitas pessoas. Os governos ditos *corruptos* – que governam em interesse próprio dos seus membros – são a tirania, governo de uma pessoa, a oligarquia, governo de um grupo de pessoas e, por fim, a democracia, governo que exacerba o conceito de liberdade individual, mas que sempre acaba vítima dos demagogos que a administram, esvaziando o sentido da importância do bem comum.

Ele considerava a politeia – o governo de muitos em favor do todo – superior à democracia, pois o benefício coletivo é a sua tônica. Os instrumentos para isso, segundo ele, são as "boas leis", porque elas promovem uma "boa ordem". Ele reconhece, porém, que a democracia, ainda que falha, é superior à monarquia e à aristocracia.

Aristóteles considerava que a *polis* era o espaço natural do homem, animal político por natureza. Somente lá, vivendo em vizinhança com seus semelhantes, o homem se realizaria plenamente. Isso requeria uma *Constituição*, conjunto de leis voltadas a favorecer a realização de ideais de justiça, bondade, beleza e de disciplinar as relações entre os homens.

Nesta rápida pincelada entre as culturas políticas do Ocidente e do Oriente, é interessante notar que há semelhanças e diferenças. No Oriente, terra que politicamente se havia organizado sob a forma de grandes impérios, o pensamento político se volta para uma função educacional de formação dos dirigentes, orientada para as necessidades da organização burocrática de vastos Estados. É fácil entender que para a segurança do imperador, os conceitos de estabilidade, carreira, progressão e lealdade tenham adquirido grande importância. Mozi ensinava que com estudo e dedicação virtuosa haveria progressão para o indivíduo em seu serviço ao Estado. Já na Grécia e, depois, no mundo helênico, a ênfase é no desenvolvimento do pensar político no nível individual, do debate de ideias, da discussão do que é melhor. É a tensão entre obediência e disciplina de um lado e liberdade e iniciativa do outro.

Dizem que a decisão de Felipe II de partir para conquistar a Grécia foi tomada quando ele viveu anos como refém em Tebas. Ele teria observado que uma cidade que elege o seu general dirigente, seu *strategos*, com mandato de dois anos – geralmente em meio de grandes rivalidades e discussões entre filósofos e seus partidários – não estaria habilitada a resistir a um exército profissional, bem organizado, obediente a um comando único e insuflado para viver do saque e da pilhagem. Dito e feito. Após resgatado, foi para Macedônia, apoderou-se do trono do seu pai, montou seu exército profissional e conquistou parte da Grécia. Alexandre deu continuidade a tal tarefa e voltou-se para a conquista da Ásia, onde a concentração de riqueza era muito maior que nas dispersas cidades do Mediterrâneo.

No jogo político, o pensamento objetivo voltado para a conquista do poder pela força e sua manutenção certamente parece produzir mais resultados do que a discussão e a reflexão exaustivas, com pouca ação.

Conquistar o poder, porém, não pode ser o objetivo final da política, mas, sim, exercê-lo com probidade e espírito público. O ideal é combinar, na fase de conquista, o estudo, a reflexão, o exercício de bons valores e o emprego de ação enérgica. O respeito à diversidade, a preocupação em criar um ambiente alinhado entre governados e governantes e a tolerância devem reinar na etapa de manutenção do poder.

5
O DESAFIO DE MANTER O EQUILIBRIO ENTRE AUTORIDADE E LIBERDADE

PISÍSTRATO,[11] TIRANO DE Atenas, ordenou a sistematização do texto da *Ilíada* em 560 AEC. Da padronização da *Ilíada* até o início do Império Romano (cerca de 50 AEC) passamos ao longo de cinco séculos por diferentes regimes em cada uma das sociedades antigas: elas diferem por serem economias agrárias ou comerciais, rurais ou urbanas, terem fronteiras definidas ou serem nômades, terem exércitos profissionalizados ou não, além de terem crenças, religiões e costumes muito diversificados.

Há registros do que se entendia por política em antigos textos, tais como a Bíblia, a *Ilíada*, de Homero, a *Epopeia de Gilgamesh*, de autor desconhecido, *A República*, de Platão e nas obras de Aristóteles, além das ideias seminais de Confúcio, recolhidas por seus discípulos nos *Analectos*, e as obras do filósofo chinês Mozi.

Com toda diversidade que possuíam as sociedades que produziram aqueles textos, a preocupação comum de se notar em todas elas é o conceito de Ordem e sua aplicação. Vimos que ela pode ser uma ordem absoluta, autocrática, irrecorrível, como a de Deus na Bíblia, por exemplo, ou, ainda, mais *democrática*, como as assembleias de deuses do

---

11 Pisístrato (600 – 528 AEC) foi um tirano ateniense que governou essa cidade-Estado entre 546 e 527 AEC.

Olimpo, permeadas de idas e vindas nas tomadas de decisões. A questão da Ordem e como mantê-la nas sociedades humanas, os limites da autoridade legal, o monopólio legal da violência, o poder democrático ou o absolutista, são elementos que estão na essência de toda a discussão política até nossos dias.

Outro ponto a destacar é a desigualdade de direitos entre cidadãos ao longo de todo esse período. Há que se dizer que, mesmo nas sociedades ditas democráticas, segundo o conceito original clássico, havia discriminação, pois não se atribuíam quaisquer direitos aos escravizados, aos estrangeiros e aos membros de castas consideradas inferiores, sem falar da diferença de tratamento entre homens e mulheres dentro de suas próprias classes.

A respeito dos encarregados de manter a ordem, nos textos orientais há ênfase na necessidade de uma formação específica e ortodoxa das pessoas que a isso se dedicassem. Tarefa atribuível, portanto, a um grupo seleto e treinado de pessoas.

Por outro lado, nos escritos ocidentais, vemos a orientação voltada para a formação e aperfeiçoamento filosófico e cultural dos indivíduos. Nesse lado do mundo, haveria maior grau de liberdade de expressão e, também, o conceito de obediência irrestrita seria menos exigido.

No Oriente, a uniformidade, a busca de apenas *uma certeza* é predominante. Não é de admirar, portanto, que com o passar do tempo a expressão individual no Oriente perca bastante peso em relação à coletiva, contrariamente ao que observamos no Ocidente, onde as manifestações individuais, não só na política, mas também na arte, na filosofia, nos esportes etc. são bem mais expressivas. Quem acompanhou a abertura dos Jogos Olímpicos de Beijing e de Londres viu na China milhares de artistas em elaboradas coreografias executadas à perfeição. Na Inglaterra, vimos ícones individuais apresentando suas competências e carismas. Há séculos de cultura por trás de tais manifestações e não devemos estranhar os milhares de estudantes chineses no Ocidente procurando assimilar, no âmbito profissional, o conceito de inovação (frequentemente associado aos conceitos de criatividade e liberdade).

Em uma tentativa de síntese, podemos constatar que, observando a diversidade dos regimes políticos pelo mundo atual, se colocarmos em polos opostos a Autoridade e a Liberdade, encontraremos nesse intervalo países que representam diferentes graus de restrições à liberdades individuais. Quanto mais a Autoridade é presente e abrangente, mais *vigiado* é o indivíduo. Inúmeros estudos destacam que uma sociedade que abre mão da liberdade para ter a tranquilidade da Ordem, definida por uma determinada autoridade, acaba sob forte repressão, privando-se da liberdade.

A contraposição Oriente *versus* Ocidente aparece também na discussão do estado de direito, no qual a regra da lei é oposta aos regimes dos estados totalitários que, em nome do *bem coletivo*, arbitram aquilo que, em sua própria visão, convém para todos. Nestes últimos, é muito comum ouvir que os fins justifiquem os meios, ou seja, restrições à liberdade individual e promoção forçada de igualdades às custas de extermínios em massa são etapas necessárias de um caminho em direção ao objetivo das sociedades melhores.

O caminho político tem de ser percorrido com abertura, compartilhamento de informação e participação na vida política. Cada vez fica mais claro que restrições no exercício da cidadania e da livre circulação de informações, características de sociedades do passado, levam à implantação de uma ordem aberrante que destrói o que de mais peculiar qualifica o ser humano: a liberdade.

6
OS INTELECTUAIS E A POLÍTICA

O TÍPICO INTELECTUAL, QUASE SEMPRE participa do universo da política – desde que sejam outros a disputar eleições. Eles agem como *formuladores de ideias* (que os deixarão em evidência), mesmo que raramente sejam implementadas pelos políticos. Se, eventualmente, tais ideias vierem a ser adotadas e falharem, não se verá o *pai da ideia* se responsabilizar por isso. Rapidamente haverá uma desculpa para o fracasso e vira-se a página. É o que se viu com fascistas, integralistas, positivistas, comunistas etc. Em geral, o que os interessa é ter seu momento de *messias*, seus nomes e suas teses em evidência. Isso é mais do que satisfatório para a maioria, que hoje se abriga em universidades, centros de pesquisa ou mesmo em meios de comunicação de massa e circuitos que promovem conferencistas. É comum atrelarem-se a partidos políticos. Um ou outro, mais afortunado, torna-se a pessoa de referência, sempre chamada para comentar fatos políticos em alguma rede de mídia ou em blogs de notícia. Quanto mais seus nomes se tornam conhecidos do grande público, mais felizes estarão. Daí gravitarem perto do poder, elogiando-o ou denegrindo-o.

As convicções pessoais íntimas muitas vezes são secundárias no relativismo em que vivemos. Assim, deles não vemos autocríticas sinceras e denúncia de seus erros de percepção. Mais normal é frequentemente tentarem posar de infalíveis, ainda que reneguem de tempos em tempos o que antes louvavam.

São raros os casos como o de Albert Camus,[12] destacado romancista franco-argelino de meados do século XX. Camus teve a coragem de deixar o Partido Comunista, chocado com a divulgação das atrocidades e corrupção de Stalin.[13] O mais usual dentre os intelectuais é que se calem. Isso ocorre pelo temor do patrulhamento de colegas e ex-colegas de partido que estejam a serviço de uma causa política – ou por ela fanatizados ou cooptados. Camus foi intensamente combatido. Contemporâneo de Camus, Sartre[14] é dele o contrário: permanece preso à orientação soviética do Partido Comunista francês, negando a comprovada realidade dos fatos por mais um quarto de século, o que, para um homem reconhecidamente inteligente, não é prova de bom caráter. Naturalmente, era endeusado pela imprensa comunista.

A propósito, cabe aqui um paralelo entre um momento especial do passado e o que estamos vivendo no presente. Platão, já estabelecido com sua Academia e reconhecido como o maior filósofo de Atenas, é atraído para se estabelecer na cidade de Siracusa, na Sicília, onde havia sido alçado ao poder um jovem tirano chamado Dionísio.[15] Tal governante parecia aberto a se transformar no *rei-filósofo* que Platão preconizava em *A República*.

Embora não tenha se transferido de cidade de forma definitiva, Platão vai a Siracusa por três vezes ao longo dos dez anos seguintes. Ele acompanha com interesse o que se desenrolava por lá. Tinha a esperança de,

---

12 Abert Camus (1913 – 1960) foi escritor, filósofo, romancista, dramaturgo, jornalista e ensaísta francês nascido na Argélia. *O estrangeiro* (1942) e *A peste* (1947) são duas de suas obras mais famosas.

13 Nascido na Geórgia, Josef Stalin (1878 – 1953) foi um dos nomes de destaque no sucesso da Revolução Russa de 1917, ao lado de Lenin e Leon Trótski. Governou a União Soviética com mão de ferro de meados dos anos 1920 até sua morte, em 1953, impondo nesse período um radicalismo ditatorial que levaria à morte milhões de cidadãos soviéticos.

14 Jean-Paul Charles Aymard Sartre (1905 – 1980) foi um filósofo, escritor e crítico francês, principal representante do chamado existencialismo filosófico. Anos antes de publicar sua obra filosófica mais conhecida *O ser e o nada* (1943), Sartre já havia ganho fama com obras literárias como o romance *A náusea* (1938) e o livro de contos *O muro* (1939).

15 Dionísio II, o Antigo (397 – 343 AEC) tirano de Siracusa que estabeleceu um período de paz com Cartago. Seu gosto pela filosofia recebeu a atenção de Platão, que chegou a visitá-lo.

A POLÍTICA NA ANTIGUIDADE

na pior hipótese – caso falhasse na criação de um autêntico rei-filósofo – orientar Dionísio para que governasse com justiça e atento às leis. Tudo em vão. Dionísio deturpava aquilo que Platão transmitia e, com isso, reforçava seu caráter tirânico, camuflando-o com tintas filosóficas.

É digno de nota que, ainda hoje – contrariamente ao que fez Camus no século passado e também Platão há 25 séculos, repudiando o horror que se tornara Siracusa sob o regime de Dionísio – vemos intelectuais que defendem regimes totalitários ou corruptos, mesmo após a exposição pública das barbaridades cometidas, dos resultados adulterados e do seu legado tenebroso.

Em seu livro *A mente imprudente*, o professor da Universidade de Columbia Mark Lilla constata que Dionísios ressurgem ao longo da história. No século XX, nós os encontramos sob diferentes nomes: Lenin,[16] Stalin, Hitler,[17] Franco,[18] Mao, Fidel Castro,[19] Hugo Chávez[20] e outros. Eles existem em todas as variantes de socialismo, fascismo, comunismo... e sempre amparados pelo fanatismo religioso, corrupção ou populismo. Naturalmente, cercam-se de uma corte de intelectuais

---

16 Vladimir Ilyich Ulianov (1870 – 1924), conhecido mundialmente como Lenin, foi um intelectual e revolucionário russo, principal arquiteto da Revolução Russa de 1917. Grande defensor do marxismo, sua versão dessa teoria econômica é conhecida hoje como leninismo.

17 Adolf Hitler (1889 – 1945) foi um político alemão nascido na Áustria. A partir de 1933, Hitler torna-se dirigente do Partido Nazista, chanceler do Reich e, finalmente, Führer (líder) da Alemanha. Suas ideias supremacistas levaram seu país a deflagrar a Segunda Guerra Mundial.

18 Francisco Franco Bahamonde (1892 – 1975) foi um militar espanhol integrante do golpe de Estado de 1936 que daria início à Guerra Civil Espanhola. Assumindo o governo de seu país após a revolução, Franco tornou-se um ditador considerado cruel, responsável por dezenas de milhares de mortes de cidadãos opositores a seu regime.

19 Fidel Castro (1926 – 2016) foi um revolucionário cubano, líder do movimento que derrubou o governo do ditador Fulgencio Batista em 1959. Governou a República de Cuba como primeiro-ministro de 1959 a 1976, e, depois, como presidente, de 1976 a 2008. Defensor do marxismo-leninismo, o governo de Fidel transformou Cuba um Estado socialista autoritário e unipartidário, nacionalizando a indústria e os negócios.

20 Hugo Chávez (1954 – 2013) foi presidente da Venezuela entre 1999 e 2013. Inspirado pelas ideias comunistas de Antonio Gramsci, Chávez defendia a doutrina bolivarianista, afirmando promover um socialismo do século XXI em seu país.

filotirânicos, políticos radicais como McCarthy,[21] Le Pen[22] e outros, cooptando ainda as forças armadas.

O Brasil não foge a essa regra, tendo também seus modernos Dionísios. A nossa história é rica em exemplos de tiranetes e seu séquito de intelectuais orgânicos que procuram justificar as ações do líder, tentam fornecer respaldo ao inominável, derramando louvores a regimes que, na verdade, praticam o mal com a justificativa de que seu objetivo final é o bem. Precisam, certamente, ler mais sobre Platão ou Camus, e se pautar pela honestidade intelectual destes dois.

São poucos os intelectuais que têm a dignidade de reconhecer o quão importante é o respeito pela verdade e pela justiça.

---

21 Político norte-americano, Joseph Raymond McCarthy (1908 – 1957) foi senador pelo estado de Wisconsin entre 1947 e 1957. Fervoroso opositor do regime comunista, McCarthy iniciou nos anos 1950 uma intensa *caça às bruxas* política com o intuito de identificar simpatizantes desse regime, período que ficou conhecido como macarthismo.

22 Jean-Marie Le Pen (1928) é um político francês, conhecido por defender políticas radicais em seu país, entre elas, a volta da pena de morte e uma maior restrição à entrada de imigrantes na França. Foi condenado mais de uma vez por declarações de cunho antissemita, racista, xenofóbico, e de negação de fatos históricos como o Holocausto.

7
A POLÍTICA NA ÍNDIA: KAUTILYA

Desde que se iniciaram os movimentos migratórios da humanidade, há cerca de 100 mil anos, as necessidades práticas de cada sociedade pautam a forma pela qual se orientaram politicamente. As primeiras grandes concentrações de população ocorreram na Mesopotâmia, área que abrange o Iraque e o Kuwait, nos vales férteis do rio Nilo, no Egito, às margens do rio Indo, hoje parte do Paquistão, do rio Ganges, na Índia, e nos longos rios chineses.

Uma enorme população se tornou sedentária, estabelecida em regiões favoráveis à agricultura, em oposição ao nomadismo. Os sedentários, vivendo em economias pautadas por repetições de ciclos agrícolas e com a necessidade de proteger suas áreas de plantio, adotaram governos centralizados que pudessem tratar da segurança de várias aldeias, enquanto a maior parte da população trabalhava na produção. Essas sociedades possuíam a seguinte estrutura: boa parte das pessoas cuidava das terras, cultivando-as de forma servil; uma classe militar que servia para impor a obediência à população e, eventualmente, defendê-la ou defender o território de ataques externos e, finalmente, os nobres, sacerdotes e soberanos, classe mais instruída, no comando de tudo. A natureza despótica desse tipo de regime era a característica do modelo de organização das sociedades sedentárias, e a permanência dessa *estrutura* seu grande objetivo. Esse é o caso da Índia e da China.

Totalmente diverso é o exemplo das cidades gregas e das organizações sociais instaladas no continente europeu. Lá, desde o primeiro milênio Antes da Era Comum já floresce o espírito exacerbado de autonomia individual. As populações viviam em cidades pequenas, dedicadas ao comércio e à pirataria, onde a criatividade, a iniciativa e a igualdade entre os cidadãos eram cultivadas. Enquanto em geral as sociedades sedentárias possuíam deusas associadas à fertilidade, as sociedades nômades reverenciavam deuses masculinos e aguerridos, que as inspirassem na conquista de povos vizinhos.

Em razão de uma superioridade econômica nos séculos XIX e XX, houve a tendência entre nós ocidentais de nos fixarmos no conhecimento desenvolvido em nossa região e ignorarmos o resto do mundo. Em matéria de política, não é diferente. São raros os que estudam países orientais como China e Índia.

* * *

Já abordamos superficialmente a enorme contribuição de dois chineses, Confúcio e Mozi. O pensamento político de ambos se complementava e, ainda hoje, forma as bases de um modelo chinês de governar: poder centralizado, autoritário, uma classe formada para servir e administrar o Estado, predomínio do coletivo sobre o individual.

Na Índia, o grande pensador político da Antiguidade é Kautilya.[23] Vivendo entre os séculos IV e III AEC, quando o respeito ao ensino já era algo valorizado há séculos, Kautilya formou-se na Universidade de Takshashila, em Rawalpindi, no atual Paquistão, cuja fundação ocorreu em torno de 600 AEC (interessante notar: uma universidade já em 600 AEC). Ele é autor de uma obra de referência sobre a arte de governar.

Kautilya defendia um modelo político no qual o soberano deve estar cercado de ministros bem preparados para auxiliá-lo a governar. Esse

---

23 Estadista e filósofo indiano brâmane, Kautilya (370 – 283 AEC) foi primeiro-ministro do Império Máuria. É atribuída a ele a autoria de um tratado político clássico chamado *Arthashastra* ("a ciência do ganho material"), uma compilação de quase tudo que havia sido escrito até o momento na Índia a respeito do *artha* (propriedade, economia ou sucesso material).

corpo de ministros deve ser escolhido dentre aqueles que possuam formação universitária e estejam particularmente devotados à causa da prosperidade do Estado. Talvez ninguém nessa época seja tão enfático como ele em afirmar que o soberano não pode dar conta das inúmeras tarefas que exigem sua intervenção se não estiver auxiliado por ministros preparados e bem organizados em um Conselho. Só assim se teria um reino forte e administrado corretamente, segundo ele.

O pensamento de Kautilya embasou a arte indiana de governar com sucesso, a exemplo da dinastia Nanda e, especialmente, da dinastia Máuria que a sucedeu. Um aspecto da teoria desse pensador é a importância da informação, propondo a criação de um verdadeiro *sistema de informações*, mantido por uma rede de informantes e espiões.

Outro exemplo de uma percepção da importância da informação é observado na antiga cidade de Delfos, onde havia um famoso Oráculo para onde acorriam pessoas e políticos de toda Grécia. Esses queriam ouvir as previsões para o futuro emitidas por sacerdotes e sacerdotisas do Templo de Apolo, onde se localizava o Oráculo. Lá, o povo lhes endereçava suas perguntas e aguardava pelas respostas de inspiração divina. Tais respostas eram sempre dadas em linguagem figurada e por escrito. Pesquisas comprovaram recentemente que os sacerdotes do templo eram alimentados de informações colhidas pela maior rede de *espiões* da Antiguidade. Eram viajantes que estavam em trânsito permanente por toda a região e, assim, colocavam-se a par de tudo e poderiam municiar com boas respostas os questionamentos feitos ao Oráculo. Podemos, então, arriscar definir Delfos como um dos primeiros *think tanks*[24] de que se tem notícia.

Voltando à Índia e aos métodos empregados por Kautilya, podemos destacar seu sucesso na unificação dos dezesseis reinos que compunham aquele país na derrubada da cruel dinastia dos Nanda e, principalmente, na vitória sobre as tropas de Alexandre Magno, que ali encontrou adversário estrategista à sua altura e foi obrigado a retroceder.

---

24 Hoje em dia, *think tanks* são instituições dedicadas à pesquisa, produção de conhecimento e difusão de ideias e estratégias sobre assuntos vitais, sejam eles políticos, econômicos ou científicos.

Kautilya, tal como Confúcio e Mozi, além de reiterar a importância das qualidades pessoais do governante, enfatizava que governar é uma arte a ser estudada e apreendida na universidade. Contrariamente à nossa tradição ocidental, para a qual basta ser justo, ético e representativo, governar exige estudo e preparo específico. Lição ainda a ser aprendida entre nós. Raríssimos são os políticos que têm uma formação ou cursos em Administração Pública que os façam ter conhecimento minimamente razoável sobre temas de fundamental importância para o governante, tais como orçamento, controle, legislação, respeito ao mandato e aos representantes de outros poderes. É comum vermos o político profissional agindo por instinto, sem qualquer estudo ou fundamentação teórica, visando, em geral, a sobreviver e se perpetuar em sua posição privilegiada por meio de trocas de favores suspeitas. Infelizmente, um retrato frequente em nossa classe política.

8
O HOMEM É A MEDIDA DE TODAS AS COISAS

A FRASE NO título foi proferida há mais de dois mil e quatrocentos anos pelo filósofo grego Protágoras (490 – 415 AEC). De vez em quando, ela reaparece aplicada para usos diversos, como no célebre desenho de Leonardo da Vinci que representa o *homem de Vitrúvio*, um homem no centro de um círculo e de um quadrado com suas proporções *normatizadas*. Quando formulada por Protágoras, o seu significado era próximo ao da frase de Ortega y Gasset[25], este já no século XX: "O homem é o homem e sua circunstância".

Na política, a frase tem um significado especial. Sendo o homem a medida, a referência básica, a concepção que temos dele definirá a forma dos sistemas políticos que, respeitando sua diversidade, possam lhe proporcionar a plena realização.

É uma questão na qual se aguça o diálogo entre filosofia e política. Por exemplo: é o homem um animal intrinsecamente mau e que precisa ser conduzido à educação e à civilização por um processo de *domesticação*? De outra forma: é o homem naturalmente bom, mas alguns indivíduos desvirtuam-se e precisam ser domados ou excluídos da vida em sociedade?

Os fundamentos do pensamento político na Antiguidade oriental – China e Índia – baseavam-se na disposição humana de respeitar

---

25 José Ortega y Gasset (1883 – 1955), iniciador da Escola de Madrid (nome dado informalmente por Julián Marías a uma importante coleção de obras filosóficas publicadas na Espanha entre 1914 e 1936), é considerado o maior filósofo espanhol do século XX.

tradições e hierarquias, de obediência, respeito à família e ao soberano, na pequena mobilidade social entre castas e na valorização de uma classe dirigente profissional e virtuosa. Em suma, o homem era bom e deveria buscar certa uniformidade de comportamento dentro da sua classe social.

Do outro lado do mundo, no Ocidente, o pensamento era centrado na liberdade do indivíduo, na razão de cada um, na pluralidade de opiniões ser harmonizada pela discussão pública. Daí se chegou ao conceito de democracia. Segundo este conceito, as decisões impõem exaustivos debates prévios e muita interação entre pessoas. Era necessário que houvesse um foro de discussões e, sendo assim, viu-se na Grécia a construção de anfiteatros em praticamente todas as cidades. É também consequência desse modelo a necessidade de impor transitoriedade ao poder. Não combinava com a essência da democracia a existência de um soberano tirânico ou a falta de alternância no poder, fonte das maiores corrupções e distorções.

Há, porém, um flanco vulnerável nesse modelo de democracia, como bem notou Felipe II, da Macedônia. Este soberano formou um exército profissional e conquistou a Grécia inteira. Questionava ele como era possível para os gregos quererem segurança e manutenção de poder enquanto seus homens públicos se perdiam em longos debates a cada ano para escolher um comandante para as *polis*. E mais: o processo de discussões seria retomado periodicamente, já que havia um período definido para o exercício do mandato. Não fazia sentido para o macedônio.

O modelo democrático republicano grego não produziu grandes exemplos de continuidade, ao contrário da República Romana, que durou cerca de cinco séculos. Esta adotou uma fórmula evolutiva, reconhecendo a dinâmica da ascensão social da plebe e acomodando-a na ordem política. Os plebeus conquistaram progressivamente mais direitos. De início, o de ter a sua assembleia composta por tribunos do povo. Tal assembleia nasce com o papel de fiscalizadora e observadora, mas acaba ao final de dois séculos se tornando a formuladora das leis. Ao Senado, aristocrático, cabia discutir e aprovar as leis. De início, ele era restrito às famílias tradicionais, acolhendo mais tarde também pessoas de origem plebeia que se distinguissem pelo poder ou pelo dinheiro.

A POLÍTICA NA ANTIGUIDADE

Por fim, em vez de soberanos havia os cônsules, eleitos pelo Senado com mandatos de um ou dois anos, tendo funções civis, religiosas e militares. Era, portanto, uma composição entre as duas formas – democráticas e oligárquicas – e acabou desembocando no Império Romano. Os imperadores, todavia, tentaram inicialmente evitar parecerem-se com *reis*. Face à repulsa que este nome evocava frente ao povo, preferiam o título de primeiros-cônsules.

Enquanto isso, no Oriente, após três séculos de confucionismo, há uma crise de governabilidade pela reação das populações a terem de se sujeitar ao regime que lhes era imposto. Nesta China instável, surgiu a escola de pensamento dita legalismo, de Han Fei[26] e outros. Seu pressuposto era a indisposição natural do homem para viver com ordem e obedecer. Querer que o homem estabeleça seu limite de liberdade era algo visto como ruim e contra o regime! Implantou-se, então, um regime de punições severas para quem descumprisse leis pensadas para o benefício coletivo. Estabeleceu-se a função repressora do Estado. Obviamente, tratava-se de leis estabelecidas por eles, os filósofos, mandarins e classe governante. Não se aceitava a visão confucionista de bondade inerente ao homem. Nesta fase, a lógica presumia que o homem era mau e que precisava de controle.

Mais de 2 mil anos depois, no século XVII, veremos que Locke tem pressupostos sobre o homem semelhantes aos de Confúcio, enquanto Thomas Hobbes[27] semelhantes aos de Han Fei, embora todos estes pensadores sejam seduzidos pelos regimes de restrição às liberdades individuais quando idealizam seus modelos de sociedade.

Ainda hoje, basta olhar o que se passa no mundo para ver que esta dupla visão persiste: de um lado, o homem por sua condição real, e, no polo oposto, o homem por sua natureza – ambos procurando um sistema político que os atenda. Não por acaso, a *Declaração Universal dos Direitos Humanos* criada pela ONU (1948) não é respeitada por mais da metade da humanidade.

---

26 Han Fei (280 – 233 AEC) foi um filósofo chinês que fez parte de um grupo de pensadores que desenvolveu a doutrina do legalismo.

27 Thomas Hobbes (1588 – 1679) foi um teórico político e filósofo inglês, autor de *Leviatã* (1651) e *Do cidadão* (1642).

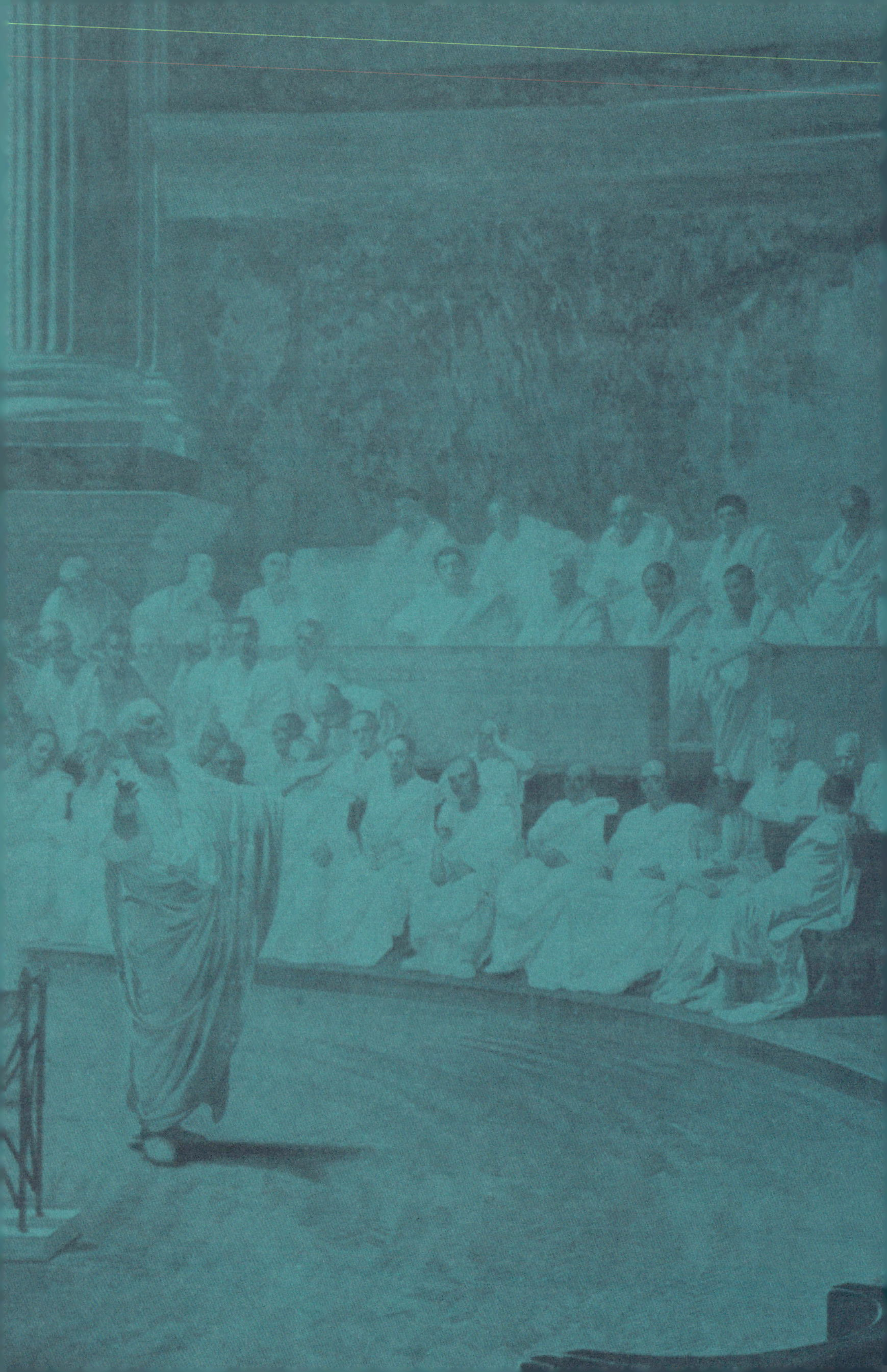

PARTE II

A REPÚBLICA ROMANA

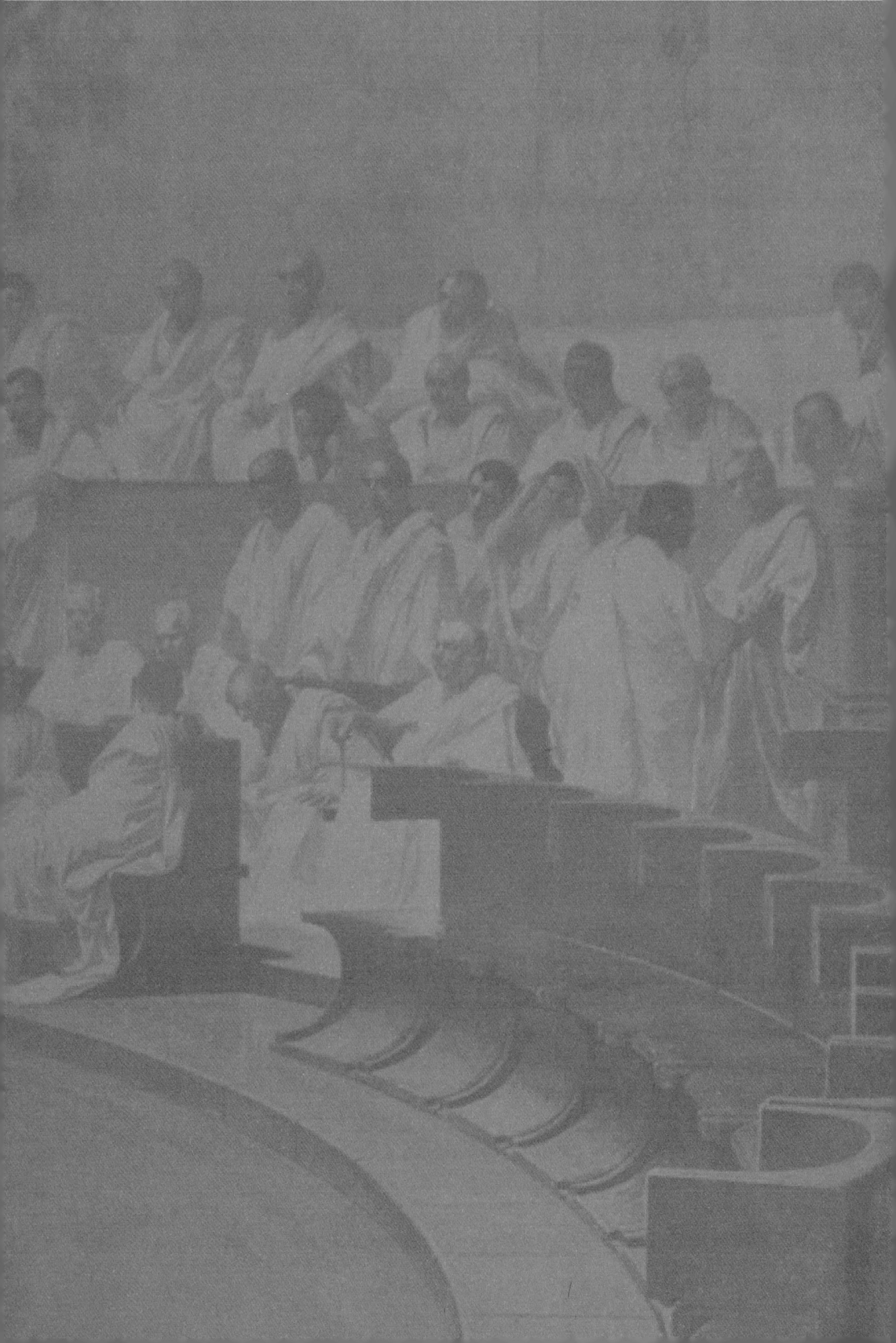

9
A REPÚBLICA ROMANA

Hoje é comum pensarmos que estamos vivendo coisas nunca vistas antes, experiências singulares, uma sucessão de novidades. Certamente dispomos de tecnologias, recursos e conhecimentos científicos em uma escala inimaginável para o homem da Antiguidade. Ocorre, porém, que o homem em si, com suas motivações, grandezas e mesquinharias, na verdade mudou muito pouco. É o que o estudo da história nos mostra. Isso fica ainda mais evidente no campo político. Os jogos do poder são sempre os mesmos. Pouco mudaram.

No mundo ocidental no século XXI predominam as democracias. Neste regime, as eleições periódicas dão oportunidade de se ajustar à maneira de governar e à orientação do rumo da política, as metas que se pretende atingir. Em condições ideais, o sucesso nas eleições depende do perfil de cada candidato e daquilo que ele representa. Sua sobrevivência está ligada à capacidade de atingir as expectativas geradas em sua campanha eleitoral. A alternância do poder deve ser a regra.

Durante a realeza, período que precedeu a república, os romanos elegiam o seu rei em caráter vitalício. Seus poderes eram muito grandes, embora sujeitos à consulta do Senado, este composto por representantes das famílias mais antigas, denominados *patrícios*. Havia ainda os comícios, designação usada para as assembleias nas quais todo o povo se manifestava e referendava a escolha do rei. O repúdio à tirania fez com que, em 500 AEC, fosse extinguida a monarquia, substituída pela República Romana.

Ao longo das centenas de anos seguintes, assistiu-se progressivamente à marcha da evolução dos direitos do povo sobre os do patriciado. A figura do rei foi substituída por dois cônsules eleitos por um ano. Criaram-se pretores, censores, tribunos e edis, para representar vários interesses específicos da população. Quando a ordem pública ficava ameaçada, o Senado podia nomear um ditador, em geral, um dos senadores, para atuar com plenos poderes por seis meses. Hoje estranhamos o instituto da intervenção, mas vemos que, historicamente, ele já existia nas velhas democracias. Era uma maneira de enfrentar dificuldades inusitadas como guerras, fomes, tragédias e revoluções civis.

Da fundação da República em diante, a população de Roma foi progressivamente alcançando a igualdade civil, política e religiosa. Esse processo de ascensão ao poder dos chamados plebeus (o povo) foi conseguido por meio de lutas e pleitos frequentes que, antes de serem aprovados, eram objeto de consultas à plebe – daí chamadas plebiscitos.

Assim, foram alcançadas leis como a de acesso à propriedade da terra, casamento entre plebeus e patrícios e eleição de plebeus como cônsules. Algumas pessoas se celebrizaram nesse processo, tais como os irmãos Tibério e Caio Graco,[28] que morreram lutando pelo avanço de leis que assegurassem a reforma agrária em Roma.

A evolução da República Romana e suas instituições se deve, em boa parte, ao fato de Alexandre Magno ter decidido direcionar suas tropas para Índia, em vez de partir para a conquista de Roma, quando já havia derrotado Egito e Pérsia. Com isso, Roma pôde crescer mais livremente. Em 280 AEC, os romanos eliminaram sua rival Cartago, cuja influência se estendia por todo o Norte da África, parte da Sicília e península Ibérica. Roma, então, assegurou o domínio do mar Mediterrâneo ocidental e ampliou sua importância econômica, passando a disputar o poder com todos os impérios que a cercavam.

---

28 Os irmãos Tibério (169-164 – 133 AEC) e Caio Graco (154 – 121 AEC) foram políticos durante o período da República Romana, líderes da ala popular e famosos por suas ideias reformistas. Tibério ficou famoso por promover uma reforma agrária que transferiria parte das terras patrícias para a população mais pobre, criando um grande tumulto político-social em Roma.

A República Romana conquistou toda Europa, então habitada por tribos bárbaras, criando assim sua república *imperial*. Integravam o território ocupado o Sul da França, a Espanha, a Grécia e um pedaço dos Bálcãs. Roma se tornou um Estado dedicado à guerra de pilhagem extremamente competente em matéria militar e administrativa. Vista sob uma perspectiva histórica, a República Romana representa a materialização do sonho de Alexandre, ainda que tenha levado mais de dois séculos após as Guerras Púnicas, que devastaram Cartago, para virar um verdadeiro império.

As instituições civis da República Romana assim se espalharam por todas as áreas conquistadas. No Oriente, seu modelo de governança sucedeu o helenismo. As legiões e a repressão militar adquiriram cada vez mais força política. Como consequência dessa expansão territorial, da necessidade de decisões mais ágeis e da valorização da nova classe dirigente assentada na força militar, o modelo republicano veio a se esgotar.

10
ESGOTAMENTO DE UM MODELO POLÍTICO: AS LIÇÕES DO FIM DA REPÚBLICA ROMANA

Quem afirmar que, ao longo da história, a economia se *descolou* da política estará cometendo um grande engano. Regimes que não preservam a autoridade política e negligenciam o civismo não se sustentam nem com o melhor desempenho econômico. Por outro lado, crises econômicas tendem a criar enorme insatisfação popular e tornam vulnerável o bom funcionamento das instituições. A história do final da República Romana mostra como um alto grau de insatisfação interna, manipulado pela força do populismo e de um grupo militar jogaram por terra uma instituição de quase cinco séculos. Destaque-se que, ao longo de todo este período, houve grande progresso dos conceitos de cidadania e de representação política.

Em torno de 50 AEC, avanços sociais e políticos em Roma não escondiam um regime extremamente repressor e dirigido pela máquina de guerra que alimentava o Tesouro nacional com tributos. Os países subjugados eram governados por algum líder local cooptado por Roma, que impunha aos povos pesados tributos, embora os deixassem com o direito de manter seus costumes, língua e religião. Eram proibidos os deslocamentos de pessoas de uma província para outra, bem como o casamento entre estrangeiros – e outras medidas voltadas a limitar a afluência das populações sobre Roma.

A REPÚBLICA ROMANA

Contudo, o centralismo do poder foi mais forte do que qualquer restrição ao crescimento da cidade de Roma. Além da atração sobre populações de outros lugares criada pelo seu porte, muitos estrangeiros eram levados até ela escravizados, onde, ao final de três gerações, seus descendentes eram considerados libertos. Alguma semelhança com os Estados Unidos e a França de hoje não é mera coincidência.

Roma, uma cidade de 1 milhão de habitantes, dependia totalmente da importação de trigo, óleo e outros gêneros alimentícios. Era papel do Estado alimentar a sua população. Já que o entorno de Roma e a Sicília não comportavam a necessária escala de produção agrícola, os povos subjugados do Egito, do Ponto (à beira do mar Negro) e outros exportavam grãos para Roma, vendidos lá a preços subsidiados.

Semelhante ao que se passou em Minas Gerais no Ciclo do Ouro, onde a decisão entre mandar um escravo fazer uma horta ou minerar ouro era óbvia, ou na Venezuela de hoje, monodependente do petróleo, os gêneros de primeira necessidade dependiam de importação de outros países ou regiões.

A entrada de grandes riquezas oriundas das guerras de conquista, nas quais as legiões romanas mostravam-se invencíveis, ia alimentando o Tesouro, que importava os gêneros mais baratos e assim desestimulava a produção local. Os camponeses empobrecidos se viram obrigados ao êxodo rural e, consequentemente, venda de suas pequenas propriedades. Havia com isso a formação de latifúndios e concentração da riqueza. Uma classe muito rica coexistia com a pobreza, que se mudava para as cidades. Um exército enorme e poderoso era usado para sustentar e paz interna e as conquistas externas.

Nas cidades, e depois no campo, os mais pobres "só lutando por seus apetites", sem valores, sem esperança e com poucos direitos efetivos, manipulados manipulados pela doutrina do pão e circo (*panem et circenses*), eram joguete nas mãos dos populistas, um dos grupos políticos de então. Estes eram os mestres em oferecer agrados à plebe para controlá-la. Naturalmente, sofriam a oposição dos grandes proprietários, encastelados no Senado.

A concentração econômica e política levou a República a se tornar um regime altamente corrupto, dominado por poucas famílias. Nesse ambiente, um cônsul, então aquinhoado por sucessos militares, distinguiu-se entre os demais, e começou a pavimentar a rota para assumir sozinho todos os poderes, amparado por um discurso populista e por suas legiões. Este foi Júlio César,[29] que veio a ser assassinado no interior do Senado no ano de 44 AEC. Uma conspiração de senadores lhe atribuía o desejo de voltar a implantar a realeza sob outra roupagem e, visando extinguir tal ameaça, tiraram-lhe a vida.

Na realidade, os assassinos tinham até uma dose de razão. Foi apenas uma questão de tempo. Pouco mais de uma década depois, Otaviano[30] (conhecido posteriormente como Augusto), sobrinho-neto de Júlio César, tornaria-se o primeiro imperador plenipotenciário de Roma, pondo fim a cinco séculos de república. Apoiado pela importante contribuição de Lívia, sua mulher, ele funda a primeira dinastia do novo Império.

Como muitos regimes autoritários, o Império começou bem no sentido de ser *eficiente*. Com o tempo, porém, a maioria dos imperadores não se mostrou à altura do desafio de governar. O poder foi tomado por uma sucessão de tiranos militares. Governo centralizado, populista, falta de alternância no poder, falta de autonomia econômica e uso abusivo da força armada em questões internas, enfraquece a coesão social e conspira contra a continuidade do regime.

Essas características, quando se tornam presentes, provocam uma grande desilusão do povo em relação ao futuro. Só existe esperança para o bom funcionamento democrático com a intensa participação de

---

29 Caio Júlio César (100 – 44 AEC) foi um líder militar e político romano de grande destaque durante o período de mudanças políticas na República de Roma que acabariam criando o Império Romano.

30 Otaviano (63 AEC – 14 EC), mais conhecido como Augusto, foi o fundador do Império Romano e seu primeiro imperador, governando de 27 AEC até sua morte. Após sanar alguns conflitos iniciais durante a criação do Império, seu reinado daria início a um período de calmaria política conhecido como *Pax Romana* e que perduraria por quase dois séculos. Augusto era sobrinho-neto de Júlio César, que o nomeou filho adotivo e herdeiro em seu testamento.

todos no processo político. Relaxar, se a economia vai bem, ou querer *virar a mesa,* se ela vai mal, não conduz um país para o futuro que seus cidadãos merecem. Menos ainda acreditar em mitológicos *salvadores da pátria.*

11
UMA REFLEXÃO: É INEVITÁVEL QUE AS DEMOCRACIAS MORRAM?

A História demonstra que em tempos conturbados, as democracias ficam muito vulneráveis.

No final da República Romana, a concentração de renda e poder nas mãos de duas dezenas de famílias, verdadeiros clãs dominantes, a corrupção e a dependência de um poder cada vez mais autoritário, levaram a uma situação na qual era frágil a estabilidade. Pesados tributos recaíam sobre povos conquistados pela poderosa máquina de guerra romana. E o segmento militar era cooptado pelo cônsul que garantisse a maior concessão de benesses.

Quando, fruto da concentração do poder, a República sucumbiu ao Império, este se dedicou a organizar o Estado de forma a arrecadar nas províncias e gastar em Roma. Porém, ele introduziu um certo grau de descentralização, reproduzindo em algumas cidades conquistadas o estilo de vida e a cultura romana, com a construção de templos, termas, anfiteatros e fóruns. Atendendo a um anseio comum em vários locais conquistados – a vontade de *ser romano* –, o governo de Roma foi tornando possível àqueles antes subjugados sentirem-se agora *cidadãos do Império*.

Naturalmente, ainda existia violenta repressão contra os povos conquistados quando estes tentavam se insurgir. Vemos, por exemplo, os terríveis sofrimentos dos judeus, representados nos relevos do Arco de Tito ou o destino dos dácios, povo da atual Romênia, cuja conquista é mostrada nos relevos da coluna Trajana. Cenas terríveis.

A REPÚBLICA ROMANA

"Ai dos vencidos!" (*vae victis*) frase dita por Breno, comandante gaulês para os romanos derrotados quando do saque de Roma no século IV AEC, simboliza bem a miséria de quem tinha que se submeter à lei do mais forte, o que agora, a seu turno, Roma impunha.

Na China não foi muito diferente. Cerca de 150 anos antes de Roma virar Império, um líder militar, Qin Shi Huang,[31] conquistou os seis reinos que ainda permaneciam independentes e unificou todo o território, implantando o Império denominado *Chin*, nome da sua província e que deu origem ao nome *China*. Esse imperador, que iniciou a construção da famosa muralha chinesa para proteger suas cidades dos mongóis, impôs ao seu povo uma revolução cultural: mandou queimar todos os livros de História e Filosofia, incluindo os de Confúcio, e só admitia ensinamentos práticos, como agricultura.

Após sua morte, felizmente foram recuperados muitos textos do saber antigo. Manteve-se, todavia, a preocupação com a unificação do Império, a segurança e a formação das elites. Além de um sistema de abastecimento e movimentação de tropas utilizando os grandes rios que cortam a China no sentido oeste-leste, intercomunicados por um canal artificial norte-sul, perto da foz desses rios. O Grande Canal da China, com mais de 2 mil quilômetros de comprimento, e a conformação hidroviária formada por ele e pelos rios que cortam a China latitudinalmente desempenhava o papel análogo ao das estradas no Império Romano. As colheitas ribeirinhas do Yangtzé desciam por esse rio e subiam pelo canal em direção ao Norte. A cada interseção do canal com rios que correm no sentido oeste-leste, uma hidrovia de penetração se abria para abastecer populações e exércitos no Norte mais árido do país. Grandes impérios necessitam de grandes redes logísticas.

Dois livros recentes tratam do tema: *Como as democracias morrem*, de Ziblatt e Levitsky,[32] e *Como a democracia chega ao fim*, de Runciman.[33]

---

31 Qin Shi Huang Di (260 – 210 AEC) foi rei da província de Chin (Qin) de 247 a 221 AEC, tornando-se em seguida o primeiro imperador da China unificada.

32 Steven Levitsky (1968) e Daniel Ziblatt (1972) são cientistas políticos americanos e professores de Ciências Sociais na Universidade de Harvard.

33 David Runciman (1967) é professor de Política e História na Universidade de Cambridge.

Ambos nos mostram sinais preocupantes no mundo atual, semelhantes aos sinais do final da República Romana.

Outra reflexão bastante anterior a esses livros, mas igualmente contundente, surgiu em uma entrevista do grande pensador brasileiro Alceu Amoroso Lima,[34] quando debatia o assunto *civilizações*. Segundo ele, estas "[...] não morrem, elas se suicidam". Seu interlocutor, Darcy Ribeiro,[35] outro grande pensador, mais otimista e mais utópico, acolheu e valorizou a mensagem. Esteve nas nossas ações a possibilidade de salvá-las.

É o que também transparece em obras do autor Jared Diamond,[36] tais como *Armas, germes e aço* e, especialmente, *Colapso – como as sociedades escolhem o fracasso ou o sucesso*. Esta última analisa um suicídio maior do que o da democracia: o das próprias civilizações, quando perdem a conexão com o seu meio ambiente.

Temos tristes exemplos de autocratas messiânicos – espécie, infelizmente, não extinta – quando analisamos eventos históricos. O suicídio de Hitler em seu *bunker*, em abril de 1945, pondo fim não só ao *front* ocidental da Segunda Guerra Mundial, mas também ao conceito alemão de *Lebensraum* (*espaço vital*) ou a luta final do caudilho Solano López[37] bradando "*¡Muero con mi patria!*" – pois ali, em Cerro Corá, atacado pelas tropas da Tríplice Aliança, morria não só ele, mas a pátria paraguaia, sacrificada por sua ambição.

---

34 Alceu Amoroso Lima (1893 – 1983) foi um crítico literário, professor, pensador e escritor brasileiro, autor de obras como *O gigantismo econômico* (1962), *Os direitos do homem e o homem sem direitos* (1975) e *Revolução suicida* (1977).

35 Darcy Ribeiro (1922 – 1997) foi um dos mais renomados antropólogos, historiadores, sociólogos e políticos brasileiros do século XX. Famoso por dar grande ênfase a temas controversos, como as ameaças às terras indígenas e suas populações, e a situação precária da educação no Brasil, foi forçado a se exilar do país após o golpe militar de 1964, vivendo alguns anos no Uruguai.

36 Jared Diamond (1937) é um biólogo norte-americano, cujo livro *Armas, germes e aço* recebeu o prêmio Pulitzer em 1998.

37 Francisco Solano López Carrillo (1827 – 1870) foi presidente da República do Paraguai de 1862 até sua morte. Atuou também como comandante das Forças Armadas na Guerra do Paraguai, sendo morto durante o conflito.

No Ocidente, a herança democrática e a liberdade individual quase sempre sobrepujaram as tentativas autocráticas, como vimos com o nazismo e o comunismo – que chegaram a ter o poder temporariamente, mas que acabaram derrotados.

Persistem, todavia, especialmente no Oriente, regimes de força e certo incentivo à formação de arsenais militares ou domínio de tecnologias de destruição em massa como maneira de um país obter respeito em escala mundial. O outro lado da moeda observado em tais casos, é um encorajamento ao desrespeito à democracia no plano interno desses países. O mundo vive sob risco permanente de uma conflagração mundial que, durante a Guerra Fria (1950 a 1990), parecia contrapor as democracias de um lado contra regimes autoritários de outro. Hoje, esse conflito é mais difuso, cheio de nuances e mais econômico do que ideológico.

A sobrevivência da civilização passou a pressupor algum tipo de concertação internacional que ainda é muito incipiente – anteriormente, com a Liga das Nações e, atualmente, com a ONU, ambas com poderes limitados. A tecnologia reduziu as distâncias, aumentou o poder das armas de destruição, mudou o estilo de vida e comprometeu bastante a natureza.

Grupos multilaterais como a ONU, G-20, COP's 22, 23, 24 etc., FAO, BRICS, UNESCO, Comunidade Europeia e outros mais sugerem a necessidade de algum tipo de governança supranacional para temas de segurança, migrações, pandemias, fome, educação e meio ambiente. Como resposta, observa-se a exacerbação de reações nacionalistas e o fechamento de fronteiras em vários países. No início de 2020, a pandemia do novo coronavírus parece reforçar a importância de tais fóruns internacionais, embora abundem exemplos da lentidão na resposta de entidades como a da Organização Mundial da Saúde (OMS) no tocante à pandemia, ou das próprias forças de paz da ONU em relação aos genocídios perpetrados na África.

12
GRANDES PENSADORES DO FIM DA REPÚBLICA ROMANA

O SIMPLES FATO de se unirem para viver em comunidade fez com que os integrantes das primeiras tribos humanas já se vissem inevitavelmente discutindo questões como *interesse do grupo, proteção da descendência, exercício de autoridade, repartição de bens* e, ainda, questões sobre hierarquização das sociedades consideradas mais rudimentares. Com o passar do tempo, alguns temas foram naturalmente se sofisticando – mas mesmo com as mudanças ocorridas no mundo nos últimos séculos, alguns aspectos da vida em sociedade continuam quase os mesmos. Isto se mostra evidente na atualidade das lições de grandes pensadores do passado.

A experiência confirma a importância dos cidadãos na definição de seus respectivos destinos. Apesar disso, observamos que uma parte substancial da população não se liga muito em política, tratando-a como um tema pontual – que surge periodicamente com o desfile de personagens caricatos, muitas vezes bizarros, nas rádios e TVs pleiteando o voto do eleitor com as promessas de sempre. Temos em seguida um roteiro conhecido: os debates, a eleição propriamente dita, a investidura do cargo dos eleitos e, por fim, uma quase certa decepção com os eleitos. Tivemos em anos recentes grandes manifestações e passeatas, demonstrando um descontentamento com o estado das coisas. Isso pode, eventualmente, levar a mudanças drásticas.

A REPÚBLICA ROMANA

Neste livro, enfatizamos a necessidade do engajamento por parte do cidadão-eleitor, como base do que a sociedade precisa para se transformar. O outro ponto importante é que este engajamento seja ativo, crítico e periodicamente avaliado em suas fundamentações. Na política, é essencial abandonar o que se mostra errado do ponto de vista humanístico ou malsucedido do ponto de vista econômico, porque boa política é a que favorece a continuidade do regime democrático no que deve ser eficiente.

Vale aqui destacar o pensador político Políbio,[38] grego de nascimento que viveu sob o domínio da República Romana. Em obra *Histórias*, escrita cerca de 160 AEC, ele analisa justamente a resiliência da República, que atribui à evolução das suas instituições. Ele apontou que as instituições romanas, embora progressivamente concentrem o poder em um grupo, por outro lado aumentam a suposta representatividade do povo. É todo um engenhoso sistema criado para favorecer os cônsules governantes com desconcentração apenas aparente de poderes. Isso fazia com que Roma fosse uma república apenas no nome, pois na prática já funcionaria como um império (cinquenta anos antes de sua criação formal). O lema romano "SPQR", uma abreviação para *Senatus Populus Que Romanus* – literalmente, "o Senado e o povo de Roma" –, tem este significado de apregoar a harmonia de interesses de uma oligarquia (o Senado) com os do povo.

Ao fugir da caracterização purista dos regimes como monarquia e aristocracia, que vinha desde a época de Platão e Aristóteles, 250 anos antes, Políbio enxergava com cinquenta anos de antecedência o fim oficial do regime republicano em Roma. E ia além: dizia que o sistema então vigente combinava aspectos dos três regimes em um tipo singular de institucionalidade simbiótica que assegurava controle das tensões sociais. Ele destacava a autoridade do exército como uma fonte do poder de fato, sendo uma espécie de *árbitro* no estado militarista que Roma

---

[38] Políbio (203 – 120 AEC) foi um geógrafo e historiador da Grécia Clássica, famoso pela sua obra *Histórias*, cobrindo a história do mundo Mediterrâneo no período de 220 a 167 AEC.

havia se tornado. Um cônsul forte no cargo era aquele que tinha o apoio das legiões.

O regime favorecia a presença de líderes carismáticos e populistas. A ordem era mantida a ferro, fogo, pão e circo para controlar a plebe. Mesmo assim, não se conseguia anular eventuais rebeliões, como aquela onde se viu o levante do escravo e ex-gladiador Espártaco,[39] liderando quase 40 mil revoltosos contra o poder estabelecido.

Pode-se dizer que a visão analítica de Políbio, realçando a combinação de atributos de regimes distintos, chegou até a influenciar a teoria de *checks and balances* da Constituição norte-americana (os *freios e contrapesos* preceituados por Montesquieu[40] na obra *O espírito das leis*). Ele também influenciou outro grande pensador político da época: Cícero,[41] nobre tribuno, depois senador e cônsul, um grande intelectual da Antiguidade. Cícero lutou com seus notáveis recursos oratórios e literários pela manutenção da república aristocrática. Seus discursos no Senado contra Lúcio Sérgio Catilina entraram para a história com o nome de "As Catilinárias", nos quais Cícero condenava a ambição imperial desse senador e sua conspiração. Quando se desenhou a possibilidade de Júlio César tornar-se uma espécie de ditador permanente, Cícero aceitou o assassinato de César, desencantado com a volúpia deste seu antigo aliado em assumir o poder imperial. Cícero foi morto no início das guerras civis subsequentes, que duraram onze anos.

Da extensa obra de Cícero destacamos três títulos de caráter político: *De Re Publica* (*Sobre a República*), *De Legibus* (*Sobre as leis*) e a fundamental *De Officiis* (*Sobre os deveres*), frequentemente citadas até hoje.

---

39 Espártaco (109 – 71 AEC) foi um gladiador que viveu durante a República Romana, tornando-se líder da mais célebre revolta de escravos na Roma Antiga.

40 Charles-Louis de Secondat, barão de La Brède e de Montesquieu (1689 – 1755), foi um político, filósofo e escritor francês famoso pela sua teoria da separação dos poderes, a qual influenciou as Constituições de muitos países, incluindo a brasileira.

41 Marco Túlio Cícero (106 – 43 AEC) foi um advogado, político, escritor, orador e filósofo da República Romana. Um dos mais famosos oradores da história de Roma, sua obra, além da importância conceitual sobre diversos assuntos, é considerada um modelo estilístico de escrita em latim.

Sua formação era bastante completa, discutindo desde os aspectos teóricos da estrutura do poder até os aspectos da gestão orçamentária, com transparência, dos recursos públicos. Seu irmão, Quinto Túlio, também escreveu um popular tratado sobre como vencer eleições.

Imposto o império, o seu modo de governar foi se estendendo, beneficiado por não ter havido um crescimento territorial expressivo após a sua implantação. As fronteiras permaneceram as da República Romana. O *ser romano* foi se difundindo, mesclando-se e transformando costumes locais. Os conceitos desta *colonização cultural* romana estão descritos por Políbio e também na obra de Cícero. A força romana se manifestava não só na capacidade militar de suas tropas, mas também naquilo que vinha a carreto, uma vez vencida a resistência do inimigo: obras públicas, um sistema administrativo (para coleta de impostos, naturalmente), um sistema de justiça, um modo de vida e, mais tarde, até a cidadania romana para os povos conquistados.

13
AVANÇOS E RETROCESSOS NA POLÍTICA

CONTRARIAMENTE À IDEIA de que na política existe uma espécie de evolução virtuosa, uma situação sempre evoluindo para outra melhor, o fim da República Romana, ocorrido há pouco mais de 2 mil anos, é uma prova dentre muitas de que, em política, existem retrocessos. Há momentos que, cansados de ouvir promessas, cansados de serem surpreendidos com escândalos, cansados de verem coisas essenciais não acontecerem, cansados de assistir discussões estéreis entre os políticos e os seus seguidores, os cidadãos se afastam da política. E aí então é que o pior pode acontecer.

No mundo atual, o descrédito com a atividade política se traduz em elevado índice de abstenção do eleitorado. A consequência é deixar o caminho livre para aqueles que muitas vezes entram na política sem compromisso com o bem-estar geral, visando, sobretudo, vantagens pessoais e para seu grupo de apaniguados. Esse enfado geral também abre espaço para outra atitude perigosa: a entrega do voto para aqueles que sugerem medidas ultrarradicais, soluções violentas e milagrosas para impor a ordem e resolver todos os problemas. Sobram exemplos de tiranias se sucedendo a períodos meio anárquicos ou de niilismo generalizado.

Na antiga Roma, quando Júlio César – representante de interesses políticos centralizadores, militaristas e idolatrado pela plebe – foi assassinado pelos que se diziam defensores da volta aos ideais puros da

A REPÚBLICA ROMANA

República Romana, houve quem pensasse que a política romana voltaria ao que era anteriormente. Seria o retorno da política *clássica*, pois, ao lado dos assassinos estavam grandes figuras republicanas, como Cícero, Brutus e outros. Não foi o que ocorreu. As discussões no Senado se acirraram. Qualquer medida para ser tomada em nome da democracia era precedida de intermináveis discussões. Assim, o máximo que os opositores/assassinos de César conseguiram foi adiar por algum tempo a ascensão de um regime imperial. Viu-se posteriormente a sagração no Senado de Marco Antônio e Otaviano, ambos partidários de César, como soberanos imperiais. Em seguida, Otaviano derrotou Marco Antônio e governou sozinho adotando o título de *Augusto*.

Assim, uma antiga república com mais de quinhentos anos transformou-se em um Império, inicialmente dinástico, e depois, com a sucessão de governantes escolhidos entre generais. Roma era um Estado que vivia de guerras. A beligerância era tão presente no dia a dia que, a partir de certo ponto, para governar era necessário ser membro do exército cujo apoio era conquistado com os butins oriundos das guerras e distribuídos entre soldados.

Eram importantes também os programas de obras públicas – estradas, pontes, aquedutos e edifícios para eventos públicos – que davam emprego em geral para escravos e artífices e melhoravam as condições de vida nas cidades.

O que se conclui sobre o fato que os quinhentos anos de vida democrática, sob um regime republicano, não preveniram a volta de um regime fechado, tirânico e centralizador? Pode-se concluir que a rota de progresso, nem sempre ocorre, não é regra a evolução positiva permanente e contínua no processo histórico. Pelo contrário, é até comum que haja a manutenção de um *status quo* e, eventualmente, um retrocesso.

Quando os mecanismos da boa organização social deixam de funcionar, aparece o clamor geral por ordem, ainda mais forte do que o desejo por democracia. É como existisse um sentimento majoritário pelo fim da *bagunça*, pela necessidade de um mundo mais previsível, hierarquizado, com definições e leis ortodoxamente obedecidas. Esse tipo de aspiração, porém, fiquemos atentos, frequentemente descamba para regimes autoritários, de poucas liberdades, apatia do povo, pouca inovação e conservadorismo. Preço caro a se pagar. É importante a conscientização geral por uma autodisciplina que viabilize a vida em sociedade.

A vida democrática tem se mostrado a única via possível para assegurar liberdade criativa e ela se sustenta na democracia. Quando ela deixa de funcionar e dá lugar a processos revolucionários, sangrentos ou não, as consequências para evolução política são negativas. As revoluções causam traumas durante e depois que ocorrem. Há vezes em que inibem gerações de progredir no conhecimento da política, algo que só se ganha na experiência, observando os acertos e erros, enfim, aprendendo com a prática. A democracia requer educação, cultura cívica e participação na vida comunitária. Assim são criadas instituições fortes – em vez de esperança em chefes populistas e carismáticos.

PARTE III

O IMPÉRIO ROMANO E A IDADE MÉDIA

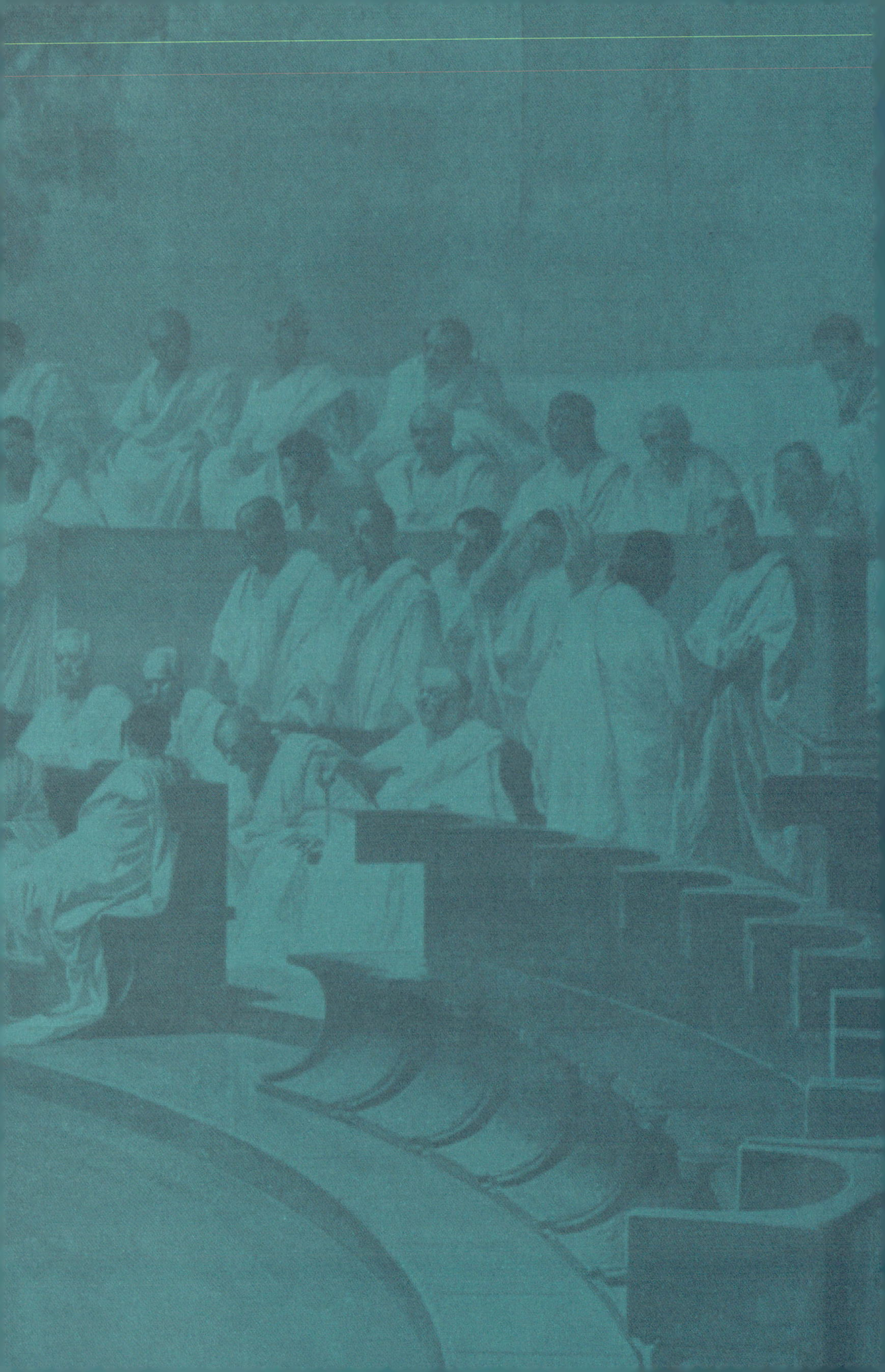

14
O IMPÉRIO ROMANO

O Império Romano do Ocidente, em sua configuração iniciada por Júlio César e consolidada por Augusto, durou um século menos que a República, não tendo realizações que se possam comparar às dela. A sua continuação, o chamado Império Romano do Oriente (ou Império Bizantino), quando a capital passa a ser Constantinopla em vez de Roma, durou mais mil e cem anos e se beneficiou da secular cultura imperial e autocrática vigente no Oriente, desde as origens remotas dos antigos impérios.

A que se deve a sustentabilidade desse Império do Oriente e qual o resultado para os cidadãos? É triste constatar que os fatores não são lá muito recomendáveis: i) era um regime autoritário que se exercia sobre uma sociedade agrária, portanto fechada e dependente da fixação do homem na terra; ii) uma grande burocracia; iii) havia um exército forte controlando invasões em fronteiras distantes e revoluções internas; iv) havia pouquíssimo grau de liberdade para evolução do pensamento humano nas ciências e na filosofia; v) passou a haver a crescente aproximação entre os poderes temporais e espirituais, com o Cristianismo imposto com extrema violência pelo Estado (como, por sinal, havia sido reprimido em tempos anteriores). Da mesma forma, o ensino leigo foi desestimulado e as academias de filosofia – verdadeiras universidades –, fechadas. Foi um longo período caracterizado por vigorar o fundamentalismo cristão ortodoxo. Deus no céu e o imperador na Terra, simbolizados nos estandartes da águia bicéfala. Na prática, naturalmente, todo poder ao exército e à força bruta.

Nessa concepção de Estado, a ordem celeste era rigidamente obedecida. A existência de um Deus todo-poderoso encontrava um paralelo na Terra com a ordem vinda do imperador, legitimado *pela graça de Deus* e seus acólitos civis, militares e religiosos, que mantinham o povo sob *rédea curta*. O Império do Oriente conseguiu, porém, descentralizar a gestão pelas antigas satrapias persas que, enquanto enviassem seus tributos para Constantinopla, eram apoiadas pelo basileu – como se denominava o imperador.

Um aspecto interessante do Império, tanto do Ocidente como o do Oriente, é o fortalecimento do culto da personalidade. Desde Augusto, os imperadores passaram a ser divinizados. No começo, *post mortem*, e, depois, ainda em vida.

Nos teatros romanos, a estátua mais ao alto e mais visível era a do imperador, cultuado pelas multidões. Viu-se que Alexandre, o Grande, tido pelos gregos como um mau exemplo e uma espécie de *traidor* por ter adotado os hábitos orientais, reinando de forma autocrática e exigindo ser tratado como um deus, foi por muito tempo ignorado por biógrafos. Com a recriação do Império Romano, favoreceu-se a publicação da primeira biografia de Alexandre, quatro séculos após sua morte, escrita por Arriano.[42]

Os mil anos do Império Romano do Oriente não foram, portanto, anos férteis para o progresso da política. Guardou-se, todavia, em mosteiros e algumas bibliotecas particulares, obras relevantes do passado helenista, embora poucas obras literárias e filosóficas sobre a condição do homem tenham surgido. Havia um pesado conformismo à ordem terrena como algo que expressava a vontade direta de Deus. Um fatalismo que guarda semelhanças com o Islã contemporâneo. Isso nos alerta para o perigo da religião e política se aproximarem.

---

42 Lúcio Flávio Arriano Xenofonte (ca. 92 – 175), foi um historiador da Roma Antiga cujos trabalhos constituem o melhor relato conhecido sobre Alexandre, o Grande.

15
O FUNDAMENTALISMO RELIGIOSO COMO INIMIGO DA DEMOCRACIA

O MAIOR IMPACTO na política ao longo do primeiro milênio da Era Comum (EC) se deve à ascensão surpreendente do Cristianismo depois que este se torna a religião oficial do Estado. O adjetivo *surpreendente* cabe aqui, pois se estima que na época em que Teodósio I[43] oficializou o Cristianismo, ele não era majoritariamente adotado pela população, embora tivesse um grupo de fiéis seguidores. Na verdade, para sermos precisos, é necessário notar que o imperador Constantino[44] havia se convertido em 337 EC, após anos favorecendo os cristãos. Nisso foi seguido por quase todos seus sucessores, com exceção de Juliano. Dessa época em diante, teve início um crescente fundamentalismo cristão. Finalmente, no ano de 380 EC, o Cristianismo foi tornado oficial e houve o banimento e perseguição às demais crenças.

Acompanhando seu novo *status*, o Cristianismo insufla o movimento de acabar com o que restava dos cultos pagãos, destruir os templos ou transformá-los em igrejas, e promover o fechamento das Academias e escolas de Filosofia. Não se admitia existir um saber fora da Igreja, embora, ainda com os apóstolos vivos, essa crença tenha se defrontado

---

43 Teodósio I (347 – 395) tornou-se imperador romano a partir de 379, ficando no poder até a sua morte.

44 Considerado como um dos fundadores do Império Romano do Oriente, o imperador Constantino I (272 – 337) foi proclamado Augusto pelas suas tropas em 306.

com a existência de inúmeras vertentes (ditas depois, heréticas). Foi um período em que havia práticas conflitantes e que, inicialmente, procuravam dar feição própria e regionalizada à tradição judaica, e, posteriormente, também à cristã, com diferentes evangelhos, bispos e interpretações das escrituras sagradas.

Vale retroceder um pouco no tempo para destacar o enorme impacto naqueles primórdios. Em 50 EC, no Concílio de Jerusalém, os apóstolos que viriam a se tornar São Paulo e São Pedro, debateram sobre a necessidade da circuncisão para os que aderissem ao Cristianismo. Prevaleceu o ponto de vista de Paulo, que advogou pela dispensa do procedimento e, assim, marcou sua distinção como *católicos* (universais), uma religião aberta a todos – e não apenas um segmento diferenciado da fé judaica.

O Império considerava primordial a unidade religiosa. Isso era visto como uma forma de haver convergência entre os mundos político e espiritual, alinhando seus respectivos interesses. No tempo do paganismo havia mais flexibilidade religiosa, desde que respeitada a divinização de seus imperadores, que tinham nos anfiteatros o seu lugar de culto. No Cristianismo isso mudou: Deus único e um imperador único governariam, um no céu o outro na Terra. Pelo menos essa era a ideia: uma religião única e oficial. Depois, alguns dos imperadores atritaram-se com os papas (ou os papas com os imperadores), ambos de olho no lado temporal do mundo.

A disputa entre poder espiritual e temporal é antiga. Deve-se a Jesus no Evangelho de São Mateus 22:21 a afirmação: "[...] dai a César o que é de César e dai a Deus o que é de Deus [...]". Temos aqui exposta de forma bem simples uma grande verdade, qual seja, a distinção entre a atitude frente aos poderes temporal e espiritual.

Nos primeiros três séculos do Império Romano foi praticada pelos romanos certa tolerância em relação às diferentes religiões, exceto para com judeus e cristãos. Os judeus, por variados motivos, dentre os quais o fato de se considerarem o único povo escolhido por Deus, foram vítimas de sistemáticas perseguições e martírios para a cruel *diversão* do público. Os cristãos também sofreram perseguições, pois não reconheciam a divindade atribuída ao imperador romano.

O IMPÉRIO ROMANO E A IDADE MÉDIA

Dez anos depois da oficialização do Cristianismo, em 390 EC, ocorreu um fato revolucionário nas relações entre o mundo laico e o religioso. Roma, já sede do papado, foi saqueada por tribos bárbaras gaulesas. O povo, lembrando a então recente destruição dos templos dos seus antigos deuses, começa a colocar a culpa no novo Deus cristão.

É nesta hora que aparece o primeiro grande pensador político cristão daqueles tempos: Agostinho,[45] bispo de Hipona, na atual Argélia, também teólogo e filósofo, que mais tarde seria conhecido como Santo Agostinho.

Em sua obra *A cidade de Deus*, Agostinho defendeu a dualidade entre as cidades: a dos homens, onde grassa o pecado, e a cidade celestial, onde tudo é virtude. Agostinho deixa bem claro que Deus cuida é da sua cidade celestial, cabendo aos homens cuidar das deles, de certa forma reforçando a independência entre essas duas esferas de poder – e também o livre-arbítrio dos homens, não atribuindo a Deus qualquer responsabilidade pela queda de Roma.

As ideias defendidas na obra de Santo Agostinho não impediram os homens de buscar *santos protetores* para cada cidade – em substituição ao antigo costume politeísta de haver um *deus protetor* para cada local. Também cioso de concentrar a sua autoridade, o imperador reteve o poder de nomear os bispos e tentar impedir que os religiosos se envolvessem em política. Mesmo assim, utilizou a Igreja para receber impostos e muitas outras questões que Agostinho já visava deixar desvinculadas para que o culto religioso e a política não se hostilizassem.

Ainda hoje vemos um resquício de tal atitude no fato de, em vários países, templos e ordens religiosas gozarem de imunidade fiscal (é bem verdade que isso se aplica hoje a todos os credos, normalizando-se a aceitação de diferentes práticas religiosas). Com efeito, há uma verdadeira distorção desse conceito e muitos casos de abuso, como instituições e pessoas que se intitulam membros de ordens religiosas que nada

---

[45] Santo Agostinho (354 – 430), como é mais conhecido, foi um dos mais importantes teólogos e filósofos nos primeiros séculos do Cristianismo, cujas obras influenciaram imensamente desenvolvimento dessa religião e também da filosofia ocidental.

mais fazem do que um tipo de comércio sob o manto da fé apenas para fugir de tributação.

A união da Igreja com o Estado teve um efeito importante no reforço do Latim como língua comum na Europa, usada nas atividades de governo e também nas religiosas. Com o tempo, ele não só deu origem à maioria das línguas europeias, como o italiano, o romeno, o francês, o espanhol e o português, como também contribuiu para o vocabulário das línguas anglo-saxônicas. Por extensão à língua, os códigos de leis romanas influenciaram a base comum das instituições políticas em uma Europa que, no regime feudal, começava a se fragmentar em centenas de unidades.

O componente religioso na política em vários dos Estados modernos é fonte de enorme preocupação, porque traduz a ideia que "só nós do mesmo credo" somos donos da verdade, gerando grande intolerância e divisionismo na sociedade. O problema ocorre de forma grave nos países muçulmanos, na Rússia ortodoxa e em Israel. É o que se chama a "ameaça do fundamentalismo" que, junto à intolerância para com a diversidade étnica, provoca massacres e genocídios como aos que assistimos consternados até nossos dias.

A democracia implica em um Estado laico, diversidade, tolerância e revezamento no exercício de poder. Não é como funcionava antigamente o papado, nem como hoje funcionam os regimes totalitários, as ditaduras e as monarquias absolutistas.

16
OS REINOS DESTE MUNDO, SEGUNDO SANTO AGOSTINHO

No REINO DOS Céus – a cidade de Deus – toda hierarquia está definida. Lá não há mobilidade social, nem guerra de fronteiras. Todos vivem em harmonia. O problema sempre foi como governar "cidades dos homens", que, segundo Santo Agostinho, nascem portadores do pecado original e vivem em cidades onde transbordam transgressões. Caberá aos homens governar os reinos deste mundo; para isso Deus os entregou. Os homens, no entanto, tendo em conta a sua falível capacidade e sua dependência de serem contemplados pela graça divina, deveriam procurar sempre serem bons e justos. Deveriam, igualmente, obedecer a ordem secular (a ordem que regia os homens, alheia à questão religiosa) vigente, ainda que, por vezes, iníqua. O mais importante era o ingresso no Reino dos Céus ao final da vida terrena.

Tal síntese do pensamento agostiniano que contrapõe a cidade de Deus e as cidades dos homens se manteve viva pelos oitocentos anos seguintes ao seu enunciado. A queda do Império Romano do Ocidente, contemporânea do tratado de Agostinho, deu início a um longo período que chamamos Idade Média, também conhecida como "idade das trevas" pelo pouco progresso observado nas mais variadas manifestações culturais e políticas.

Com o antigo poder militar de Roma enfraquecido, observou-se na Europa a invasão do antigo império por tribos e povos vizinhos. Foi a época das *invasões bárbaras*. Os povos que viviam sob a proteção de Roma viram-se conquistados e mesclados com invasores oriundos da região do

Báltico, no extremo Norte da Europa, ou, os godos, os visigodos, os ostrogodos e os vândalos vindos do flanco leste, que, por sua vez, estavam sendo empurrados em direção ao Ocidente pelos hunos e mongóis enquanto estes alargavam seu imenso domínio por toda a Ásia Central. Tais invasões se davam em ondas sucessivas e, a partir do século VII, vieram também as invasões árabes, que acabaram dominando a península Ibérica por quase sete séculos. A presença do Império Romano do Oriente na Itália se manteve até depois do ano 1100, quando o seu território foi conquistado progressivamente pelos turcos, em especial na Grécia, nos Bálcãs, no Sul da Rússia e no Oriente Médio, até sua queda final em 1453.

Naquele clima de guerras e apreensões permanentes da Idade Média, poderíamos pinçar esparsos exemplos de um ou outro sábio alocado em conventos aleatórios ou alguma corte mais culta, mas o fato concreto é que ocorreu muito pouco progresso e evolução no pensamento filosófico ou político.

Os invasores, por sua vez, foram se estabelecendo em seus novos domínios e tomando contato com a religião cristã, tendo sido observada a conversão de um enorme contingente deles, exceto a dos árabes.

O Cristianismo era propagado a partir de Roma, ou dos patriarcados ortodoxos da Ásia, estes sempre em plena contestação à primazia de Roma, de onde emanava a autoridade espiritual. É preciso observar que tal autoridade já não seguia à risca o preceito de Jesus Cristo: "meu reino não é deste mundo" (João 18:36). Na realidade, desde que o Cristianismo havia sido adotado como religião oficial do Império, a Igreja passou a se envolver com questões seculares (da vida no plano terreno) da época, visando garantir e expandir não só seu domínio espiritual como sua riqueza concreta.

Com o latim e a religião como traço de união entre os povos europeus, o papado em Roma passou a favorecer essa fragmentação do poder secular/terreno. Por necessidade prática, resolveu conceder um tratamento diferenciado aos francos de Carlos Magno[46] e seus descen-

---

46 Carlos Magno (742 – 814) foi o primeiro imperador do Sacro Império Romano entre 800 até sua morte.

O IMPÉRIO ROMANO E A IDADE MÉDIA

dentes na esperança de que o estabelecimento de um novo Império – o Sacro Império Romano-Germânico – voltasse a conceder ao Cristianismo as benesses que Constantino e seus descendentes haviam lhe garantido. Havia também a preocupação que outros povos bárbaros, como os lombardos no Norte da Itália, invadissem os Estados Papais, territórios onde os papas haviam estabelecido, sobe contestáveis documentos, sua autoridade terrena. A Igreja chegou a defender por séculos um documento, o *testamento de Constantino*, pelo qual ela era presenteada pelo imperador com alguns territórios. Séculos mais tarde, esse foi comprovado ser um documento forjado.

No Oriente, com sua capital em Constantinopla, hoje Istambul, o Império Romano sobreviveria por mais de mil anos após a queda de Roma, embora alcançasse o seu apogeu territorial em torno do século VI EC, sempre mantendo a união do poder secular do imperador com o poder espiritual do patriarca ortodoxo, nomeado pelo imperador e, assim, dependente dele. A Igreja no Oriente não tinha institucionalmente uma presença secular. Embora houvesse o termo *romano* no nome desse império, a língua inicialmente era o grego, substituída depois pelas línguas nacionais de cada patriarcado. A cisão religiosa com o Catolicismo ocidental foi quase total, embora sejam as duas cristãs. Ela persiste até hoje, com patriarcados em Istambul, Moscou, Sérvia e em outros países, todos com características de igrejas nacionais. O premier russo Vladimir Putin[47] trouxe de volta em anos recentes o patriarca russo para dentro do Kremlin como forma de reforçar esse conceito de centralização de autoridade, tão ao gosto de regimes totalitários. Esse patriarca canonizou o último czar e seu herdeiro, assassinados a mando de Lenin, porque o culto destes é politicamente útil.

Naquele ambiente medieval, nenhuma reflexão política inovadora ocorreu e nenhum grande pensador político, desde Agostinho, irá

---

[47] Vladimir Vladimirovitch Putin (1952) é o atual presidente da Rússia. Ex-agente da KGB, Putin começou sua carreira política no início dos anos 1990. Desde então, exerceu o cargo de primeiro-ministro russo por duas vezes – entre 1999 e 2000, e entre 2008 e 2012 – antes de ser eleito presidente de seu país em 2012.

aparecer até a chegada do século XIII, quando surgiu Tomás de Aquino[48] com uma abordagem mais ampla da política. Tal abordagem resgatava conceitos de Aristóteles que estavam circulando em traduções efetuadas do antigo grego para o árabe. Assim, os textos *Ética a Nicômaco* e *A Política* voltaram a estar na ordem do dia cerca de mil e quinhentos anos depois de terem sido escritos. São Tomás e Aristóteles defendem a *razão* e convergem na ideia da existência de um *fator primordial*, que São Tomás anuncia ser Deus.

Neste longo interregno no progresso das ideias políticas, vale deixar registrado o *Corpus Juris Civilis*, uma exaustiva compilação de leis e jurisprudências antigas, elaborado em Constantinopla na época do imperador Justiniano, no século VI, e o *Policraticus* (também conhecido como *Livro do Estadista*), de John de Salisbury,[49] já no século XII. Este último, menos conhecido, é uma coletânea de exemplos e histórias edificantes lembrando os deveres dos governantes de pequenos Estados. É notável a forma que foi escrito em pequenas fábulas, bem ao gosto da literatura da Idade Média.

John de Salisbury era um pensador inglês que em Roma exerceu forte influência sobre o papa, nos complicados tempos onde a Igreja procurava manter seus domínios territoriais, resistir contra lombardos, normandos, e, também, contra o imperador alemão e o imperador do Oriente. Nada fácil!

---

48 São Tomás de Aquino (1225 – 1274) foi um frade católico dominicano cujas obras tiveram enorme influência na teologia e na filosofia ocidental, principalmente na tradição conhecida como Escolástica.

49 John de Salisbury (1120 – 1180) foi um importante filósofo e teólogo francês do final da Idade Média. Seu pensamento político está registrado em obras como *Policraticus* e *Metalogicon*.

17
PENSAMENTO POLÍTICO MEDIEVAL

O PENSAMENTO POLÍTICO evolui por contínuas contribuições ao conhecimento anterior. De tempos em tempos, novas sínteses aparecem. Mesmo hoje, vemos novas contribuições surgindo e, por mais que o produto resultante pareça pronto e acabado, há sempre alternativas entre diferentes sistemas.

Ideologia é uma desgraça quando seu significado é sistema de ideias políticas, filosóficas, religiosas, que legitima determinada concepção da humanidade como a única correta.

Em entrevista frequentemente reproduzida nas redes sociais, o grande escritor Jorge Amado (1912 – 2001), comunista arrependido, disse: "Ideologia é uma merda". Apesar do reconhecimento tardio, depois de ter bem aproveitado do apoio comunista ao seu inegável talento, a declaração é importante, mesmo nos termos chulos em que é enunciada.

A ideologia vigente na Idade Média se orientou pela expansão do Cristianismo, religião oficial do Império Romano do Oriente e do Ocidente e do seu sucessor, o Sacro Império Romano-Germânico.

O panorama político da humanidade no final da Idade Média provocou nova síntese elaborada por São Tomás de Aquino. Esta nova visão fugia do idealismo platônico (que tanto havia influenciado Santo Agostinho) e ia ao encontro de um racionalismo aristotélico, ao qual São Tomás teve acesso a partir de obras traduzidas do árabe.

O Islamismo, uma nova religião que havia amparado a formação de um Estado muçulmano, surgido cinco séculos antes, vinha conquistando grande expansão. Para ele, Cristo era um entre outros profetas. O Islamismo valorizava a sabedoria antiga, por meio da tradução para o árabe de textos gregos então desprezados pelos cristãos (que os consideravam obras pagãs). Em sua expansão, conquistou a cidade sagrada de Jerusalém, que se tornou um centro religioso muçulmano (além de cristão e judaico). Os seus maiores centros de estudos foram Bagdá, Córdoba e Toledo.

Há um termo que abarca os seguidores das três religiões: Judaísmo, Cristianismo e Islamismo, nascidas em áreas geográficas muito próximas. Eles são os *povos do Livro* – entenda-se, da Torá, dos Evangelhos e do Corão, respectivamente. No início, chegaram a conviver relativamente bem. Com o tempo, porém, as relações se tornaram extremamente belicosas, especialmente a partir das Cruzadas, uma aventura religiosa-militar concebida na Europa para reconquistar Jerusalém e que, desde então, azedou o entendimento que já não estava bom entre essas religiões, face às barbaridades cometidas pelos exércitos cristãos.

O auge da aproximação do pensamento clássico grego com o Islã se deu aproximadamente no ano 950 EC com os escritos de Al-Farabi.[50] Nascido no Cazaquistão e tendo vivido boa parte da vida na Síria e Egito, Al-Farabi foi também professor na Universidade de Bagdá, o maior centro cultural árabe. Esses países citados já dão ideia da expansão territorial do Islamismo: sua ocupação ia do interior da Ásia até a Europa. Al-Farabi é, talvez, o maior comentador árabe das obras de Aristóteles e Platão. Ele defende não o governo de um rei-filósofo, mas o de um profeta-filósofo ou Imã, como hoje ocorre no Irã. Sua obra principal, *A cidade virtuosa*, deve muito aos conceitos de Aristóteles, especialmente na questão que a vida virtuosa se efetua em sociedade, nas cidades, as quais, portanto, devem ter seu governo merecendo especial atenção.

Nesse ínterim, no Ocidente, o rei da França, cansado e incapaz de resistir às invasões recorrentes de vikings no Norte de seu país, decide entregar a eles o ducado da Normandia. Ali, devidamente instalados

---

50 Al-Farabi (872 – 950) foi um filósofo muçulmano persa que viveu na Idade Média. Grande parte de sua obra, como o tratado *Epístolas sobre as opiniões do povo ou Estado modelo*, é dedicada à política e à economia.

e designados como normandos (etimologicamente, *homens do Norte*), promovem a invasão da Grã-Bretanha. Vitoriosos, assumem o poder local tendo Guilherme, o Conquistador, como rei. Mais ou menos na mesma época, outros normandos, descendentes de Tancredo de Hauteville (980 – 1041), estabelecem-se no Sul da Itália e na Sicília, criando um reino que chegou a ser o mais importante da Europa em torno do ano 1100.

Estes povos do Norte tinham noção de Direito e de Estado bastante diferentes da latina. Amparando-se no direito consuetudinário, ou seja, no direito vindo das relações e hábitos das gentes da terra, e não da preexistência de um direito natural meta-humano. Eles respondiam a lideranças autoritárias de seus chefes guerreiros, os *dux bellorum*, que Mussolini adotou como título.[51]

Os barões ingleses, descendentes dos normandos invasores, que se misturaram com os saxões, um povo germânico que havia invadido a Inglaterra séculos antes, decidem em 1215 impor restrições ao seu soberano com base em uma preexistente *Carta das liberdade*s. Fazem o rei João, irmão e sucessor do famoso rei Ricardo Coração de Leão,[52] assinar a Magna Carta. Esse documento trazia uma lista de reinvindicações que impunham forte limitação ao poder real e exigiam sua subordinação, em algumas matérias, ao consenso dos barões. Assim, assinavam o atestado de óbito do poder divino dos reis, que consideravam apenas mais um senhor feudal, um *primus inter pares*.

A Magna Carta é considerada precursora da limitação do poder dos reis em benefício dos nobres, mas seus preceitos levaram séculos para serem consolidados.

Naquele momento histórico, era bem nítida na Europa a divisão entre filosofias de governo. Tínhamos de um lado o sistema fundado na premissa de que o homem é mau e necessita coerção para viver em

---

51 Em tradução literal, *dux* significa *condutor* ou *líder* (daí derivando a designação de *Il Duce* pela qual Mussolini ficou famoso).

52 Ricardo I (1157 – 1199), também conhecido como Ricardo Coração de Leão, foi o rei da Inglaterra entre 1189 e 1199.

sociedade. Esse poder coercitivo viria conjuntamente da religião e do rei (cujos poderes derivam de Deus e da tradição). Tal sistema era comum no Oriente e no mundo de influência latina.

O outro sistema era mais laico, centrado no homem, em sua capacidade e instituições próprias. Tinha raízes na Grécia Clássica e no regime das tribos guerreiras germânicas que migraram para o Oeste e conquistaram parte da Europa, Inglaterra e Sul da Itália. O poder dos governantes será redefinido séculos mais tarde, em acordo com tal tradição, como oriundo do povo e não como um legado divino.

Esse era o panorama geral, até que uma nova síntese foi apresentada em 1273 na *Summa Theologica* formulada por São Tomás de Aquino.

18
RELIGIÃO E POLÍTICA: SÃO TOMÁS E SEU OPOSITOR, MARSÍLIO DE PÁDUA

HÁ OITOCENTOS ANOS, na aurora de um (re)despertar do pensamento político, uma grande questão dominava as discussões da época. Sendo o mundo uma obra de Deus, deveria ser governado como se imaginava, regido como o próprio Reino dos Céus? Ou, pelo contrário, haveria um jeito alternativo e característico humano para governá-lo?

As Igrejas cristãs, judaicas e maometanas, cada uma dentro de sua crença, defendiam o *padrão celestial* de governo. Para eles, o céu não apenas era um modelo a ser seguido, como as autoridades religiosas aqui em nosso mundo deveriam ser obedecidas ao exercer, em nome de Deus, o poder entre os homens. Naturalmente, havia muitas vozes discordantes, especialmente monarcas, nobres e guerreiros.

Esta áspera relação entre o universo político e o religioso deriva da conflituosa questão que parece existir desde que a humanidade reconheceu a existência de uma dimensão espiritual. Na Idade Média ela se manifestou nas constantes lutas entre o imperador e o papa. O primeiro queria centralizar o poder em suas mãos, enquanto o segundo estimulava a fragmentação desse poder reconhecendo a autoridade de inúmeros ducados, principados e condados, como era característico do feudalismo de época. Com tal divisão, a Igreja era o traço de união entre as pequenas unidades políticas, colocando-se o papa como árbitro – o que seguramente lhe conferia uma enorme autoridade. A decisão das disputas submetidas ao papa não raro envolvia formas variadas de corrupção.

No mundo Islâmico, já antes do final do milênio, afirmava-se o poder civil-religioso na mesma pessoa, o Imã, tal como vemos até hoje em dia no Irã.

No final do século XIII, São Tomás de Aquino refletiu sobre tal situação e, visando dar fundamento filosófico para a proeminência da Igreja em bases racionais (e não apenas religiosas, decorrentes da fé ou da graça divina iluminar as mentes), propôs nova síntese. Ela tenta conciliar o pensamento clássico, que vinculava a qualidade de poder dos cidadãos qualificados da *polis*, com a autoridade religiosa. Esse pensamento adviria em decorrência do reconhecimento de um direito próprio, que seria natural, para estes cidadãos qualificados, e, assim, aceito pela razão humana. Em outras palavras, quem pensasse de forma correta chegaria à inevitável conclusão da convergência entre a lei natural, que deriva de Deus, e a lei racional, à qual pode se chegar através do estudo e da razão.

Tendo por base a obra filosófica e política de Aristóteles, à qual teve acesso por meio de traduções do árabe, já que os antigos manuscritos em grego haviam sido queimados no século IV pela própria Igreja, São Tomás de Aquino tentou harmonizar o pensamento cristão com o pensamento clássico e advogou uma nova ciência, que denominou apologética. Esta defende a ideia de que todos podem chegar a Deus e às suas leis através da razão, sem intervenção da graça, como propôs Santo Agostinho oitocentos anos antes. Apologética, de Apolo, o deus grego da perfeição, palavra que encerra um paradoxo semântico-politeísta para se referir a um Deus único. Em sua metafísica, Aristóteles deixara *um gancho* para uma explicação racional da existência de Deus, com o conceito que denominou de "fator primordial" para resolver o paradoxo "do nada, nada se faz". Para São Tomás, esse fator é Deus.

São Tomás de Aquino defendia que é função do Estado criar condições para que as pessoas tenham uma vida virtuosa, pois assim estariam perto das leis naturais. Naturalmente, isso levaria a uma forte interferência religiosa na vida civil.

Embora isso hoje pareça muito subjetivo, essa ideia forneceu à época um novo impulso para a autoridade da Igreja, que reforçou seu poder. Sendo, porém, natural do homem a pluralidade de opiniões, não tardou aparecer quem discordasse radicalmente dessa interpretação. Em seu tratado *Defensor Pacis* (*Defensor da paz*), publicado anonimamente em 1324, o filósofo, pensador político e teólogo italiano Marsílio de Pádua (1280 – 1343) ataca a autoridade do papa e opõe-se à hierocracia, pilares fundamentais da Igreja católica de então. Para ele, o papa não deveria ter a pretensão de deter ou exercer poder, mesmo o eclesiástico, argumentando que Cristo não teria transmitido para São Pedro a supremacia do poder centralizado sobre os bispos. Eram alegações explosivas, naturalmente. Em 1327, foi excomungado após a descoberta de que ele era o autor daquele tratado. Não obstante, sua obra influenciaria a Reforma religiosa promovida por Lutero[53] e Calvino[54] dois séculos mais tarde.

Tem-se aqui mais um exemplo do *continuum* na evolução das ideias políticas. É de chamar nossa atenção que este tema incandescente no século XIV – a influência do poder religioso na política de Estado – é motivo ainda hoje de conflitos em vários diferentes locais do globo terrestre. Mesmo no Brasil do século XXI, o aspecto religioso tem assumido um peso decisivo na definição de algumas políticas públicas.

Embora não se trate apenas de uma questão de *ideias políticas*, cabe mencionar que as Cruzadas, uma invasão do Oriente levada a cabo pelos europeus durante o final da Idade Média, amparados por fortes incentivos religiosos e civis (perdão dos pecados e crimes cometidos), pôs em contato mais estreito modos de vida e padrões de comportamento do Oriente e do Ocidente. Hoje verificamos o que na época a Europa não viu: haver mais humanidade e civilidade por parte dos ditos "infiéis" do que dos cristãos.

Isso deveria alimentar as boas mentes em direção a mais tolerância e menor obsessão religiosa.

---

53 Martinho Lutero (1483 – 1546), foi um monge agostiniano e professor de Teologia germânico que contestou a Igreja de Roma com a publicação de suas *95 teses* em 1517, tornando-se uma das figuras centrais da Reforma Protestante.

54 João Calvino (1509 – 1564) foi um teólogo francês cujas ideias ajudaram no apoio à nascente Reforma Protestante iniciada por Lutero na Alemanha. Suas teorias são hoje consideradas uma vertente do Protestantismo conhecido como Calvinismo.

19
A VITALIDADE NA TRANSIÇÃO

No FINAL DA Idade Média, quando já se prenunciava o esplendor cultural do Renascimento, era possível encontrar nos meios mais esclarecidos uma franca contestação ao pensamento opressivo da Igreja e à censura do Império. A difusão do pensamento clássico, fruto dos sábios islâmicos que traduziram os gregos, juntamente com a melhoria na convivência entre os pequenos Estados feudais, permitiram a fertilização cultural e o relacionamento entre grandes e inovadores intelectuais.

Até aquele momento, a doutrina predominante preceituava que governos seculares (o poder dos dirigentes) deveriam ser regidos pela lei natural, pelo respeito à autoridade e pela submissão religiosa ao papa, de acordo com a síntese de São Tomás de Aquino. Tal doutrina, porém, não era aceita com facilidade. A interferência da Igreja na definição de políticas de Estado foi duramente criticada por Marsílio de Pádua. Ele foi excomungado porque escreveu que a Igreja não tinha que se meter nos negócios deste mundo, como Cristo havia bem frisado.

O descontentamento com a concentração do poder econômico na Igreja e nas ordens religiosas, que representavam cerca de 30% do total da economia de então, era alvo de constantes questionamentos por parte de alguns reis. Esse clima alimentou a formação de Igrejas independentes de Roma durante a chamada Reforma.

Por fim, a insubmissão dos próprios imperadores do Sacro Império Romano-Germânico à autoridade do papa fez nascer duas correntes

O IMPÉRIO ROMANO E A IDADE MÉDIA

antagônicas. Na Itália e na Alemanha, aguerridos confrontos foram observados entre o grupo dos chamados "guelfos", pró-papa, contra os "guibelinos", defensores da autoridade do imperador. Para agravar as coisas, a certa altura da disputa, o rei da França leva a sede do papado para Avignon, no Sul daquele país, onde mantém os papas confinados e sob seu controle.

Em sua obra *De Monarchia*, Dante Alighieri,[55] exilado político de Florença, advogava a independência do poder temporal e apoiava uma monarquia universal do imperador. Já na famosa *A divina comédia*, Dante descreve o Inferno como uma grande cratera na qual, à medida que se desce pelo chão em um grande caminho espiralado, encontram-se pecadores sofrendo castigos progressivamente piores (dentre os pecadores, ele descreve vários papas). Naturalmente, a Igreja condenou suas obras e as incluiu em sua *lista negra*, conhecida pelo termo *Index* – uma relação de livros de conteúdo impróprio e herético, que contrariavam os dogmas eclesiásticos.

Nesse clima de transição, que dura dois ou três séculos, surgiram interessantes autores, como Christine de Pisan,[56] fantástica mulher com uma veemente e racional defesa das mulheres em sua obra *A cidade das damas*, enquanto o holandês Erasmo de Roterdá[57] aponta em sua sátira *Elogio da loucura* a tremenda hipocrisia das doutrinas vigentes. Em paralelo, seu amigo inglês Thomas More[58] descreveu uma sociedade perfeita em uma ilha cujo nome, *Utopia*, passou, desde então, a ter esta

---

55 Dante Alighieri (1265 – 1321) foi um escritor, poeta e político nascido em Florença, considerado o primeiro e maior poeta da língua italiana. Seu livro *A divina comédia* é um dos textos literários mais influentes do Ocidente.

56 Christine de Pisan (1363 – 1430) foi uma poetisa e filósofa italiana cuja obra critica a misoginia presente no meio literário da época, defendendo a importância do papel feminino na sociedade.

57 Erasmo de Roterdá (*Herasmus Gerritszoon*, 1466 – 1536) foi um teólogo e filósofo humanista holandês, autor de *O elogia da loucura* (1511).

58 Thomas More (1478 – 1535) foi um filósofo inglês, diplomata, escritor e advogado, tendo ocupado vários cargos públicos ao longo da vida. Sua obra literária mais famosa é *Utopia* (1516), da qual derivaria o adjetivo *utópico* usado atualmente.

conotação de realidade desejável, porém inatingível. Tais obras tiveram sua divulgação restrita, mas demonstram que o debate político vinha já se tornando um tema de interesse, abrangendo desde o letrado até o homem comum.

Em um desabafo, Erasmo de Roterdã escreveu: "Não navega mal aquele que se mantém a igual distância entre dois perigos", tendo em mente a analogia entre o navegante que cruzava o estreito de Messina, em seu cuidado de evitar, de um lado, o rochedo de Cila e, de outro, o redemoinho Caríbdis, situados em margens opostas. No fundo, porém, querendo se referir ao papa e ao imperador.

Pouco conhecido no mundo ocidental, um importante avanço conceitual formulado por Ibn Khaldun[59] – sábio nascido em Túnis – remete ao espírito comunitário denominado *assabiya*, a base do governo e a fonte de prevenção das injustiças. Em outras palavras, não mais Deus, nem papa e nem imperador. A comunidade seria a base da força e da legitimidade das ações políticas. Como governar implica sempre em alguns homens controlarem outros, o governo deveria ser mantido do menor tamanho possível, pois sua tendência a se corromper é sempre grande, segundo Ibn Khaldun.

Dois outros pensadores ocidentais merecem um registro neste conjunto de vozes do humanismo que breve sofrerá perseguição implacável da Reforma e da Contrarreforma. O primeiro, Giovanni Pico della Mirandola,[60] deixou a pequena (mas significativa) obra, cujo nome já diz tudo: *Sobre a dignidade do homem*. O outro, Michel de Montaigne,[61] talvez o maior humanista de todos, um tanto cético, outro tanto estoico, no sentido da velha tradição. Dizia ele que da política se deve

---

59 Ibn Khaldun (1332 – 1406), também conhecido como Ibne Caldune, foi pensador árabe influente em várias áreas do conhecimento, tais como filosofia, astronomia, economia, história e direito islâmico.

60 Giovanni Pico della Mirandola (1463 – 1494) foi um erudito, filósofo neoplatônico e humanista do Renascimento italiano.

61 Michel de Montaigne (1533 – 1592) foi um jurista, político, filósofo, escritor, cético e humanista francês, cuja obra *Ensaios* se tornaria precursora e modelo estilístico desse gênero literário.

ter mais medo do que esperança de bons frutos. É famoso também por pregar que um soberano moderado é o menor dos males, e que o homem deve, na medida do possível, focar-se em seu autodesenvolvimento e menos em coisas coletivas.

A vida intelectual naquela época deixa de ser algo que apenas prospera em faculdades de teologia e ordens religiosas. Desenvolve-se certa laicização do pensamento, a exemplo do ocorrido em alguns momentos precedentes na Antiguidade grega e, depois, na romana.

Nos dois séculos que precederam a Idade Moderna, observou-se a chegada de vários sábios e estudiosos que, tendo vivido o apogeu do Império Romano do Oriente, direcionaram-se para a Europa ocidental e traziam consigo cópias dos textos gregos de grandes filósofos da Antiguidade. Esse movimento migratório fortaleceu tremendamente a qualidade de vida intelectual e artística no Ocidente. A cidade de Mystras, na costa oriental do Adriático, último bastião de resistência do Império do Oriente aos turcos, serviu de ponto de passagem de um grande número de sábios orientais para a Itália, e dali para a Europa.

Os Estados nacionais, então em formação, começam a se fortalecer e encontram nos movimentos da Reforma, um aliado forte para ajudá-los a reduzir o asfixiante poder político dos bispos e do papa.

20
PENSAMENTO POLÍTICO NO LIMIAR DA IDADE MODERNA

Ao LONGO DOS capítulos anteriores foi possível acompanharmos a multiplicidade de temas (ainda atuais) que foram se avolumando enquanto as organizações humanas se tornavam mais complexas, com uma correspondente evolução na estruturação das sociedades: ordem, autoridade, liberdade, democracia, justiça, estado de direito e limites do papel do Estado na vida das pessoas. Ao final da Idade Média, com a crescente ampliação de horizontes trazida pela emergência de uma classe intelectual mais inspirada, vimos se juntar a esses tópicos alguns outros um tanto mais complexos: soberania das nações, existência de uma justiça global na humanidade, representação na esfera política de segmentos específicos da sociedade e a questão das minorias étnicas e religiosas.

Tais temas se alternam em importância relativa ao longo do tempo e de local, mas há um acréscimo da abrangência e da complexidade em sua abordagem. Tudo então no mundo parecia que caminhava para ser incluído no oceano das disputas políticas – e não mais religiosas, como no passado.

No final do século XV, especialmente no Ocidente, uma verdadeira revolução ocorria em relação ao questionável envolvimento da Igreja nas questões seculares terrenas, desvinculadas dos assuntos espirituais. A causa? Cobrança de impostos pela Igreja e sua remessa para Roma a fim de alimentar o poder temporal dos papas, do que temos até hoje testemunho nos fantásticos monumentos lá existentes e no Vaticano.

Décadas depois, com a viagem de Cristóvão Colombo (1451 – 1506), as novas terras descobertas eram repartidas pelo papa entre os países que o apoiavam. Vimos o Tratado de Tordesilhas, em 1494, firmado entre Espanha e Portugal. Os *não contemplados*, Inglaterra, França e Holanda, ignoraram essa partilha do mundo. Francisco I (1494 – 1547), rei da França, desdenhosamente dizia: "desconheço o testamento de Adão" – em outras palavras, apesar da existência do Tratado, o rei francês considerava o novo continente um terreno para exploração também pelos franceses.

Naquele momento, ainda, uma grande corrente de pensadores entendia o mundo como uma manifestação de Deus (conforme pregado por São Tomás) e, portanto, a vida política devia ser levada em ambiente de ordem, hierarquia, supremacia do poder espiritual sobre os poderes seculares dos monarcas, sendo tudo isso, segundo eles, passível de qualquer ser humano concluir racionalmente.

Porém, havia outros que entendiam isso de forma diferente, distinguindo claramente os poderes, secular e o espiritual, e isso não era novo. No início do século XIV, o tema já havia sido tratado por outro grande teólogo, Guilherme de Ockham.[62] Nascido dez anos depois da morte de São Tomás, ele defende a separação radical entre o espiritual e o secular, descartando veementemente explicações metafísicas para fatos correntes. Essa forma de simplificar complexidades interpretativas e cortar radicalmente o que é acessório deu origem à expressão *a navalha de Ockham*, que representa a busca pela simplicidade da explicação tendo por base somente os fatos naturais.

Esse pensador inglês visava acabar de vez com elucubrações nas quais se trazia o espiritual para explicar o real. Subsistia ainda naquela época o *ordálio*, o julgamento de Deus, quando, por razões mundanas, dois

---

62 Guilherme de Ockham (1285 – 1347) foi um frade franciscano, filósofo, lógico e teólogo escolástico inglês.

homens duelavam entre si confiantes que Deus daria a vitória a quem tinha razão. A justiça progrediu bastante desde então.

Guilherme de Ockham fundamenta teologicamente seu ponto de vista na incapacidade de o homem entender os desígnios de Deus e na absoluta liberdade de Deus agir como quiser, pois, se mesmo aos homens foi dado o livre-arbítrio, não teria sentido ele próprio se impor limites. Liberando do jugo teológico o livre pensar, Ockham acabou proporcionando um grande amparo ao argumento usado nos séculos seguintes em apoio à liberdade de pesquisa e de exploração dos limites da razão, características da *experimentação* que ganhava impulso na ocasião. Isso foi crucial para o início da futura Revolução Científica.

Os mais recentes estudos psicológicos apontam que as pessoas tendem a rejeitar fatos, mesmo os que cientificamente provados, quando eles não estão de acordo com suas convicções. Na medida que o território das religiões é o território das convicções, fica difícil pensar em progresso político sem se distinguir os campos religioso e político. Por isso, a reiterada importância da *navalha de Ockham*.

Em paralelo ao que se discutia no plano filosófico, uma notável expansão humanística se verificou com o surgimento de pensadoras no cenário político, com Christine de Pisan, precursora de uma visão feminina da realidade. Nesse sentido, também vimos Dante Alighieri exaltando a mulher, representada por sua amada Beatriz, quando a descreve no capítulo que trata do Paraíso, em sua famosa *Divina comédia*.

A compreensão humanística se enriqueceu com a difusão da literatura nos vernáculos nacionais, iniciada por autores como Petrarca e Dante. Boccaccio e Chaucer, cem anos depois, já descreviam viva e sensualmente a realidade, com personagens masculinos e femininos, mulheres inteligentes e, de forma alguma, inferiores aos homens. No século seguinte, em seus ensaios de estoicismo tardio (evocando a extirpação de paixões e aceitação resignada de um destino, conforme a tradição greco-romana), Montaigne considera o homem civilizado mais bárbaro do que os canibais do Brasil. Outros escritores laicos da época criaram um momento de esplendor do humanismo após tantos séculos de obscurantismo. Esse tratamento cru da realidade vai transparecer na obra política de Maquiavel.

No outro lado do mundo, nos sistemas político-culturais mais fechados que caracterizam o Oriente, já havia surgido muito antes uma obra literária na tradição humanística *da vida como ela é*. Uma obra-prima da literatura japonesa, publicada em 1008, intitulada *O conto de Genji* (*Genji Monogatari*), de autoria de Murasaki Shikibu (978 – 1031), uma mulher, fidalga japonesa que descreve as aspirações das pessoas e as maneiras que lidavam com os poderes constituídos. É uma obra de insubstituível valor na compreensão da vida medieval no Japão. Precedeu em três séculos o que se poderia comparar com seus equivalentes ocidentais (escritos por homens, porém), como *O Decamerão*, de Boccaccio[63] e *Contos da Cantuária*, de Geoffrey Chaucer[64].

---

63 Giovanni Boccaccio (1313 – 1375) foi um poeta e crítico literário italiano, especializado na obra de Dante Alighieri (ao ler a obra *A comédia*, Boccaccio ficou tão fascinado com o texto de Dante que passou a chamá-la *A divina comédia*, imortalizando essa versão do título). Sua obra literária mais famosa é *O Decamerão*, uma coleção de cem novelas publicadas entre 1348 e 1353.

64 Geoffrey Chaucer (1343 – 1400) foi um escritor, filósofo e diplomata inglês. Sua obra mais conhecida é a narrativa inacabada *Contos da Cantuária*, uma das mais importantes da literatura inglesa medieval.

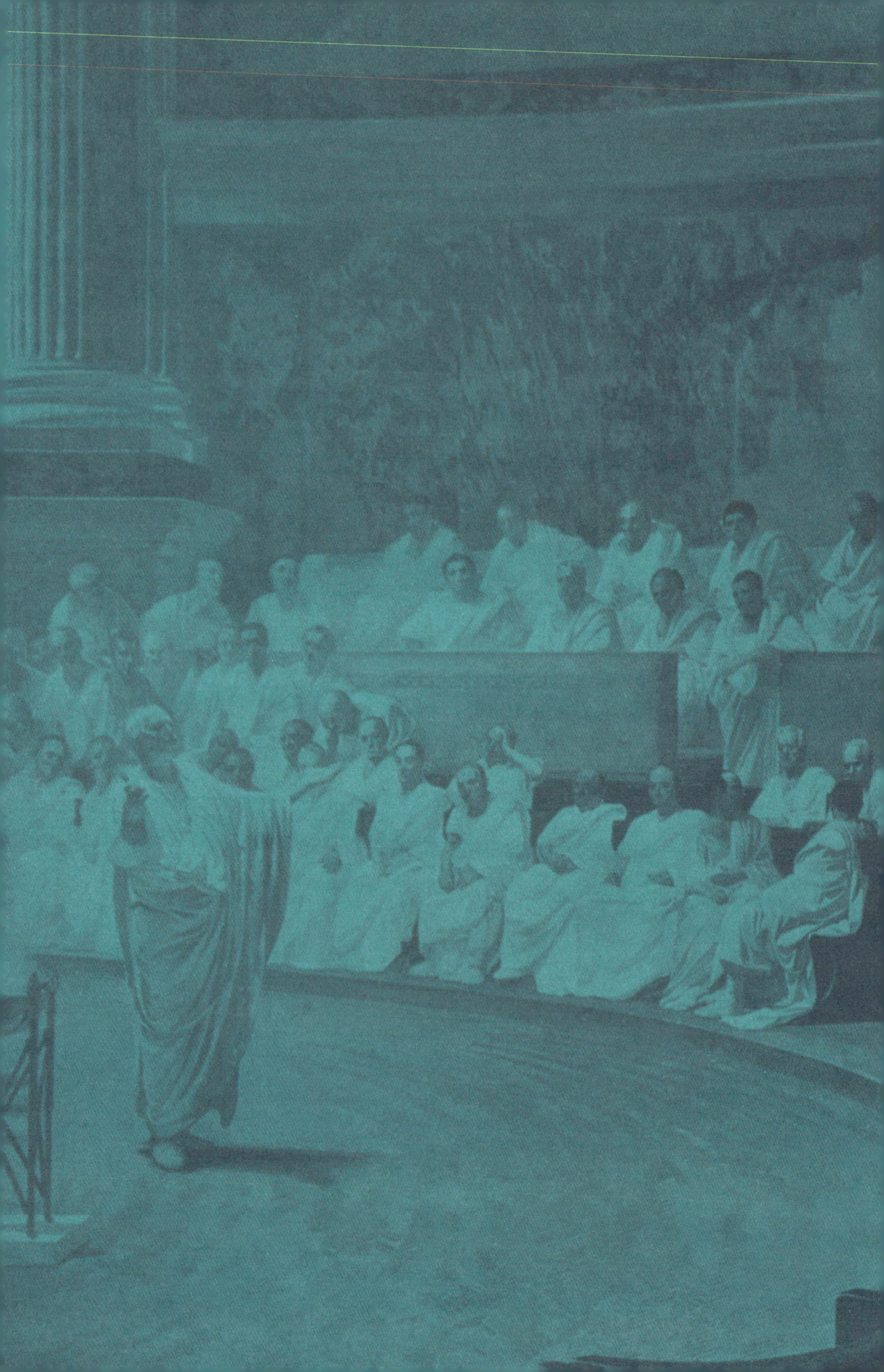

PARTE IV

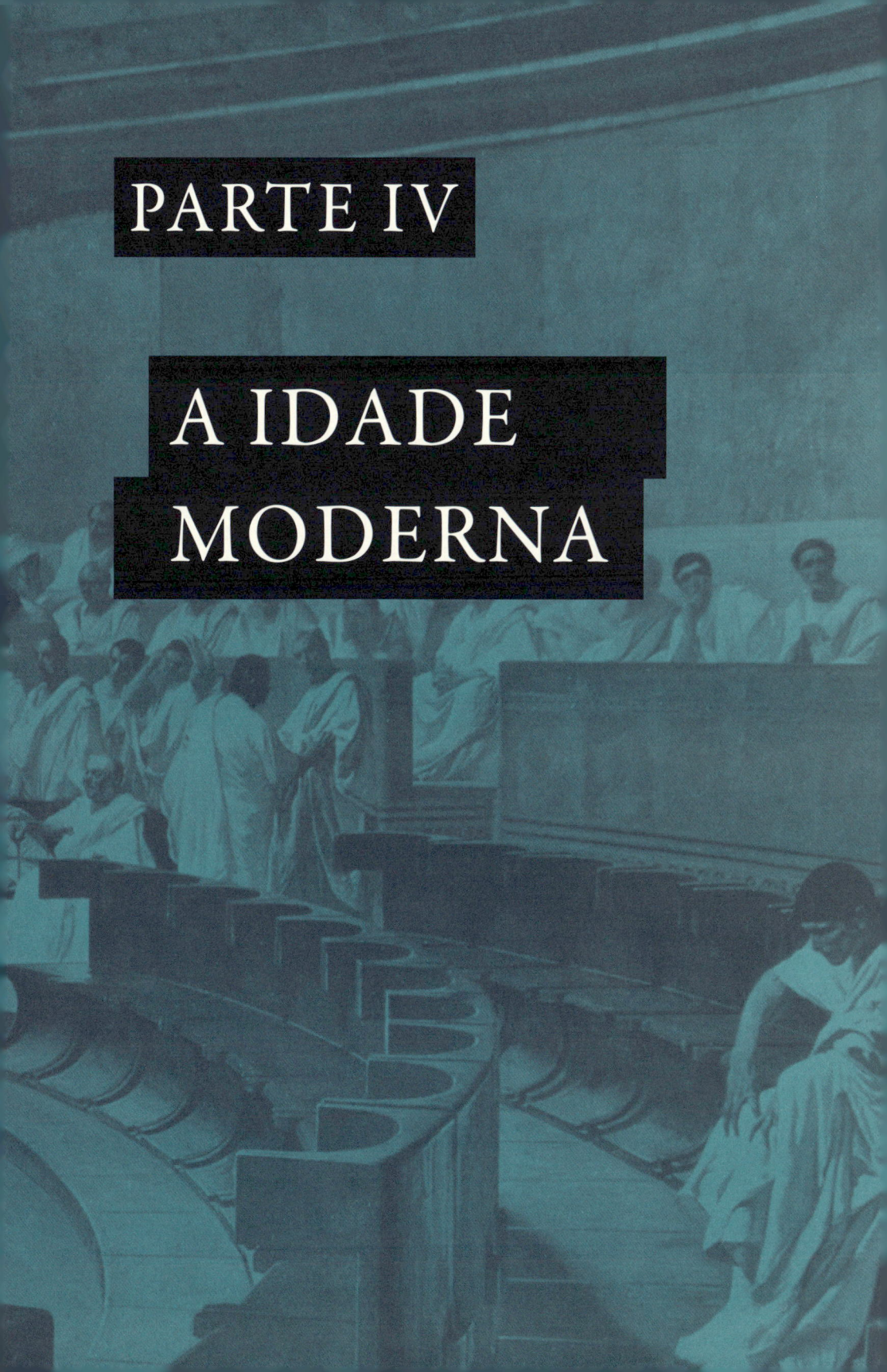

A IDADE MODERNA

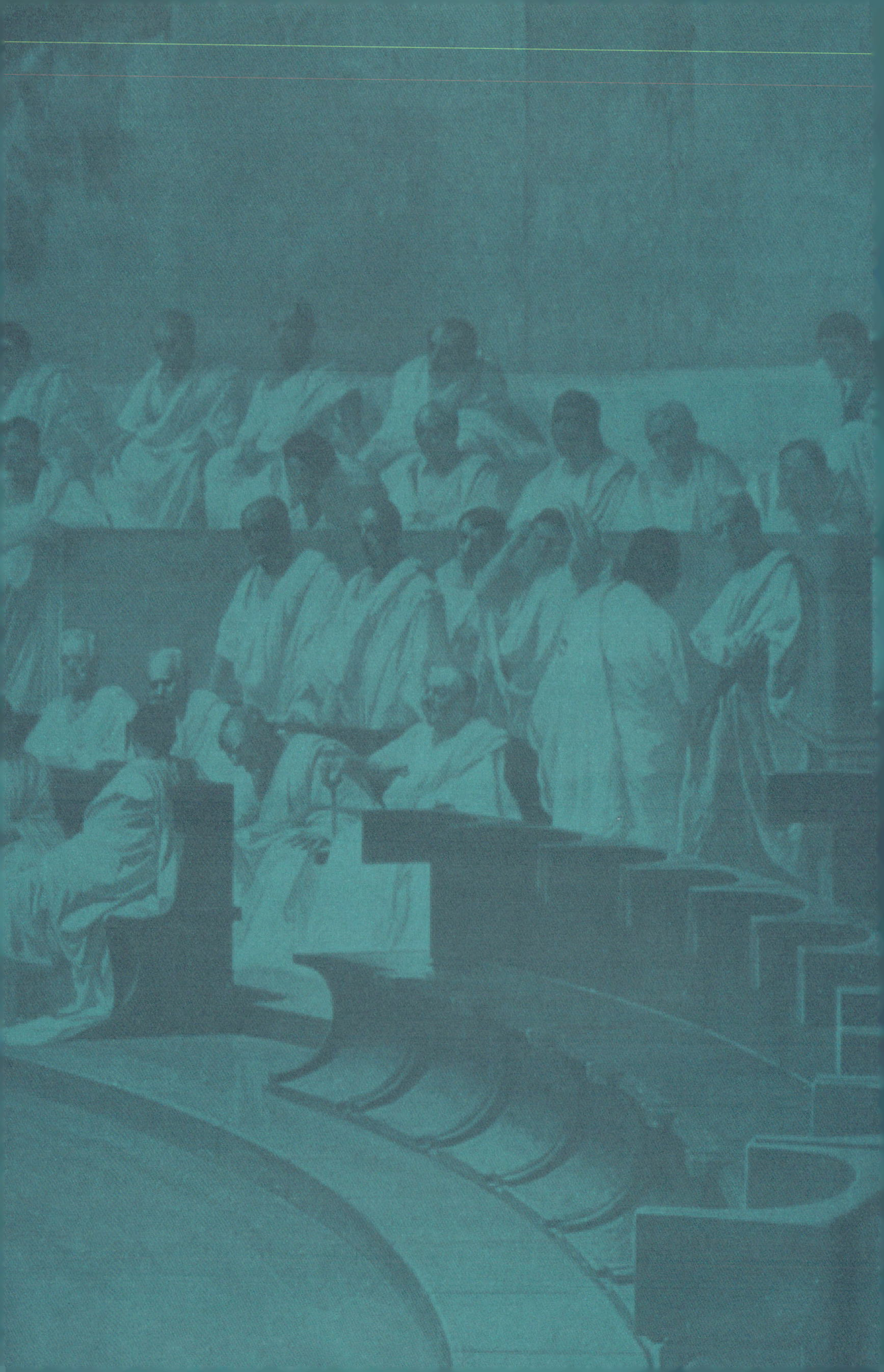

21
A IDADE MODERNA

HISTORICAMENTE, CONVENCIONOU-SE COLOCAR o fim da Idade Média no ano de 1453, quando o Império Romano do Oriente cai definitivamente nas mãos dos turcos, dando início à chamada Idade Moderna. Outros marcos importantes também delimitam o nascimento desse período histórico, tais como a invenção da imprensa por Gutemberg, em 1450, a descoberta do Novo Mundo, em 1492 – seguida pela descoberta do Brasil, em 1500 –, e ainda, também, a publicação das *95 teses* de Lutero, em 1517.

O exercício da política de uma maneira mais próxima a que hoje se pratica começa em tal era, pois nela também começa um forte questionamento do poder tirânico e brutal dos reis e imperadores, que se diziam merecedores de governar em função de um *direito divino*, garantindo-o pelo uso da força. Naturalmente, tal questionamento se estendeu também às autoridades religiosas, que se consideravam representantes de Deus na Terra e, igualmente, se viam à vontade para reivindicar poderes temporais, além dos que regiam a vida espiritual de seus devotos.

A Idade Moderna na política, especialmente na visão do lado ocidental do mundo, resulta do choque cultural de três acontecimentos: a Reforma, o Renascimento e a Revolução Científica. Estes três acontecimentos dialogam entre si todo tempo, um alimentando os outros e vice-versa. O resultado é a emergência de um novo tipo de estruturação da sociedade e, consequentemente, de um novo tipo de política.

A Reforma foi o movimento no qual o Cristianismo ocidental se divide em várias Igrejas. No Ocidente, isso leva ao fim da exclusividade reivindicada pelo papa, não só em assuntos espirituais, mas também em assuntos temporais.

Ela nasce mais forte nos países germânicos a partir do momento em que o monge agostiniano Martinho Lutero afixa as suas 95 teses, escritas em alemão (o uso do vernáculo nacional aumentava sua repercussão) na porta da igreja de Wittenberg. Uma das teses defende que o homem com sua Bíblia estará em contato direto com Deus, eliminando a intermediação da Igreja para esse fim.

De registrar ser Lutero um agostiniano, ou seja, da ordem de Santo Agostinho, o autor do *De civitate Dei*, a quem nos referimos como defensor da separação entre os poderes temporais e espirituais da Igreja.

Tal ação de Lutero marca o início da Reforma. A partir daí, um enorme movimento de alfabetização se espraia pela Alemanha para facultar a leitura da Bíblia por todos. Lutero traduz a Bíblia para o alemão. A Alemanha alfabetizada desde então, distingue-se pela elevação de seu nível de educação. Os chamados *reformistas* (doutrinados pela Reforma) criam escolas dominicais para ensinar todos a ler. Em uma de suas teses, Lutero pregava o fim das remessas de dinheiro para Roma, onde era empregado em obras magníficas e estilo de vida suntuoso, em desacordo com o espírito evangélico. A Igreja oferecia, em contrapartida, as chamadas "indulgências", isto é, a redução de um hipotético tempo que os pecadores passariam no Purgatório após morrerem. O Purgatório também foi *criado* pela Igreja em torno do ano 1330 EC, com base em vagas citações no Evangelho. Havia, enfim, um comércio espiritual problemático, como havia sido o perdão dos pecados para quem fosse lutar nas Cruzadas.

O repúdio a esses dois pontos logo mereceu o apoio de vários príncipes e duques, ávidos em deixar mais recursos financeiros em seus próprios territórios, em vez de remetê-los para Roma. Com efeito, movimentos semelhantes surgiram na França, Suíça, Inglaterra e países nórdicos. Não tardou para que se instaurasse na Europa uma série de conflitos motivados pela religião. Católicos tradicionais contra os

A IDADE MODERNA

Protestantes. Guerras nada religiosas e nada cristãs, talvez das mais sanguinárias, como a Guerra dos Trinta Anos, em nome de um *Deus verdadeiro*, que cada lado reivindicava ser o seu.

A Guerra dos Trinta Anos, travada no território alemão incluindo áreas periféricas da França, Polônia, Ucrânia, Bavária e Áustria, praticamente aniquilou mais da metade da população deste país. O Tratado de Westfália, de 1648, sacramentou o seu término e reforçou o conceito de *Cuius Regio, eius religio*, o equivalia a dizer que os súditos devem seguir a religião de seus governantes. Esse tratado provocou migrações de populações entre estados católicos e protestantes e é um triste precedente de expurgos étnicos ou religiosos ocorridos desde então. Ele definiu os contornos políticos da Europa atual reconhecendo a independência da Holanda e da Suíça, dos estados católicos na Polônia e Baviera, dos protestantes em Brandemburgo, depois Prússia, e disciplinou várias questões de fronteira, muitas em benefício da França, negociadas pelo cardeal Mazarin,[65] então seu primeiro-ministro, sucessor do famoso cardeal de Richelieu.[66]

O segundo movimento é o do Renascimento, que tem como principal vetor a colocação do homem no centro das preocupações. Uma espécie de *promoção*: deixa de ser o degredado filho de Eva para se tornar um *ser livre*, cuja dignidade exige a busca individual pela realização e não apenas por uma subserviência que o levasse à salvação *post mortem*.

O Renascimento é um movimento interessante, pois combina aspectos políticos, religiosos, econômicos, tecnológicos e artísticos. Desde a queda do Império Romano do Oriente, observou-se a chegada de gente vinda de lá para a região europeia. A rota era conhecida: Constantinopla, Mystras e costa adriática da Itália. Por um século, escribas, filósofos, pintores e arquitetos foram se estabelecendo na Itália, e daí migrando

---

[65] Jules Mazarin (1602 – 1661) foi um estadista italiano radicado na França que serviu como primeiro-ministro desse país a partir de 1642 até sua morte, sucedendo o cardeal de Richelieu.

[66] Armand-Jean du Plessis (1585 – 1642), conhecido como cardeal de Richelieu, foi um político francês, primeiro-ministro de Luiz XIII de 1628 a 1642 e uma das figuras centrais do absolutismo na França.

para outros países da Europa. O impacto de tal contingente dotado de boa cultura causou grande mudança na mentalidade europeia.

Quem hoje visita Istambul, seus grandes edifícios, ou ainda as marcas bizantinas existentes na Sicília, pode imaginar a grandiosidade da arte então existente no Oriente antes da invasão dos turcos, parte da qual migrou para a Europa.

Sob tais múltiplas influências e também pela leitura dos clássicos, o homem do Renascimento volta a refletir sobre a razão das coisas. Nessa busca, vai descobrindo novidades sobre a natureza, sobre o corpo humano e sobre seus próprios sentimentos. Esse homem, inconformado com o seu papel estático e menor nas sociedades antigas e medievais, acredita em diferentes valores e irá reformar as instituições políticas segundo suas aspirações. Ele redescobre os textos dos filósofos pré-socráticos e se reinventa.

A teia resultante de novas instituições, combinada aos sentimentos de identidade étnica, religiosa e política, configura não apenas um novo mapa político da Europa, mas também humanístico, com profundas diferenças entre suas partes. Valoriza-se o conceito do pluralismo frente à uniformidade, como era na tradição clássica grega. A arte e a literatura passam a abordar variada temática, do clássico ao cotidiano, em vez de apenas focar em obras religiosas.

Assim, surgirá um mundo ocidental rico de países e diversidades que ora brigam, ora vivem em paz, e que comungam de origens clássicas, pagãs e cristãs. Inevitavelmente, haverá contraposição desse mundo com seus vizinhos islâmicos, eslavos, indianos e chineses, que, nesta mesma época, tornam-se mais próximos como consequência da abertura de rotas comerciais marítimas entre nações, dando-se ali uma espécie de primeira *globalização*.

A evolução política começa a se estender do mundo ocidental para o mundo global. A política continua sendo o denominador comum das lutas de todos os povos em busca da emancipação e felicidade dos seus cidadãos.

22
A POLÍTICA E A REVOLUÇÃO CIENTÍFICA

O TERCEIRO FATOR da grande revolução nos aspectos conceituais e práticos de entender e fazer política na Idade Moderna, em conjunto com o Renascimento e a Reforma, é a Revolução Científica. Estando associada a aspectos concretos da vida cotidiana, tende a ser menos explorada nos textos sociológicos ou políticos, mas é, talvez, a mais impactante. Nela devemos pensar em nossos tempos de inovações digitais, inteligência artificial e progresso tecnológico como precursores de novas mudanças políticas.

A Revolução Científica se alimentou da redescoberta de textos de história natural de autoria de filósofos gregos. Textos praticamente ignorados entre os séculos V e XV. Por exemplo, a obra de Demócrito (460 – 370 AEC), que trata da teoria atomística; ou a obra de Eratóstenes (276 – 194 AEC), que mede com precisão admirável a circunferência da Terra. Quinze séculos depois, estudos e experimentos de Copérnico,[67] Galileu,[68] Kepler[69] e, mais tarde, as teorias de Isaac Newton reabilitam

---

67 Nicolau Copérnico (1473 – 1543), astrônomo polonês que elaborou pela primeira vez a hipótese científica de que a Terra gira ao redor do Sol, contrariando a doutrina católica de que nosso planeta era o centro do universo.

68 Galileu Galilei (1564 – 1642), astrônomo italiano que desenvolveu a teoria do heliocentrismo copernicana, acrescentando a ela diversas descobertas, além de outras muitas contribuições científicas. Foi alvo de um processo da Igreja, sendo obrigado a se retratar para evitar a pena de morte.

69 Johannes Kepler (1571 – 1630), astrônomo alemão que desenvolveu as leis básicas do movimento dos planetas.

formas de ver o mundo, agora com comprovações práticas. A partir de então, colocava-se o homem e a razão — em vez de Deus e a graça — ocupando o tempo dos pensadores e provocando uma enorme luta contra a tradição medieval e o obscurantismo.

Depois de nomes como Hipócrates,[70] Sorano[71] e Galeno,[72] a Medicina pouco avançou no ínterim de mil anos, reinventando-se novamente no século XVI com Vesalius[73] e Harvey.[74] Outro grande campo do interesse científico foi a Astronomia, cujas descobertas mudaram a nossa visão sobre o formato da Terra, bem como a aceitação de que ela não era o centro de tudo, mas sim um planeta entre outros que giravam em torno do Sol (representando um decréscimo no prestígio que desfrutava então a Astrologia). A Botânica, da mesma forma, evoluiu e passou-se a entender a enorme variedade das plantas que podem fazer parte de *famílias* e que vegetais oriundos de climas diversos poderiam ser aclimatados em ambientes diferentes dos seus originais. Por sinal, isso veio a mudar inteiramente os hábitos alimentares da Europa, que adotou alimentos vindos da América — o milho, a batata e o tomate —, tornando-os itens comuns na mesa da população. Da mesma forma, o estudo da Química foi diminuindo o prestígio da Alquimia.

Às especulações sobre a natureza seguiu-se uma série de invenções no campo de ciência aplicada. Muitas eram de natureza bélica, mas

---

70 Hipócrates (460 – 370 AEC), considerado como pai da Medicina no Ocidente, é frequentemente colocado ao lado de Demócrito, Sócrates, Platão e Aristóteles como um dos pensadores mais importantes da Grécia.

71 Sorano (século I-II) foi um médico grego que atuou em Alexandria e, mais tarde, em Roma, considerado um dos representantes da *escola metódica de medicina*.

72 Galeno (129 – 217) foi um dos mais proeminentes pesquisadores sobre Medicina do período romano. Suas ideias influenciaram a ciência médica ocidental por mais de um milênio, servindo como padrão de anatomia até a publicação dos estudos feitos por Andreas Vesalius.

73 Andreas Vesalius (1514 – 1564) médico belga considerado o pai da anatomia moderna. Sua obra revolucionária *De Humani Corporis Fabrica* (1543) se tornaria a referência dos atlas de anatomia nos séculos seguintes.

74 William Harvey (1578 – 1657) foi um médico britânico. Seus experimentos o levaram a ser o primeiro cientista a descrever corretamente os detalhes do sistema circulatório do sangue ao ser bombeado pelo coração.

A IDADE MODERNA

também se viu inovações em métodos construtivos, materiais, tecnologias de produção, técnicas de navegação e uso de energia. Tais novidades começaram a modificar as formas de produzir e reduzir os tempos de deslocamento das pessoas e mercadorias.

É nessa época também que as finanças são modificadas. Controles e contabilidade das despesas públicas e privadas se aprimoram. O frei italiano Luca Pacioli[75] inventa o *método das partidas dobradas*, que ainda é a base da contabilidade atual. Passa-se a usar algarismos arábicos. As casas bancárias italianas se espalham pelas principais cidades europeias. Os alemães entram violentamente nesta atividade de financiamento com o esplendor dos banqueiros Fugger,[76] em Augsburgo, e o capitalismo começa a se afirmar como um grande fator de desenvolvimento de algumas nações em detrimento de outras. Foi assim que Portugal e Espanha tiveram boa parte de suas riquezas advindas do período de descobertas marítimas drenadas para os banqueiros ingleses, holandeses, alemães e italianos, que financiavam suas expedições e seus dispendiosos hábitos de vida.

Uma nova classe burguesa emerge nas grandes cidades de então. Gente que privilegia não apenas a arte religiosa, mas também temas mitológicos ou laicos. Gente que participa do governo de suas cidades livres, gente que resiste a pagar taxas para reis e cortes inúteis e dispendiosas. Gente, enfim, que elege o valor *liberdade* – de agir, pensar, movimentar-se e de comercializar – a um patamar de importância não experimentado anteriormente pela humanidade. Mercado e liberdade adquirem o sentido universal que hoje lhes atribuímos, de resto já presente há séculos nas cidades da Liga Hanseática, cidades livres da Europa do Norte.

A história da Liga Hanseática, uma aliança de cidades livres do domínio de reis ou imperadores, que estabeleceram e mantiveram um

---

[75] Luca Bartolomeo de Pacioli (1445 – 1517) foi um frade franciscano e célebre matemático italiano, considerado o pai da contabilidade moderna.

[76] Jakob Fugger (1459 – 1525) foi um mercador e banqueiro alemão nascido em uma família proeminente da Baviera. O montante de sua fortuna acumulada em vida o coloca como uma das pessoas mais ricas da história mundial.

monopólio comercial sobre quase todo Norte da Europa e mar Báltico entre o fim da Idade Média e começo da Idade Moderna, é uma das fontes importantes da compreensão dos instrumentos e contratos comerciais que sobrevivem há séculos.

Os sistemas políticos tradicionais, centralizadores, procuraram resistir de todas as formas e buscavam manter os privilégios de seus membros, acostumados que estavam a exercer um poder absoluto por meio de uma casta de reis e nobres. Deparavam-se, todavia, com resistências que se amparavam em questões filosóficas espinhosas: como justificar a concessão divina para que alguns homens exercessem o poder sobre outros? Deus não criou todos iguais?

As universidades que começaram a se multiplicar favoreceram esses e outros questionamentos. Umas são geridas por estudantes, como a Universidade de Bolonha; outras por professores, como a Universidade de Paris (Sorbonne).

Manufaturas surgiram com regimes diferenciados de trabalho. Guildas de trabalhadores especializados em outros lugares proliferam: pedreiros, latoeiros, ferreiros. Elas são a origem das corporações de ofícios.

Todo esse movimento, alimentado por constantes inovações, requereu formas diferenciadas de representação política que provocaram mudança nas formas de governar. Tensões e mesmo manifestações de resistência ocorreram. Associadas a questões de identidade religiosa ou fanatismo, elas influenciariam movimentos como expulsão dos judeus da península Ibérica ou dos huguenotes da França.

Temas surgidos nessa época, como a emergência cultural e financeira burguesa, a representatividade de novas classes, o efeito de inovações tecnológicas no dia a dia das pessoas e a desvinculação entre religião e política permanecem atuais e em evidência. Pode parecer desanimador que algo tão semelhante ao que vemos hoje tenha ocorrido quinhentos anos atrás. Tais eventos nos alertam, porém, para a oportunidade de quebrarmos etapas no desenvolvimento político se soubermos usar o conhecimento que a história pode nos trazer e desmontar *convicções*, para que a razão possa efetuar o seu trabalho.

A IDADE MODERNA

O paralelo mais visível da Revolução Científica com o nosso tempo é a Revolução Digital. Iremos em breve votar por nossos smartphones? Acabar com a democracia representativa e passarmos para uma democracia direta na qual, através de aplicativos em nossos smartphones, seremos consultados para tudo? E a nossa privacidade? Enfim, esses exemplos nos permitem imaginar o impacto ocorrido no mundo ao longo dos séculos XV e XVI, quando os frutos do conhecimento científico e a imprensa acabaram com muitos modos de vida das antigas sociedades.

23
QUANDO A POLÍTICA DESCEU DO CÉU PARA TERRA

Na Antiguidade, era comum se atribuir aos deuses uma interferência direta em assuntos humanos. Nas guerras, isso era uma constante.

No período no qual a religião cristã tornou-se a religião oficial, a situação foi mais extremada: aquele que seguia a doutrina da Igreja estaria certo. Os seus oponentes mereceriam o extermínio. Simples e cruel assim. Os deuses não mais tomavam partido. O Deus único sempre estava certo. Tal situação durou mais de mil anos, até que a razão dos atos humanos passou a ser mais bem identificada. O homem age por cobiça, dinheiro, orgulho, poder, fanatismo... O uso da religião é apenas um meio de legitimá-los.

No início da Idade Moderna, alguns pensadores ainda procuravam justificar o exercício do poder na existência de um *direito natural* ou em uma ordem moral universal, como advogavam Francisco de Vitória[77] e Francisco Suárez.[78] Havia, contudo, também aqueles que procuravam

---

77 Francisco de Vitória (1483 – 1546) foi um teólogo espanhol escolástico, sendo também lembrado por suas contribuições para a teoria da Guerra Justa e como um dos criadores do moderno direito internacional.

78 Francisco Suárez (1548 – 1617) foi um jesuíta, filósofo e jurista espanhol, considerado um dos maiores escolásticos após São Tomás de Aquino. Sua produção filosófica, principalmente as *Disputas metafísicas (I a XXIV)* influenciou diversos pensadores modernos, como Leibniz, Hugo Grotius, Schopenhauer e Martin Heidegger.

entender as razões da política no estudo das relações que os homens estabelecem entre si quando vivem em comunidade, como Jean Bodin,[79] Johannes Althusius[80] e Hugo Grotius.[81]

Na década de 1570, Jean Bodin definiu com clareza que a política deve governar apenas o lado público e coletivo da vida dos homens, um conceito ainda moderno.

Johannes Althusius foi um verdadeiro precursor do federalismo. Além de tomar uma cidade-Estado como objeto de estudo, foi além e incluiu em seu campo de observação a composição de interesses entre redes de cidades e destas frente a um poder central imperial. Isso era moderno para os anos entre 1610 e 1614, época durante a qual se valorizava o poder absoluto. Althusius era alemão, vindo de um território onde várias cidades livres da dominação imperial haviam prosperado. Tais cidades, muitas fazendo parte da Liga Hanseática, reproduziam de certa maneira o império comercial ateniense e a velha ordem das cidades-Estado gregas do Mediterrâneo clássico. Nas cidades alemãs, nos negócios internos, havia a mais absoluta liderança social da classe burguesa comercial que se autogovernava.

O federalismo volta a aparecer de tempos em tempos na história, como veremos na criação dos Estados Unidos da América e, mais recentemente, na tentativa de formação de uma unidade supranacional na Europa: a Comunidade Europeia. O mundo parece não estar preparado ainda para a sua generosa proposta de paz, como apontou o grande intelectual Raymond Aron no século XX.

---

79 Jean Bodin (1530 – 1596) foi um teórico político e jurista francês reconhecido pelos seus estudos que foram de suma importância para o avanço dos conceitos de soberania e absolutismo dos Estados.

80 Johannes Althusius (1563 – 1638) foi um filósofo e teólogo calvinista alemão, conhecido por sua obra *Politica methodice digesta et exemplis sacris et profanis illustrata* (A política metodicamente concebida e ilustrada com exemplos sagrados e profanos), texto que o coloca como pai do federalismo moderno e defensor da soberania popular.

81 Hugo Grotius (1583 – 1645) foi um jurista holandês considerado o fundador, junto com Francisco de Vitória e Alberico Gentili, do Direito internacional. Foi também filósofo, dramaturgo, poeta e um nome reconhecido da apologética cristã.

Com o progresso das ideias, destacam-se alguns pensadores políticos de importância, embora nenhum tenha superado Nicolau Maquiavel[82] em renome e capacidade de manter-se em voga. Talvez tenha sido Maquiavel o autor que melhor tenha expressado a vida política da época, valendo-se de um realismo, em vez de algo utópico e idealizado. São dele afirmações como: "Um governante prudente não pode e não deve manter sua palavra"; ou ainda, "A conspiração é útil"; e a famosa "Ao julgar políticas devemos considerar os resultados alcançados e não os meios pelos quais eles foram viabilizados". Assim, temos uma visão cínica posta a serviço do interesse do Estado.

Na Renascença italiana, o Estado era visto como algo que poderia ser construído com a mesma liberdade que o artista tem para criar uma obra de arte. Isto validava o emprego de todo tipo de recurso, incluindo suborno, traições, corrupções e tudo aquilo que pudesse resultar em benefício da causa. A ideia de construir este Estado floresceu em cidades como Florença, Pisa e Milão, governadas por *condottieri*, mercenários ou chefes de milícias. Seus descendentes, em duas gerações, transformaram-se em mecenas e patronos das artes, sem deixar de serem implacáveis e amorais. *A cultura do Renascimento na Itália: um ensaio*, de Jacob Burckhardt,[83] publicado em 1860, é obra de referência para esse período.

Maquiavel se inspirou no estilo político do arquicorrupto César Bórgia[84] para escrever seu livro mais conhecido, *O príncipe*, escrito em 1512 e publicado postumamente em 1532. Ao apontar a eficácia do pragmatismo na obtenção de ganhos políticos, ainda que tal liderança fosse baseada na força e amoralidade, chancelou os atos de muitos

---

82 Nicolau Maquiavel (1469 – 1527) foi um filósofo, historiador, poeta e diplomata italiano, reconhecido hoje como fundador do pensamento e da ciência política moderna. Entre suas obras mais famosas estão o *Discursos sobre a primeira década de Tito Lívio* (1531), no qual ele discute de maneira mais profunda o tema da República, e *O príncipe* (1532).

83 Jacob Burckhardt (1818 – 1897) foi um historiador da arte e da cultura suíço, professor de História da Arte na Universidade de Basileia e na Universidade de Zurique.

84 César Bórgia (1475 – 1507), príncipe, cardeal e nobre italiano de uma das famílias mais influentes da Renascença europeia, é hoje lembrado frequentemente por seu comportamento violento e calculista, tendo sido assassinado em 1507 na região de Navarra (Espanha).

A IDADE MODERNA

seguidores que ainda hoje parecem ser instigados pela obra. Porém, há quem veja nesse destaque de um personagem com características tão negativas apenas uma imensa prova de cinismo de um autor brilhante.

Ainda em nossos dias, empregamos com alguma liberdade o adjetivo *maquiavélico* significando uma trama complexa destinada a enganar terceiros. Maquiavel é citado não só nas escolas de política como nas de negócio, porque, ao expor a vida, sugere como se deve tirar partido da situação, sem considerações morais, algo muito típico no meio empresarial. Pode parecer retrógrado, mas isso ainda impera.

Próximo à chegada do século XVII, os Estados nacionais de Portugal, Espanha, França e Inglaterra já estavam se consolidando. Na vasta região da Europa Central, dividida por dezenas de principados e ducados convivendo com o turbulento início da Reforma e um Sacro Império com pretensões territoriais espalhadas por Itália, Alemanha, Espanha e Bálcãs, a política vira um jogo de tratados e guerras localizadas. Havia a dinastia real dos Habsburgos, líderes do Sacro Império, tramando formar o *grande império*, o *reino de Deus na Terra*, mas, na prática, formando um infernal caldeirão de povos e tensões.

Na Inglaterra, com sua fértil tradição autonomista, surgiram notáveis pensadores, como Francis Bacon,[85] Thomas Hobbes e John Locke,[86] que, ao lado dos cientistas como Isaac Newton[87] e outros, impuseram a experimentação e o empirismo indutivo como as bases do saber, em vez das reflexões puramente metafísicas. Com isso, provocaram, além do progresso da ciência, o avanço no pensamento filosófico e político.

---

85 Francis Bacon (1561 – 1626) foi um político, filósofo, cientista, ensaísta inglês considerado como um dos fundadores da ciência moderna. Uma de suas obras mais conhecidas é o *Novum organum sive Indicia de interpretatione naturae* (Novo método ou Manifestações sobre a interpretação da natureza), publicado em 1620.

86 John Locke (1632 – 1704), autor do *Ensaio acerca do entendimento humano* (1689), foi um filósofo inglês conhecido hoje como o pai do liberalismo, sendo considerado o principal representante do empirismo britânico e um dos principais teóricos do contrato social.

87 Isaac Newton (1643 – 1727) foi um cientista e astrônomo inglês. Sua obra *Princípios matemáticos da filosofia natural* (1687), na qual Newton apresenta as três leis do movimento dos corpos que fundamentariam a mecânica clássica a partir de então, é considerada uma das mais influentes na história da ciência mundial.

24
O HIATO ENTRE O PROGRESSO DAS IDEIAS E O DAS PRÁTICAS POLÍTICAS

NEM SEMPRE o avanço no campo das ideias corresponde ao avanço em sua aplicação prática. Algumas vezes, passam-se séculos entre as duas coisas. Algumas ideias, também, nunca saem do plano abstrato.

Destacamos alguns sábios do século XVII cuja influência perdura desde então. Montaigne ressalta em seus *Ensaios* a importância do autoconhecimento, da reflexão sobre si mesmo e da resignação diante das injunções do destino.

Outro grande pensador deste período é Baruch Spinoza,[88] um filho de judeus portugueses emigrados para a Holanda fugindo das perseguições religiosas.

Spinoza foi heremizado, expulso, amaldiçoado e esconjurado pelo Conselho da Sinagoga de Amsterdã, pois seus primeiros escritos poderiam ser mal interpretados pelo governo holandês, que havia acolhido os judeus. Sofreu, assim, o equivalente judaico à excomunhão.

Sua obra é interessante por distinguir um tipo de raciocínio diferente do usual, motivado pela força das paixões, afetos e sempre progressivo, como a razão resultasse, também, de uma busca contínua e progressiva de emoções. Sua obra *Ética – demonstrada à maneira dos*

---

[88] Baruch Spinoza (1632 – 1677), nascido na Holanda, foi um dos grandes racionalistas e filósofos do século XVII, ao lado de René Descartes e Gottfried Leibniz.

A IDADE MODERNA

geômetras (ou, simplesmente, *Ética de Spinoza*, como é mais conhecida), publicada postumamente em 1677, possui toda uma parte dedicada à política. Sua concepção de "Deus é natureza" pode ser hoje bem entendida em uma valorização política de ética das relações do homem com a natureza.

No final de sua vida de apenas 44 anos, teve reconhecimento por parte de grandes pensadores.

Dentre as contribuições contidas em sua *Ética* está a valorização da alegria no existir como fonte da potência do homem e a expulsão da tristeza, que corrói sua capacidade criativa. Isso exige um trabalho mental fundado na ideia de amor, em um sentido amplo.

Tanto Spinoza quanto Montaigne tratam de aspectos da sabedoria associados à mente do homem moderno que constituem uma ética do interesse próprio – e não aquela que ele existe só para agradar a Deus ou ao soberano do momento. Como regra de vida, essa nova ética traz recompensas diretas na qualidade do viver.

Ainda no século XVII, cabe também destacar a importância de René Descartes,[89] pensador que influenciou definitivamente a Filosofia ao valorizar a importância do homem na definição de seu destino e seus desafios, sobretudo na apologia da racionalidade – por sinal, talvez o aspecto mais marcante da época, conhecida como a Era da Razão. Descartes escreveu sobre filosofia, matemática, corpo e psique humanos, mas a sua contribuição indireta para todo pensamento político também foi determinante, e a sua expressão pública, enorme. Sua frase "penso, logo existo", suas obras, como o *Discurso do método* e as *Meditações* foram, e ainda são, leitura obrigatória. Não surpreendentemente, foram incluídas na época no *Index* da Igreja católica, que apontava as obras que deveriam ser banidas.

Temos ainda na história desse desenvolvimento filosófico um pensador político notável por sua clareza, mas que, curiosamente, não é

---

89 René Descartes (1596 – 1650) foi um filósofo, físico e matemático francês, autor de livros fundamentais para a formação do pensamento científico e filosófico modernos, tais como *Discurso do método* (1637) e as *Meditações sobre Filosofia Primeira* (1641), texto no qual está a sua famosa frase *"cogito, ergo sum"* ("penso, logo existo").

muito lembrado, embora mereça um lugar dentre os grandes. Trata-se de Giambattista Vico,[90] que viveu entre 1668 e 1744. Não foi muito conhecido em vida, talvez pelo fato de ter passado toda sua existência em Nápoles (naquela época, o pensamento mais inovador se situava entre França e Inglaterra). Redescoberto no século XIX, desde então suas ideias têm influenciado a maioria dos pensadores políticos, sobretudo os ocidentais.

Vico foi um expoente em considerar a História como a mais importante das ciências. Para o pensamento racionalista de Descartes e seus sucessores iluministas, isso era algo inadmissível, pois a ligação entre razão e história era algo tênue. O "penso, logo existo" de Descartes é subvertido em Vico por um existo – em primeiro lugar – e, daí, *penso e faço outras coisas além de pensar*. Se isso fosse mais profundamente explorado, poderia se pensar em Vico como um existencialista trezentos anos antes de Sartre.

Por que para ele a História é tão importante? Porque ela é o retrato da vida dos homens relatado de forma racional, e não da forma hagiográfica, para exaltar um determinado personagem, como era a forma de escrever a história e as biografias à época. Isso a fazia desprezada pelos sábios e tirava, segundo ele, toda respeitabilidade da análise histórica.

Vico dividiu os períodos da História em três: o dos deuses, o dos heróis e o período dos homens.

A idade dos deuses é aquela dos homens ainda embrutecidos, que procuram explicações sobrenaturais para todos os fenômenos, e quando a sua reflexão não vai além da sobrevivência diária e da satisfação de seus instintos.

A idade dos heróis é a idade da fantasia, habitada por semideuses e semi-homens que se misturam à gente comum e praticam façanhas imaginosas. Façanhas que exaltam atribuições invulgares de força ou poderes particulares, para os quais a realidade já é resultante de uma

---

90 Giambattista Vico (1668 – 1744) foi um filósofo político, retórico, historiador e jurista italiano, reconhecido como um dos grandes pensadores do período iluminista. Seu livro mais conhecido, *Ciência nova* (1725), texto considerado hoje clássico sobre teoria da História, influenciou diversos pensadores, como Jules Michelet e Karl Marx.

A IDADE MODERNA

construção meio divina, meio humana. A História é vista como algo que apresenta a vida por meio de alguns mitos, tal como no caso da narrativa épica da *Ilíada* e nas epopeias mais modernas. Heródoto ainda escreve no fim dessa época, com pequeníssimas concessões ao fantástico. É preocupante pensar que o Cristianismo possa estar enquadrado nessa *idade* e que se proteja pelos argumentos da *fé* e da *revelação*.

Algo dessa simbologia existe nas obras de alta qualidade do nosso contemporâneo J. R. R. Tolkien, autor de *O senhor dos anéis*, trama apropriadamente localizada na Terra Média, portanto, na idade dos heróis, terminando na idade dos homens. Não pode haver melhor definição desse tipo de literatura criada por Tolkien, muito em voga atualmente, como uma literatura fantástica.

Por fim, a idade dos homens é a idade da razão, na qual estes adquirem a consciência, o sentido ético mais elevado, o respeito à nobreza intrínseca à sua condição humana. Os homens são os responsáveis pela criação de virtudes como *verdade*, *bem comum* e *justiça*, pois estas viabilizam a vida social na *polis*, o espaço político, convergindo com Aristóteles, portanto, quando ele exalta o homem como um animal social.

Na evolução do pensamento político, as ideias de Vico são muito respeitadas por autores como Karl Marx e Jules Michelet,[91] o grande historiador da Revolução Francesa e da História da República Romana, partidários de uma cientificação da história. Em tempo de crises políticas e retrocessos, como o atual, é oportuno lembrar que as pessoas tendem a aspirar por heróis, super-homens ou soluções fantasiosas, contrariando o sentido da história ou, pelo menos, retardando a sua evolução. É o efeito do rei Artur, *the once and future King*, ou de dom Sebastião, "o Desejado", rei de Portugal.

Lembremos também do inglês Francis Bacon, que viveu entre 1561 e 1626. Assim como os citados acima, ganhou importância perene e fortaleceu a base que viria a amparar a evolução do modo de pensar da Revolução Científica: o conhecimento baseado na experiência. Em um

---

91 Jules Michelet (1798 – 1874) foi um filósofo e historiador francês, considerados um dos mais influentes da França.

determinado trecho sua obra *Novum organum*, de 1620, ele compara os filósofos a três tipos de insetos: aranhas, formigas e abelhas. Bacon compara os escolásticos e platônicos às primeiras, pois "tecem belas teias, mas permanecem alheias à realidade". As formigas corresponderiam aos empiristas, por serem sistemáticos e acumuladores de conhecimentos – tal qual as formigas que colhem seus alimentos e os estocam de forma organizada. O caminho para o verdadeiro filósofo estaria em ser como abelhas que fazem uma coisa e outra. Tanto colhem o pólen das flores, os conhecimentos, como o transformam em mel, por meio da sua capacidade de produzirem coisas novas e úteis. Esta seria a finalidade do estudo e da pesquisa combinados com a experimentação.

Na Inglaterra, o século XVII foi palco não só do surgimento de ideias políticas, como também de sua implementação prática. Naquele país, onde a influência da religião católica e do poder divino dos reis havia perdido o peso que ainda possuía na Europa continental, vimos surgir dois pensadores de destaque: Hobbes e Locke.

Hobbes pensou a sociedade a partir de uma visão egoísta e individualista do homem. Em sua concepção, o homem vive no que ele chama "estado da natureza", no qual cada um pensa, sobretudo, em si; seja de maneira mais selvagem ou mais civilizada, esse homem vai empregar todos os meios de que dispõe para a autossatisfação. Sendo assim, Hobbes defende a existência de um poder político absoluto e forte para manter essas paixões dentro de limites. Na época da Guerra Civil Inglesa, cerca de 1640, começou apoiando o rei, que acabou decapitado. Depois, manifestou seu apoio quando Cromwell[92] e o Parlamento assumiram o poder e as prerrogativas de seu exercício. Havendo um poder forte, ele estava de acordo. Sua obra mais famosa é o *Leviatã*, termo que denominava um monstro bíblico utilizado como uma metáfora para o Estado, que a todos deve controlar em prol de manter a vida em sociedade possível.

Cerca de cinquenta anos depois, ao tempo em que a chamada Revolução Gloriosa na Inglaterra coloca um limite claro ao poder do

---

92 Oliver Cromwell (1599 – 1658), foi um militar e líder político inglês.

A IDADE MODERNA

soberano e o submete ao do Parlamento, John Locke recupera de Aristóteles o conceito do homem como animal cooperativo que, para viver plenamente, deve fazê-lo em sociedade, na *polis*. Assim, Locke propõe como papel do Estado assegurar a máxima liberdade para os cidadãos dentro de uma possível Ordem. Sua influência é perene – tanto quanto a de Hobbes que tem, como vimos, uma visão contrária do homem.

Uma das coisas a destacar nos dois é terem formulado suas ideias e publicado suas obras ao mesmo tempo que grandes revoluções ocorriam, embora restritas à Inglaterra. A de Cromwell, contemporânea de Hobbes. A Revolução Gloriosa, contemporânea à de Locke. Ressalte-se que a Revolução Gloriosa antecedeu em cerca de cem anos a Revolução Francesa e, de maneira menos cruenta, propagando ideias políticas revolucionárias, como a submissão do poder real ao Parlamento, ou o famoso *Bill of Rights* (*Declaração de Direitos de 1689*).

Hoje temos de entender e promover sínteses entre diferentes conceitos para enriquecer o conteúdo da política. O amor do qual fala Spinoza e o conhecimento sobre o qual reflete Montaigne reforçam o respeito que devemos ter à diversidade de opiniões, à tolerância e à indispensabilidade do Estado.

25
ANTES DAS GRANDES REVOLUÇÕES

UMA DAS GRANDES contribuições ao desenvolvimento de sistemas políticos modernos deve-se à obra *O espírito das leis*, publicada em 1748 por Montesquieu, um pensador e político francês de origem nobre e rica, que teve oportunidade de viajar, e estudar não só as antigas civilizações grega e romana, mas também as do Oriente. Isso certamente fez com que conciliasse a tradição ocidental de aspiração à liberdade, dentro de um nível satisfatório de ordem coletiva, com a busca de um sistema de governo para um país enorme – era nessa época que se consolidava o grande Estado-nação da França, sob Luiz XIV.[93] O foco mudava das cidades-Estado para as vastas nações.

Embora voltado ao caráter laico dos modelos gregos, afastando de vez a inserção e mistura de religião com política, ele confronta as vertentes enunciadas por Aristóteles: monarquia, aristocracia ou democracia, modificando-as para a republicana, a monárquica ou a despótica. Ele as complementa com o conceito de "espírito do Estado". No caso da monarquia, esse espírito seria a virtude; na aristocracia, a honra; e no terceiro caso, do despotismo, o medo.

Montesquieu é mais conhecido pela defesa do sistema de equilíbrio entre três poderes: o de fazer leis (Legislativo), o de fazer cumpri-las e governar (Executivo) e o de dirimir dúvidas ou pendências (Judiciário).

---

93 Luiz XIV (1638 – 1715), apelidado de *rei Sol*, foi o rei da França entre 1643 até à sua morte, tornando seu reinado o mais longo da história da humanidade.

A IDADE MODERNA

Esses poderes devem se equilibrar. Isto não era fácil – na época, em função dos limites que tal sistema impunha aos poderes dos soberanos, não foi bem recebido na França.

O século XVIII assistiu a um incremento dos movimentos sociais que desembocaram em uma ruptura radical com os modelos históricos de fazer política. Alguns pensadores se destacaram: alguns na proposição das mudanças, outros, como analistas do que delas resultou. A Revolução Americana de 1776, sua Constituição de 1787, e a Revolução Francesa provocaram enormes impactos na vida de milhões de pessoas. São verdadeiras revoluções no sentido de que tanto substituem a ordem precedente, como trazem nova visão dos homens e das mulheres: independentes, iguais, libertários. Esses irão, com novos valores, construir novas instituições em um trabalho ainda em curso mais de duzentos anos depois...

Em meados do século XVIII, Immanuel Kant,[94] um professor de Geografia, Ciências Naturais e, depois, de Filosofia, começa também a publicar ensaios.

Kant, considerado por muitos o maior filósofo da humanidade depois de Sócrates, escreveu duas obras fundamentais que alicerçam a teoria do conhecimento que a Idade Moderna vai demandar: *Crítica da razão pura* e a *Crítica da razão prática*.

Kant trabalha nessas obras uma espécie de conciliação entre o raciocínio dedutivo, de Descartes, e o empirismo indutivo de David Hume.[95] Sua influência, especialmente a partir do século XIX, é decisiva sobre todo pensamento filosófico seguinte e, por extensão, também sobre o pensamento político. Kant teceu comentários às obras de Rousseau,

---

[94] Immanuel Kant (1724 – 1804) foi um filósofo alemão, considerado como o principal pensador da Idade Moderna. Suas obras *Fundamentação da metafísica dos costumes* (1785), *Crítica da razão pura* (1781), *Crítica da razão prática* (1788) e *Crítica da faculdade do juízo* (1790) estão entre as leituras básicas para se entender a formação do pensamento filosófico moderno no Ocidente.

[95] David Hume (1711 – 1776) foi um filósofo, historiador e ensaísta escocês, principal representante do chamado ceticismo filosófico, que se opunha à filosofia metafísica proposta por René Descartes. O *Tratado da natureza humana* (1739-1740) é considerado seu livro mais importante.

defendeu a Revolução Francesa (até ser proibido pelo rei da Alemanha), escreveu um texto *O que é o Iluminismo?*, em defesa da racionalidade, e, ainda comentou o *Uma filosofia de história para educação da humanidade*, de Herder. Esta última obra precede em três quartos de século o manifesto escrito por Karl Marx[96] e Friedrich Engels[97]. Já humanizado pelos excessos do Período do Terror na França, Kant publica em 1795 o texto intitulado *A paz perpétua*, no qual ele explora de maneira visionária algo que nossa geração veio a chamar de *globalização*. O conceito de cidadão do mundo, que deveria se guiar pela máxima *agir de modo que as suas ações sejam compatíveis com princípios de uma legislação universal*.

Outro pensador de expressão da época foi Jean-Jacques Rousseau.[98] Esse pensador suíço teve visibilidade nos meios culturais, apesar do caráter altamente questionável de sua vida pessoal. Para ele Maquiavel era um "maquiavélico" (sic) escritor, que procurava dizer o que um príncipe *não* devia fazer. Para se proteger de reações, Maquiavel teria recorrido ao estilo irônico que empregou e ao modelo que elegeu – César Bórgia – um nobre corrupto e amoral, como exemplo de príncipe.

Embora Rousseau defendesse a ideia de o povo ser a fonte da legitimidade no exercício do poder, manifestou-se favoravelmente à existência um regime forte, repressor, inimigo declarado da democracia, que pudesse impor um modelo de comunidades de pequeno e médio porte. Sua visão era que todos os males advêm da vida em grandes e complexas sociedades: "O homem nasce bom. É a sociedade que o corrompe", teria dito.

---

96 Karl Marx (1818 – 1883) foi um filósofo, historiador, economista, jornalista e revolucionário socialista. Marx escreveu muitas obras, dentre as quais *O Manifesto Comunista* (1848) e *O Capital* (1867-1894) se tornaram fundamentais para a formação de novos movimentos econômicos e sociais no Ocidente a partir de meados do século XIX.

97 Friedrich Engels (1820 – 1895) foi um teórico revolucionário alemão. Juntamente com Karl Marx, Engels é considerado o fundador do movimento sociológico conhecido hoje como marxismo.

98 Jean-Jacques Rousseau (1712 – 1778), foi um importante filósofo suíço, teórico político e escritor, considerado um dos principais filósofos do Iluminismo e precursor do Romantismo. Suas obras mais famosas são o *Discurso sobre a origem e os fundamentos da desigualdade entre os homens* (1755), *Do contrato social* (1762) e *Emílio, ou da Educação* (1762).

A IDADE MODERNA

Em seu livro *Emílio*, de 1762, ele propunha a maneira de educar os homens para uma nova sociedade. Já em *Do contrato social*, também do mesmo ano, sua obra mais famosa, propunha teses como "todos os males da sociedade decorrem da propriedade privada". As mulheres, todavia, deveriam ser apenas "educadas para agradar". Todas essas posições dogmáticas, à maneira de *A República*, de Platão, seriam temperadas pela submissão à "vontade geral", que ele considera indivisível, infalível e competente, embora não especule satisfatoriamente sobre a forma de identificá-la.

Vários pontos da obra de Rousseau continuam em plena evidência hoje e influenciaram as revoluções Francesa e Americana, embora muitos outros sejam contestáveis pelo próprio progresso dos estudos sociais. A força de alguns dos seus argumentos e a receptividade popular da sua mensagem tornaram-no, porém, um paradigma do pensamento revolucionário.

Por fim, na Escócia, o grande pensador no fim do século XVIII é Adam Smith (1723 – 1790), que, em 1776 publica a obra *A riqueza das nações*. Como nos exemplos citados acima, ainda hoje é obra de muita atualidade. Ele analisa a dinâmica dos processos econômicos, propõe modelos racionais para a maximização dos retornos econômicos, critica e compara modelos de mercantilismo e das propostas dos fisiocratas e demonstra as implicações políticas da sua análise. Pode-se dizer que esse livro mudou a maneira de se ver a Economia. Poucas décadas depois, seus ensinamentos chegaram ao Brasil com o Visconde de Cairu (José da Silva Lisboa, 1756 – 1835), nomeado professor de Economia Política por dom João VI em 1808.

Ainda hoje, Adam Smith é considerado o *pai* da visão liberal da economia e, mais recentemente, da globalização, embora só nos últimos setenta anos seu prestígio tenha transbordado os limites do mundo anglófono. Ele insere o tema Economia como ingrediente inevitável na discussão política. Em linha com uma séria preocupação filosófica da época, contribui para não isolar nações uma das outras, uma vez que sua teoria de vantagens comparativas implicaria na cadeia de relações comerciais que poderia estar reunindo-as, beneficiando a todas. Um precursor das *supply chains* atuais.

Enquanto se tinha o cenário acima no Ocidente, permanecia o Oriente imerso em uma cultura denominada em sociologia política como *despotismo oriental*. Regimes autoritários, repressivos, fixados na força e na obediência a direitos absolutos de quem governa. Definitivamente, tal quadro não ensejava o surgimento de grandes pensadores políticos. Era (e ainda é) uma questão de sobrevivência de tais regimes autoritários a redução da atividade intelectual ao máximo.

A África, cujo interior era conhecido apenas por árabes mercadores de escravos, era palco de exploração econômica a partir de feitorias implantadas em suas costas por alguns países europeus, sendo suas populações mantidas em economias agrárias ou extrativistas, bem primitivas.

A Índia, depois do declínio comercial dos árabes e portugueses, havia sido disputada por franceses e ingleses. Desde a metade do século XVIII, os ingleses passaram a dominá-la economicamente através de governos locais títeres. Alguns desses governos possuíam elites com refinado senso cultural, artístico e religioso.

A China mantinha-se impenetrável aos estrangeiros e fiel às suas milenares doutrinas confucionistas de ordenação social. Nas poucas oportunidades de intercâmbio comercial surgidas, desdenhavam os produtos ocidentais oferecidos.

Os holandeses eram ativos no comércio. Implantaram uma república, ainda em 1580, embora só reconhecida pelos grandes países europeus em 1648. Ao exercer o papel de colonizadores na Indonésia e na África do Sul, mostraram-se duros repressores. Há que se dizer, porém, que Maurício de Nassau[99] adotou um modelo inovador de colônia durante seu domínio no Nordeste brasileiro.

No Japão ganhava espaço um regime forte, racional, baseado em uma ética diferente daquela do Ocidente. Era o chamado *shogunato*, que vigorou entre 1600 e 1860. O imperador era um ser superior, quase uma divindade,

---

[99] João Maurício de Nassau-Siegen (*Johan Maurits van Nassau-Siegen*, 1604 – 1679), foi um nobre holandês que viveu um período de sua vida no Nordeste do Brasil, sendo governador da colônia holandesa no Recife entre 1637 e 1643.

afastado dos assuntos terrenos que, por sua vez, ficavam na mão de um poderoso dirigente denominado *shogun*, que governava com mão de ferro.

A Rússia, em contínua expansão territorial sob a dinastia Romanov,[100] não cessava de avançar seus domínios em todas as direções com uma sucessão de soberanos implacáveis dentre os quais Pedro, o Grande, e Catarina, a Grande, que conduziram esse império à posse da maior área territorial contínua. Estendia-se dos limites da Sibéria até a Alemanha, e do mar Báltico ao mar Negro. Era o exemplo mais acabado de autocracia.

A América do Norte achava-se na época dividida entre ingleses, com a maior parte, e os franceses. América Central e do Sul eram dominadas por metrópoles ibéricas, sendo todas as colônias submetidas ao regime mercantil, ou seja, comércio exclusivo com a metrópole.

Por fim, o Império Otomano, que abrigava diferentes seitas islâmicas, praticava certa tolerância religiosa com governo centralizado sob amparo dos janízaros, forças armadas profissionais. Usufruindo uma posição geográfica que o tornava o caminho das grandes rotas comerciais, o Império Otomano mantinha os limites territoriais alcançados ao final do século XVI. O Egito era um Estado a ele alinhado, embora com um grau de independência maior.

O traço comum a todos os regimes vigentes era o autoritarismo, a lei do mais forte, a tirania e a falta de respeito por direitos básicos. O desprezo pelos direitos individuais era total.

A grande conquista das revoluções Americana e Francesa foi iniciar a derrubada do autoritarismo, valorizar a liberdade política, o livre comércio e o respeito ao indivíduo, não só em seus países, mas lançando o germe da mudança pelo mundo inteiro. Graças a esse conjunto de conquistas é que a ideia democrática voltou a prosperar.

---

100 A Casa Romanov é a designação mais conhecida de uma família nobre russa que, a partir de 1613, governou o Império Russo por oito gerações. Dentre seus membros mais conhecidos estão Pedro I, o Grande (1672 – 1725) e Catarina II, a Grande (1729 – 1796).

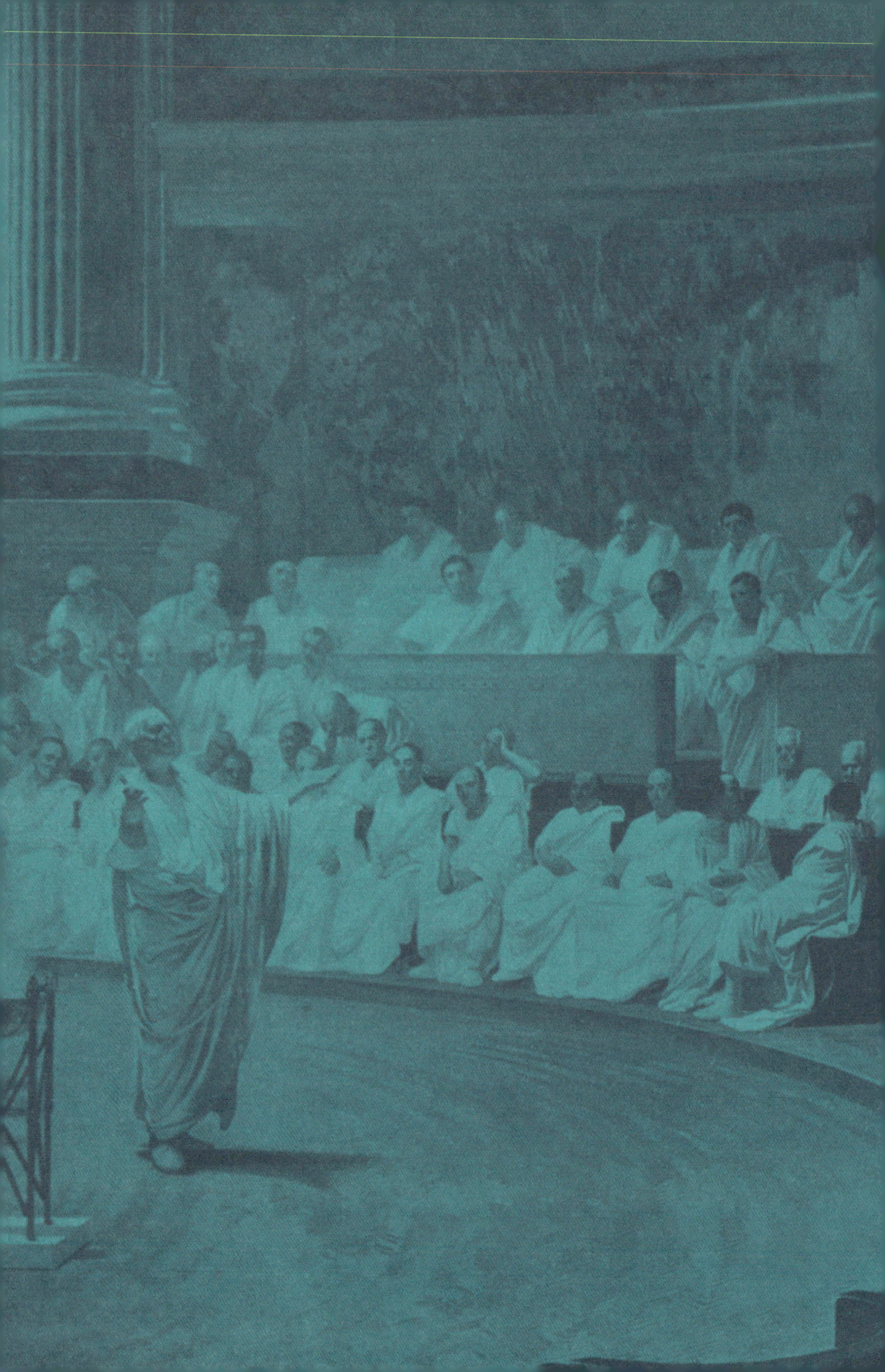

PARTE V

A CONSAGRAÇÃO DA DEMOCRACIA

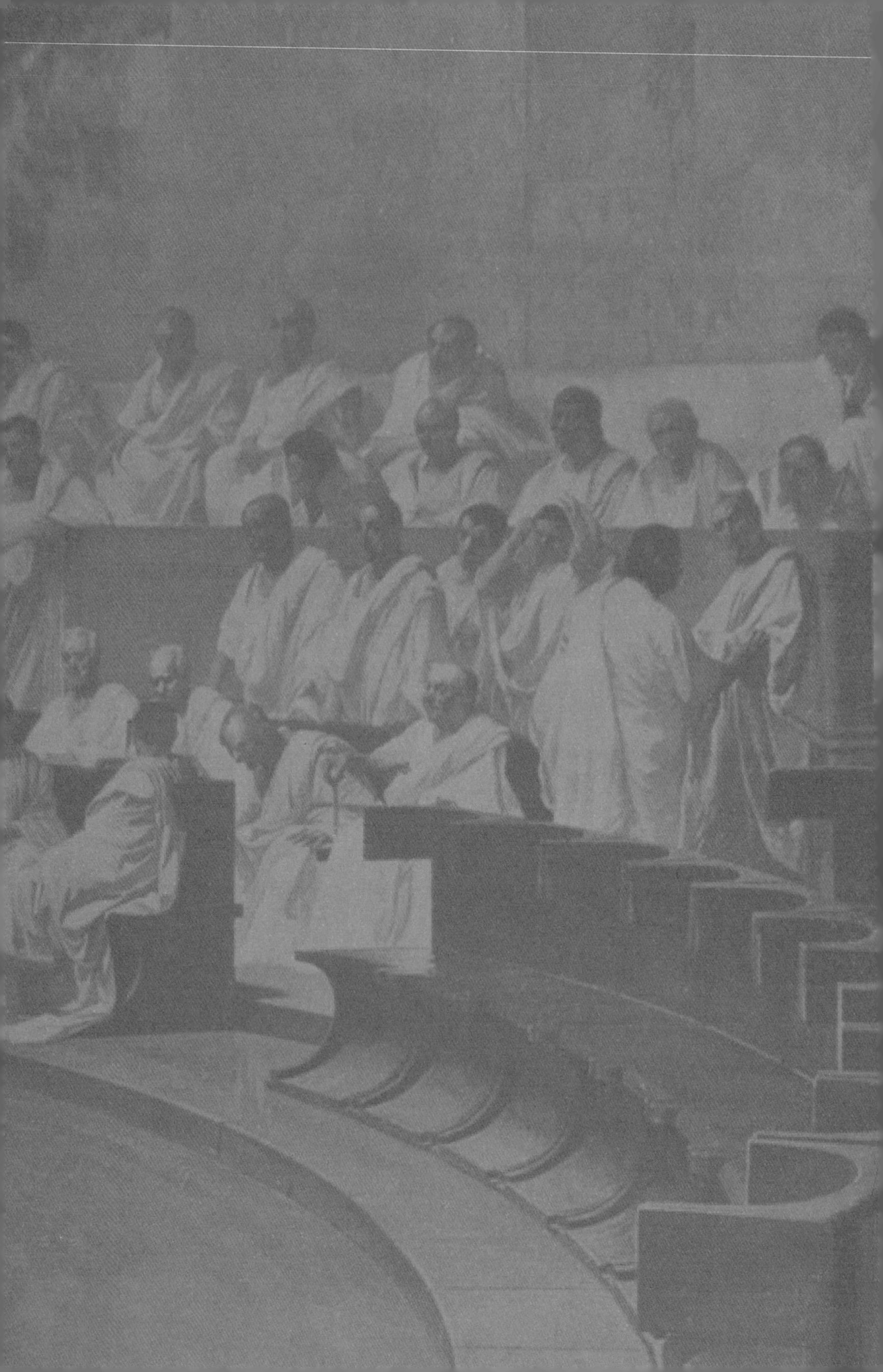

26
AS GRANDES REVOLUÇÕES

O CONCEITO DE revolução em política – uma mudança radical, brusca e violenta na forma que uma sociedade é organizada por meio da ascensão ao poder de um grupo com ideias diferentes do precedente – frequentemente não resulta em algo que compense o alto custo social que implica. Raros são os movimentos revolucionários que acabam deixando mais do que a herança de alguns conceitos inovadores, o que não chega a contrabalançar as sequelas que geram.

É muito oportuno lembrar que uma das maiores revoluções no pensamento político da história foi proposta com sucesso por São Paulo em sua Epístola aos Gálatas. Diz ele que "[...] não existe doravante nem judeu nem grego, nem escravo nem homem livre, nem homem nem mulher [...]", em oposição à frase atribuída a Sócrates, que rendia graças aos deuses todas as manhãs: "[...] por ter nascido grego em vez de bárbaro, homem em vez de mulher, cidadão em vez de escravo".

A igualdade dos homens pregada no seio da Cristandade teve, desde o início, um efeito político mais subversivo e permanente que a maioria das revoluções, sempre ligadas a derrubar um governo e instalar outro.

Não é por acaso que o filósofo marxista Alain Badiou,[101] em anos recentes (1997), exaltava a obra de Saulo de Tarso (canonizado como São Paulo) em seu livro *São Paulo: a fundação do universalismo*.

---

101 Alain Badiou (1937) é um filósofo, dramaturgo e novelista francês nascido em Marrocos, conhecido por sua militância maoísta e por sua defesa do comunismo.

Ideias de alto potencial revolucionário hoje habitam no interior das pessoas: consciência ambiental, direitos pessoais relativos à liberdade de gênero e religiosa, efeitos da revolução tecnológica ou de pandemias. Isso, porém, não é garantia que elas sejam aceitas. O mundo nos dá exemplos de retrocessos e da convivência de regimes politicamente avançados com outros extremamente retrógrados e que novas ideias, corretas, nem sempre são aceitas. Há países que antecipam mudanças que outros só verão implantadas séculos depois. Se há alguma razão que explique isso, ela deve ser buscada na cultura dos povos e na formação dos valores de seus indivíduos.

Os dois exemplos mais relevantes de revoluções que lograram implantar mudanças no pensamento político após períodos de sofrimentos, foram as revoluções Americana e Francesa, cujos efeitos, presentes até hoje, corresponderam a um grande progresso político.

Naturalmente, há algumas revoluções anteriores também. Destacamos como exemplo positivo a chamada Revolução Gloriosa, ocorrida no final do século XVII na Inglaterra. Viu-se como resultado a subordinação dos soberanos, Guilherme e Maria, ao Parlamento, em ato chamado *Bill of Rights*, que institui os direitos e a liberdade dos súditos e define a sucessão da coroa.

Cem anos antes, viu-se nos Países Baixos, hoje Holanda, províncias se organizarem sob a forma de uma república de grande sucesso econômico que criou a Companhia Holandesa das Índias Orientais, uma grande empresa comercial a serviço do desenvolvimento econômico da nação.

Mais antiga ainda é a república que floresceu na cidade-Estado de Veneza no século IX, até sua invasão por Napoleão Bonaparte[102] no século XIX, com um sistema eleitoral peculiar para eleger seu governante – o doge – e o seu Conselho. Veneza por séculos dominou as relações

---

102 Napoleão Bonaparte (1769 – 1821) foi um líder político e militar durante os últimos estágios da Revolução Francesa, ocupando a posição de imperador entre 18 de maio de 1804 e 6 de abril de 1814. A reforma do sistema legal francês promovida por Napoleão influenciaria imensamente a legislação de muitos países.

comerciais entre Ocidente e Oriente e foi um modelo de diplomacia, sobrevivendo em meio a belicosos vizinhos.

Vale observar ainda o caso da Córsega na linha do estabelecimento dos direitos, depois consagrados nas *grandes revoluções*. Desde o fim da Idade Média, essa pequena ilha, possessão de Gênova, era disputada por franceses e genoveses. Em meados do século XVIII, um movimento autonomista a dominou por dez anos – especialmente seu pobre e pouco populoso interior. Seu líder, Pascal Paoli,[103] foi celebrado em toda Europa, ganhando rasgados elogios de Voltaire,[104] Boswell[105] e outros celebrados intelectuais. Um dos seus primeiros atos foi a fundação de uma universidade e também a encomenda de uma Constituição ao próprio Rousseau. Derrotado pela tropa de Luiz XV (a França havia recebido a ilha como garantia de dívidas contraídas pela república genovesa), Paoli se exilou na Inglaterra, onde continuou exercendo forte influência. Lá ele conviveu com Boswell, Dr. Johnson,[106] David Hume e outros grandes intelectuais. Mais tarde, aproximou-se de Thomas Jefferson quando este esteve na Europa. Não é disparatado pensar que possa ter influenciado na elaboração de trechos da Constituição americana, muito semelhantes ao texto da mencionada Constituição corsa.

Paoli voltou para a Córsega como mandatário da Revolução Francesa, mas rompeu com ela e se aproximou da Inglaterra, advogando a favor de uma monarquia constitucional. Durante o curto reinado

---

103 Pascal Paoli (1725 – 1807) foi o líder dos levantes populares em oposição à dominação genovesa e depois francesa na ilha da Córsega. Um dos homens mais influentes do seu tempo, inspirando o movimento independentista norte-americano, é dos poucos estrangeiros a receber a honra de ser sepultado na Abadia de Westminster.

104 François-Marie Arouet, mais conhecido pelo pseudônimo Voltaire (1694 – 1778), foi um escritor, ensaísta e filósofo francês iluminista considerado hoje símbolo na defesa das liberdades civis. Suas obras influenciaram pensadores importantes tanto da Revolução Francesa quanto da Americana.

105 James Boswell (1740 – 1795) advogado e biógrafo escocês, um dos maiores diaristas do século XVIII.

106 Samuel Johnson (1709 – 1784), muitas vezes referido como Dr. Johnson, foi um escritor e pensador inglês que conhecido por suas notáveis contribuições à língua inglesa como poeta, ensaísta, moralista, biógrafo, crítico literário e lexicógrafo.

anglo-corso, George III não o fez vice-rei. Desapontado, voltou para a Inglaterra, onde morreu e está enterrado na Abadia de Westminster.

A Córsega independente nunca se materializou, embora tenha hoje, na qualidade formal de *departamento* da França, um regime com certos privilégios, o que talvez possa inspirar países com grandes diversidades internas, onde existam regiões com tendências autonomistas.

No Brasil, também tivemos na Inconfidência Mineira, que ocorreu de 1789 a 1792, uma abortada revolução precursora da independência, contemporânea de vários movimentos que o Iluminismo gerou pelo mundo.

Vale o questionamento: por que tal guinada aconteceu nessa época? Porque o Iluminismo, ao elevar a razão como determinante maior das atitudes que os homens devem tomar, iniciou um movimento mundial que demonstrou a inevitabilidade da forma democrática de governo republicano, com a igualdade entre os cidadãos. Essa igualdade no plano econômico, resultou na abertura para empreender, provocando uma melhoria geral na condição de vida dos mais aptos.

Contemporânea a essas grandes revoluções, outro movimento autonomista, liderado por Toussaint L'Ouverture (1743 – 1803), resultou na criação da República do Haiti, com o detalhe que o exército local derrotou as tropas francesas, sem esquecer, porém, da força trazida pelo *general febre amarela*, que matou mais de 30 mil soldados (mais de 60% da tropa!) que Napoleão enviara para tentar conter a Revolução Haitiana.

As revoluções, como observado, são muitas vezes sangrentas e frequentemente desnecessárias. Com tolerância e disposição para evoluir permanentemente, e com a capacidade de renunciar a privilégios absurdos que alguns grupos detiveram ao longo do tempo, as conquistas sociais certamente poderiam ser conseguidas de forma mais rápida e menos violenta – como já observou Tocqueville[107] em sua obra *O Antigo Regime e a Revolução*, de 1856, que retrata bem que muitas das mudanças que se atribui à Revolução Francesa já estavam em curso e ocorreriam inevitavelmente.

---

107 Alexis de Tocqueville (1805 – 1859) foi um pensador político, historiador e escritor francês, célebre por suas análises da Revolução Francesa e da democracia americana.

27
LIÇÕES DA DEMOCRACIA AMERICANA

Os Estados Unidos possuem a Constituição republicana que vigora há mais tempo no mundo. Poucos poderiam prever tal longevidade em 1776, quando as treze colônias se declararam independentes da Inglaterra e partiram para a criação de algo inteiramente novo em matéria de sistema de governo, misturando conceitos oriundos do passado e ambições visionárias de seus *Pais Fundadores* (os chamados de *Founding Fathers*).

A independência era vista como reação ao domínio inglês, que limitava as oportunidades de expansão econômica da elite norte-americana e elevava tributos. Isso afetava negativamente a vida de todos e descumpria um preceito da Magna Carta (nenhuma taxação sem justificação ou aceitação por parte dos contribuintes). Os pensadores em voga nessa época eram Locke e Thomas Paine (1737 – 1809), autor de *Common Sense*, um panfleto independentista publicado em janeiro de 1776, escrito em linguagem acessível e contendo uma forte defesa do sistema republicano e democrático, além de explicitamente questionar se havia algo mais contrário ao bom senso do que uma ilha governar um continente (a Inglaterra em relação aos EUA).

Os revoltosos emitiram o histórico documento *Declaração de Independência* em julho de 1776. Emblematicamente, o documento registra: "Consideramos estas verdades como autoevidentes, que todos os homens são criados iguais, que são dotados pelo Criador de certos direitos inalienáveis, que entre estes são vida, liberdade e busca da felicidade". Esta simples frase derrubava séculos de conceitos que haviam determinado a vida política e suas teorias de sustentação.

As colônias tiveram sucesso em expulsar os ingleses e começaram a sua vida independente. Cedo perceberam que, além de um comandante permanente para o exército – George Washington[108] – necessitavam uma estrutura governamental. Reuniram-se em Congresso, que redigiu a Constituição dos Estados Unidos da América, e aclamaram como presidente, em 1788, George Washington, que tomou posse no ano seguinte. Assim, de chefe militar ele passou a ser o chefe civil da nação.

Na Constituição americana se vê a teoria do equilíbrio dos três poderes de Montesquieu, vários conceitos de Rousseau e a experiência de análise das Constituições das cidades-Estado da Grécia. Tudo isso costurado por homens de grande visão, como Thomas Jefferson,[109] Alexander Hamilton (1755 – 1804), James Madison (1751 – 1836), Benjamin Franklin[110] e outros. Ela consolidou o arcabouço jurídico que, logo em seguida, enriqueceu-se com a *Declaração* dos *Direitos*, que se constitui nas primeiras dez emendas à Constituição (desde então, ela recebeu mais sete emendas). O papel dessas emendas é deixar mais claro os direitos do cidadão frente ao Estado. Os Estados Unidos da América são a primeira república dos tempos modernos.

A letra do texto constitucional começa com "Nós, o povo dos Estados Unidos [...]" (*We the people* [...]), ou seja, não mais Deus ou os reis; a Constituição reconhece no povo a fonte do poder. Isto só ocorreu há pouco mais de duzentos anos.

---

108 George Washington (1732 – 1799) foi o primeiro Presidente dos Estados Unidos (1789 – 1797), considerado um dos *Pais Fundadores* de seu país após a independência.

109 Thomas Jefferson (1743 – 1826) foi o terceiro presidente dos Estados Unidos (1801 – 1809) e o principal autor da declaração de independência de seu país em 1776.

110 Benjamin Franklin (1706 – 1790) foi um político norte-americano, um dos líderes da revolução de independência de seu país e primeiro embaixador dos Estados Unidos em França.

A CONSAGRAÇÃO DA DEMOCRACIA

A Revolução e a Constituição americanas marcam uma relevante contribuição da periferia, do Novo Mundo, à história das ideias e dos sistemas políticos até então concentrada no Velho Mundo europeu e no Oriente, significando uma grande ruptura com a tradição.

Os conceitos de democracia e república a partir dela se disseminaram e predominam hoje na maioria das nações do mundo.

28
A POLÍTICA A PARTIR DA REVOLUÇÃO FRANCESA

O LONGO REINADO de Luiz XIV, com o esplendor de sua corte cheia de excessos e também com seus sucessos militares, foi seguido por uma lenta e contínua decadência no período de seus sucessores, Luiz XV (1710 – 1774) e Luiz XVI (1754 – 1793). Foi quando a França perdeu suas possessões na Índia e, depois, as do Canadá. Ela enfrentou crises econômicas e fome, combinadas com alta de impostos e enorme distanciamento do rei e da nobreza do resto do país, que vivia miseravelmente. Os intelectuais iluministas, anticlericais, apontavam a total irracionalidade de instituições baseadas no direito natural e ideias afins. Uma aristocrata presciente, contemplando esse ambiente, chegou a exclamar: *"Après nous, le déluge"* ("Depois de nós, o dilúvio"), ou seja, já se via que o povo estava prestes a virar a mesa e não mais aceitar viver nas piores condições, enquanto a nobreza dançava nos salões.

Luiz XVI convoca os *Estados Gerais* em 1787. Era para ser uma reunião de representantes dos nobres, do clero e do terceiro Estado (burgueses, proprietários) que contava obter o apoio para adotar medidas discricionárias e que reforçavam o *status quo*. Quando reunido, o grupo toma uma atitude distinta. Ele se declara em Assembleia, endossa as teses da Revolução Gloriosa ocorrida na Inglaterra um século antes (rei sujeito ao Parlamento) e, também, o exemplo da Revolução Americana, ocorrida apenas dez anos antes. A repercussão – decorrente da

A CONSAGRAÇÃO DA DEMOCRACIA

centralidade da França – e a escalada de violência que se seguiu em função da intransigência dos nobres em aceitarem a redução de seus privilégios *entornou o caldo*.

O rei francês foi constrangido a jurar a aceitação das teses da Assembleia, e assim o fez publicamente. Depois, vivendo sob forte pressão e vigilância, tentou fugir para Áustria, país rival, mas acabou sendo preso e executado na guilhotina como traidor da pátria. O mesmo ocorreu em sequência com a rainha e com muitos nobres e milhares de outras pessoas consideradas *inimigos do povo* por tribunais revolucionários. A Assembleia do Povo, que antes se reunia esporadicamente, transformou-se em *locus* permanente para o exercício da política. A França tornou-se uma república. O texto mais forte do ponto de vista institucional dessa época é a *Declaração dos Direitos do Homem e do Cidadão*, de 1789.

Anos depois, Karl Marx viria a afirmar que a Revolução Francesa marcou "a vingança da classe oprimida". Vingança ilegítima, pois aplicada em grande parte contra descendentes de antigos opressores ou membros de uma ordem antiga, a Revolução Francesa ficou com o estigma de legitimar *banhos de sangue*, como uma espécie de complemento essencial das revoluções.

A *Declaração dos Direitos do Homem e do Cidadão*, baseada no melhor da cartilha humanista, nascida em meio ao caos revolucionário, até hoje é um símbolo do progresso político. Suas teses reconhecem a primazia da liberdade individual, dos direitos de propriedade, de opinião, de expressão e o direito legal de resistir à opressão. Fruto da época, passa longe de assegurar, na prática, direitos sociais, econômicos e igualdade dos sexos.

Como consequência dessa *Declaração* e da ação de seus inimigos, desencadeou-se incontrolável desorganização social. Foi o período denominado simplesmente do *Terror*, sendo marcante a frase: "[...] *Ó Liberdade, quantos crimes se cometem em seu nome* [...]", dita por uma nobre, Madame Roland, a caminho da guilhotina, como ocorrido com milhares de inocentes.

Em que pese toda a barbárie dos métodos revolucionários, podem ser apontados reflexos políticos positivos da Revolução Francesa. O mais óbvio foi a destruição da injustíssima ordem vigente. Viu-se também a universalidade da proposta humanista dos revolucionários representar um verdadeiro movimento de globalização (na época, limitado à escala europeia), cujo líder veio a ser Napoleão Bonaparte, acolhido em muitos países que invadia como um libertador e chamado pelos reis de "o Anticristo". Um terceiro reflexo foi a organização da reação liberal/constitucional levada a efeito por pensadores ingleses, críticos da Revolução, Edmund Burke[111] em especial, Bentham[112] e, depois, Stuart Mill.[113]

No campo filosófico, podemos também colocar o chamado Romantismo alemão que ganhou força após a Revolução Francesa, buscando conciliação de tendências racionais, naturalistas, iluministas com aspectos mais profundos da subjetividade e da emoção no campo frio das ideias políticas. Dividindo-se em apoio e crítica à Revolução Francesa, Johann Goethe (1749 – 1832), filósofo, literato e político, explorou essas contradições nos seus escritos.

Uma distinção, porém, marca a origem das revoluções Americana e Francesa. Enquanto a Americana nasce de uma vontade de independência em relação ao país colonizador, a Francesa corresponde a algo interno, de aspiração de ascensão social de classes sem direitos frente a outras privilegiadas. Em um caso, prima a independência e a liberdade. Em outro, a luta de classes, a igualdade e a fraternidade. Os conceitos levantados por tais grandiosas revoluções marcam a discussão política até hoje.

* * *

A partir desse momento, os próximos capítulos deste livro não obedecerão a uma cronologia linear ao tratar das ideias políticas. O impacto

---

111 Edmund Burke (1729 – 1797) foi um filósofo, teórico político e orador irlandês, membro do Parlamento londrino. *Reflexões sobre a Revolução na França* (1790) é um de seus livros mais importantes.

112 Jeremy Bentham (1748 – 1832) foi filósofo, jurista e um dos últimos pensadores do período iluminista. É considerado, ao lado de Stuart Mill, o principal difusor da doutrina utilitarista.

113 John Stuart Mill (1806 – 1873), filósofo inglês considerado por muitos como o mais importante do Reino Unido no século XIX. *Sobre a liberdade* (1859) e *Utilitarismo* (1861) são duas de suas obras mais célebres.

mundial das duas revoluções ora tratadas foi tamanho que, a partir delas, sistemas políticos como a monarquia constitucional, o parlamentarismo e o presidencialismo irão se impor na maioria do globo – e sofrerão a influência das mais variadas correntes de pensamento. Deveremos, assim, trazer tais temas de maneira mais detalhada, incorporando aspectos da discussão no plano acadêmico ou na realidade social, ao longo dos 240 anos transcorridos desde as mencionadas revoluções.

29
MONARQUIA CONSTITUCIONAL

A PRIMEIRA DAS vertentes de forma de governo que chama a atenção a partir das grandes revoluções foi a consolidação do regime de monarquia constitucional na Inglaterra. Nela, os poderes do rei derivam de uma Câmara de representantes do povo, conforme regulamentado em uma carta constitucional. Vigente na Inglaterra desde 1689, em decorrência da Revolução Gloriosa (um século antes da Revolução Francesa), podemos dizer que se trata de um regime de grande resiliência.

A própria Revolução Francesa começou por adotá-la, copiando o modelo inglês e forçando Luiz XVI a jurar obedecer a Assembleia. Logo depois, porém, esse rei foi levado à guilhotina por acusações variadas e por ter tentado fugir do país. Isso resultou na proclamação da República, passando a França a viver uma escalada de instabilidade política sem precedentes. Foram sucessivas trocas de regime a partir daí: Consulado, a volta do Império com Napoleão Bonaparte, o Reino, com Luiz XVIII, mais uma vez Império com Napoleão (durante apenas cem dias), outra vez Reino com Luiz XVIII, República, Reino, agora com Luiz Felipe, República, com Luiz Napoleão, Império, com Napoleão III, e, por fim, República novamente, já em 1870, quando a França é derrotada pela Alemanha na Guerra Franco-Prussiana. Segue-se o período anárquico da Comuna de Paris e a consolidação da República.

Vemos, dessa forma, que levou cem anos para que o regime republicano se consolidasse na França – mesmo assim, tendo sido objeto de sucessivos avatares até nossos dias, quando se intitula a "Quinta República", por adotar a quinta Constituição diferente.

A Inglaterra, desde que a adotou, a Holanda, os países nórdicos, Portugal e mesmo o Brasil, no período iniciado por dom Pedro I do Brasil e IV de Portugal, são exemplos de monarquias constitucionais.

A monarquia constitucional pode ser vista como uma evolução de formas tradicionais de governar, nascida mais de conciliações pragmáticas do que de formulações abstratas, ligadas a aspectos conceituais do poder. Dentre os grandes defensores de monarquias constitucionais estão os ingleses, em especial Locke, e, depois de 1789, o irlandês Edmund Burke, historiador e grande crítico da Revolução Francesa. No século XIX, a Constituição inglesa recebeu uma verdadeira exegese no texto de autoria de Walter Bagehot (1826 – 1877), um nome que nos é familiar por ter sido editor-chefe da revista *The Economist*, a qual existe até hoje. Ele teve influência no pensamento liberal em nosso Segundo Reinado, sendo Joaquim Nabuco um profundo conhecedor da sua obra.

Por forma tradicional de governar, no contexto citado anteriormente, devemos entender a autoridade do monarca em sua forma absoluta, original. Ao longo de séculos, ele começou a exercer o poder por ser o mais forte, depois, por cooptar a classe militar, e, em seguida, por somar a isso a condição de representante de Deus na Terra com apoio de uma classe sacerdotal e, assim, reinar investido de poderes absolutos.

A dominação do monarca deixou de se dar por mera combinação de força e tradição, inserindo-a em um conceito de utilidade, quando, fruto do Iluminismo, apesar da solução natural de governo ser a república, dois argumentos se apresentaram para justificar ou tolerar a monarquia: o dos déspotas esclarecidos – governantes pragmáticos, que tentaram conciliar os poderes absolutos com ideias reformistas no plano da vida cotidiana (mas permanecendo absolutistas, certamente) e os constitucionalistas, discípulos da razão e dos grandes pensadores do Iluminismo. Estes reis constitucionalistas, como João VI, em Portugal, Pedro I e Pedro II, no Brasil, reconhecendo no povo a origem do poder, assumem a condição de monarcas, mas limitados por uma

Constituição, uma maneira pragmática de prover continuidade necessária e respeito institucional.

A terminologia *constitucionalista* serve, então, tanto para monarquistas herdeiros da Revolução Gloriosa, como também para os republicanos discípulos dos *Pais Fundadores* da nação americana, os quais, após considerar a realeza, optaram pelo presidencialismo.

Sem dúvida, exige certa ginástica mental considerar equivalentes uma monarquia constitucional, tendo seus monarcas hereditários, com repúblicas, tendo seus presidentes eleitos de tempos em tempos. Isto não parece muito coerente, por exemplo, com o texto de maior importância política global, a *Declaração Universal dos Direitos Humanos*, de 10 de dezembro de 1948. Reza o primeiro ponto da *Declaração*: "Considerando que o reconhecimento da dignidade inerente a todos os membros da família humana e de seus direitos iguais e inalienáveis é o fundamento da liberdade, da justiça e da paz no mundo, [...]" e logo adiante explicita que "[...] todos os homens nascem iguais em liberdade e direitos".

Ainda que o reforço do poder dos regimes parlamentaristas em países monárquicos tenha feito que neles sejam conciliáveis liberdade e direitos humanos, o conceito de igualdade e governantes hereditários certamente destoa daquele das repúblicas. Embora concebida em outro contexto, aqui se aplica a reflexão: "Todos os homens são iguais, mas alguns são mais iguais do que outros", parodiando o texto do livro de George Orwell (1903 – 1950) *A revolução dos bichos* (*Animal Farm*, no original em inglês).

Não é de se estranhar que as monarquias constitucionais tenham, em geral, amparado-se mais nas virtudes dos monarcas do que na força ou lógica do regime. Mesmo em países como a Inglaterra, a perspectiva da ascendência de um monarca menos popular, ou menos competente, tem gerado cenários de crises institucionais e ameaças de plebiscitos para revogar a monarquia. No Brasil, a perspectiva da sucessão de dom Pedro II, um imperador amado, por uma princesa igualmente no auge da popularidade, porém casada com um estrangeiro, foi o suficiente para derrubar um governo longo, virtuoso e, na ocasião, popular.

Assim, a primeira das vertentes que se consolida após a Revolução Francesa, é a monarquia constitucional, na época já em vigor há mais de um século na Inglaterra. Esta, em 1815, sairá grande vencedora da batalha de Waterloo e passará o século XIX como dona de um extenso império colonial.

O regime oferecia a combinação de tradição, liberdade e governabilidade. Hoje são poucos os exemplos no mundo de monarquia constitucional, embora um antigo país comunista, a Romênia, discuta sua eventual adoção.

30
PARLAMENTARISMO

QUANDO FALAMOS DE monarquias constitucionais enfatizamos o aspecto do rei reconhecer a autoridade do povo como fonte do poder. Tal autoridade se manifesta por meio da submissão às leis votadas por um Parlamento eleito por representantes do povo e pela subordinação do Poder Executivo a um primeiro-ministro, às vezes denominado "chanceler", apontado pelo monarca para formar o corpo de ministros, mas dependente da aprovação do Parlamento.

O regime parlamentar não é exclusivo de monarquias constitucionais. É bastante comum na Europa e Ásia o presidencialismo em regime parlamentar. O Brasil, aliás, viveu um curto período de presidencialismo com parlamentarismo quando o presidente João Goulart[114] tomou posse, após a renúncia de Jânio Quadros em 1961.[115]

Nos regimes parlamentares, representantes eleitos pelos partidos com assento no Congresso, constituem uma maioria por acordo com outros partidos. Privilegiando esse bloco ou coligação parlamentar, o monarca ou o presidente indicam um primeiro-ministro, em geral o presidente do partido mais votado da coligação, com a atribuição de formar o ministério

---

114 João Belchior Marques Goulart (1919 – 1976), conhecido popularmente como "Jango", foi o 24º presidente do Brasil, ocupando o cargo de 1961 a 1964.

115 Jânio da Silva Quadros (1917 – 1992) foi um político brasileiro, prefeito e governador de São Paulo nos anos 1950. Foi o 22º presidente do Brasil, entre 31 de janeiro de 1961 e 25 de agosto de 1961, data em que renunciou.

e governar. Há, portanto, uma distinção entre o chefe de Estado, que é o rei ou o presidente eleito – e o chefe de Governo, que é o primeiro-ministro. Ao chefe de Estado, em geral, cabem funções de representação externa, assegurar a governabilidade e comando das forças armadas.

O primeiro-ministro, fora a habilidade política de constituir um ministério que lhe assegure a maioria na Assembleia e, portanto, condições de governar, deve apresentar resultados satisfatórios em sua gestão. Caso os resultados sejam negativos, a oposição pode propor moções de repúdio ao governo. Se o chefe de Governo sente que está com a razão, e tem apoio do povo, ele poderá dissolver o Parlamento e convocar novas eleições. Se ganhar, ou seja, se eleger representantes que garantam maioria a ele, sai reforçado. Se perder, o monarca ou o presidente podem chamar um representante dos partidos vencedores para substituir o primeiro-ministro e formar um novo governo.

É um regime que preserva mais o monarca ou o presidente de embates do dia a dia, mas pode levar a uma volatilidade maior em termos de guinadas de direção das medidas governamentais. A Itália, por exemplo, teve uma rotatividade enorme de primeiros-ministros a partir do final da Segunda Guerra Mundial. Os resultados disso são ruins na prática, pois geram instabilidade demais. Vale observar, porém, que nem sempre essa é a regra. No caso da Alemanha, por exemplo, a chanceler Angela Merkel[116] tem se mantido há vários anos à frente do Executivo. Deu-se o mesmo na Inglaterra com Margaret Thatcher.[117] É interessante notar que essa permanência pode se ancorar em uma base de diferentes partidos de apoio ao longo do tempo. Por exemplo, em determinada eleição, Merkel formou seu governo com partidos da democracia cristã e da social-democracia. Em outras eleições, porém, viu-se a saída dos social-democratas da coalizão e, após dura negociação, entraram os membros do Partido Verde. Em tais negociações, para ganhar o suporte dos *verdes*, a chanceler alemã

---

116 Angela Dorothea Merkel (1954) é uma política alemã e atual chanceler de seu país, cargo que ocupa desde 2005.

117 Margaret Hilda Thatcher (1925 – 2013) foi uma política britânica que serviu como primeira-ministra do Reino Unido de 1979 a 1990. Pelo seu estilo controlador de liderança, recebeu a alcunha de "dama de ferro".

concordou em fechar todas as usinas nucleares da Alemanha e desenvolver o maior programa de energias alternativas da Europa (energia eólica e solar). A democracia exige capacidade de negociar, sem prejudicar o interesse maior da nação, mas ouvindo a voz das urnas.

Há, todavia, regimes autoritários em que se troca o presidente, mas o primeiro-ministro fica firme por décadas. É o exemplo de Singapura e outros. Em outras palavras, um regime antidemocrático.

Frequentemente, em épocas de crise, aparece alguém no Brasil defendendo a adoção do regime parlamentar. É algo estranho em um país e em um continente de tradição presidencialista, como o nosso. O Brasil já teve a experiência do parlamentarismo entre 1961 e 1963, o que não foi bem aceito pela população. Posteriormente, por força da Constituição de 1988, realizou-se um plebiscito em 1993 que consultou a população a respeito de eventual mudança de regime governamental entre a manutenção do presidencialismo, a adoção do parlamentarismo ou ainda da monarquia. Venceu a primeira opção.

No Brasil, face às características das eleições para o Legislativo federal, é altamente incerto que a convocação de eleições para sua renovação em função da impopularidade de um governo comandado executivamente por um primeiro-ministro pudesse provocar significativa mudança na composição dos seus membros. O Congresso não muda assim ao sabor das circunstâncias. Seu grau de renovação é pequeno e as regras para as eleições não ajudam. Na realidade, elas cristalizam a continuidade de práticas clientelistas e atrasadas. O excesso de eleições sem que isto resulte em progresso político talvez servisse apenas para combalir a democracia, fora o enorme custo de realizá-las em um país continental como o nosso.

Não se deve confundir parlamentarismo com "presidencialismo de coalizões". Há uma diferença essencial: no segundo, o presidente vai fazendo negociações para se manter no cargo a despeito de interesses maiores da nação, sacrificando no altar da continuidade e amor ao poder, de pedaço a pedaço, a ideia de um governo com estratégia de longo prazo. No parlamentarismo é mais difícil, pois envolveria os blocos no Congresso mudarem de lado no interregno de eleições gerais, o que demanda negociações públicas e demoradas.

31
PRESIDENCIALISMO

A GRANDE NOVIDADE na evolução democrática veio com o presidencialismo, consagrado pela experiência dos Estados Unidos da América e, depois, escolhido por quase todos os países da América Central e do Sul, e alguns da África. Neste regime, o presidente acumula as funções de chefe de Governo e de Estado. É um regime criado pela Constituição dos Estados Unidos, de 1787, escrita em um contexto de obsessiva preocupação com liberdade, a ser assegurada pela democracia, e rejeição à figura de um rei, como até foi de início considerado no momento em que o Congresso foi convocado na Filadélfia.

A democracia foi vista como uma solução natural por pensadores como Rousseau e Thomas Paine ou, apenas, como a forma mais prática de assegurar a liberdade, na visão de utilitaristas da escola de Jeremy Bentham. Democracia começa por rejeitar o continuísmo no poder.

Esta fixação pela liberdade foi traduzida na Constituição americana por seus redatores, tais como James Madison, mais tarde presidente dos Estados Unidos. Por pressão ulterior, ela foi reforçada por uma série de emendas que explicitavam os Direitos do Homem – dentre os quais o porte de armas para reprimir abusos de autoridade. A ideia era manter vivo o direito do homem, em sua propriedade, de reagir a qualquer ameaça externa, mesmo que vinda do governo, caso atentasse contra suas liberdades fundamentais.

Em sua concepção, esse regime – presidencialismo americano – tinha sua base no equilíbrio dos três poderes e na cristalização do conceito federalista de grande autonomia das unidades da federação. Nesse ponto, ele diverge bastante do modelo francês, por exemplo, no qual os *governadores*, chamados "chefes de departamento", são nomeados pelo poder central para representá-lo em diferentes regiões.

O presidencialismo, no modelo americano, vingou, e o crescimento econômico da América, associado a ser o *país da liberdade*, tornou-se objeto de estudo no Velho Mundo. Ele mostrou-se adequado a um país em rápido crescimento e ágil em suas intervenções nacionais e internacionais.

Quase cinquenta anos depois, uma verdadeira dissecação da democracia na América – suas vantagens e fraquezas – foi efetuada pelo pensador político francês Alexis de Tocqueville na sua obra *Da democracia na América*. Este, de forma premonitória, apontou que as aspirações de igualdade por parte de uma população na qual todos votavam imporia crescentes limites à liberdade individual, de empreendimento e de propriedade, como hoje se constata.

Apesar dessa crítica, as vantagens da agilidade nas respostas do presidencialismo ficaram mais patentes quando os Estados Unidos tiveram um papel central na geopolítica do século XIX com o avanço na dominação comercial do oceano Pacífico, acentuado mais tarde após as duas guerras mundiais no século XX. Foi decisiva a concentração de poderes no presidente, se compararmos com o processo decisório típico do parlamentarismo. Isto, porém, nos impõe outra reflexão: se a concentração de poderes é algo bom, regimes totalitários podem ser justificados?

PARTE VI

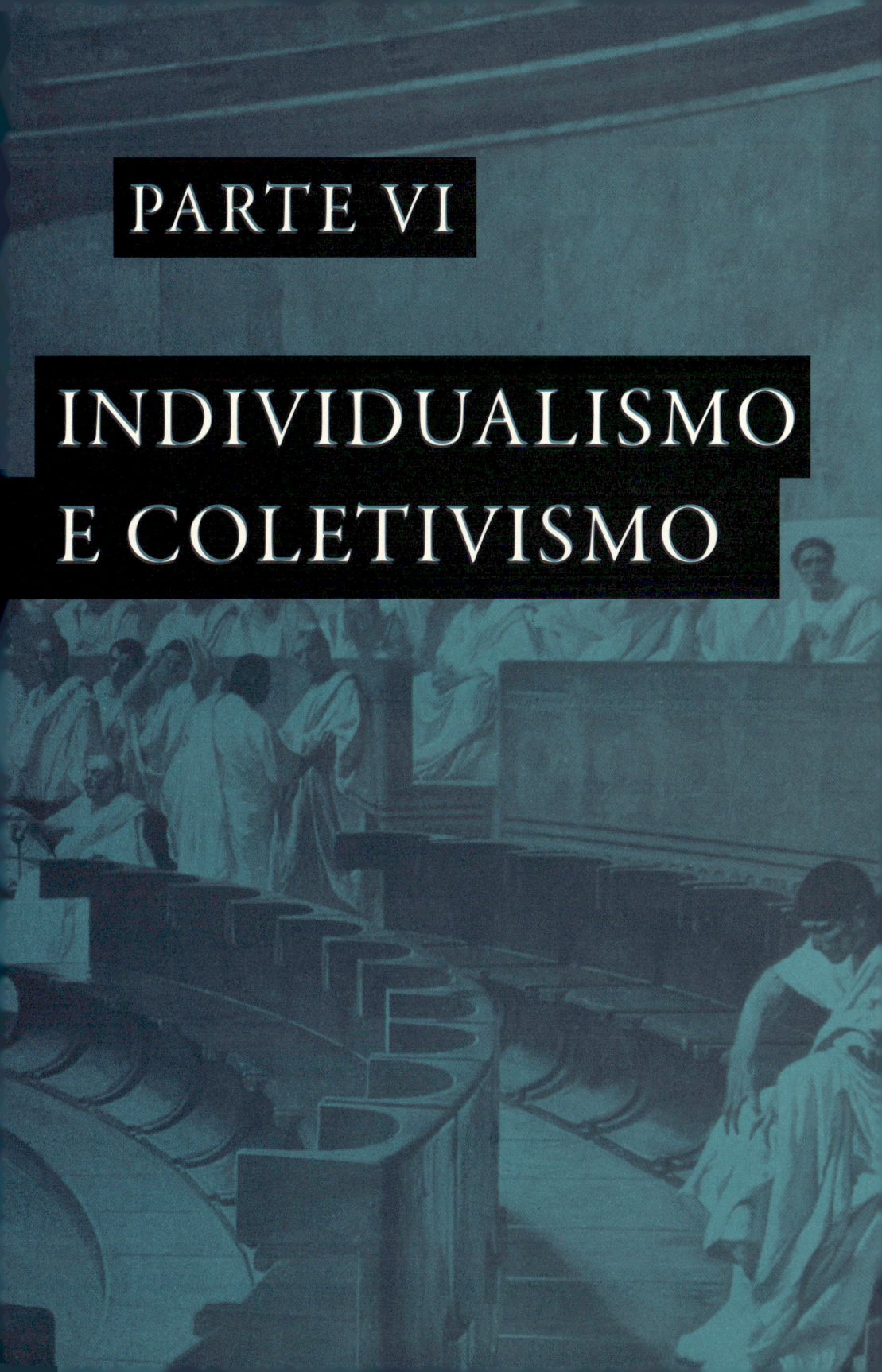

INDIVIDUALISMO E COLETIVISMO

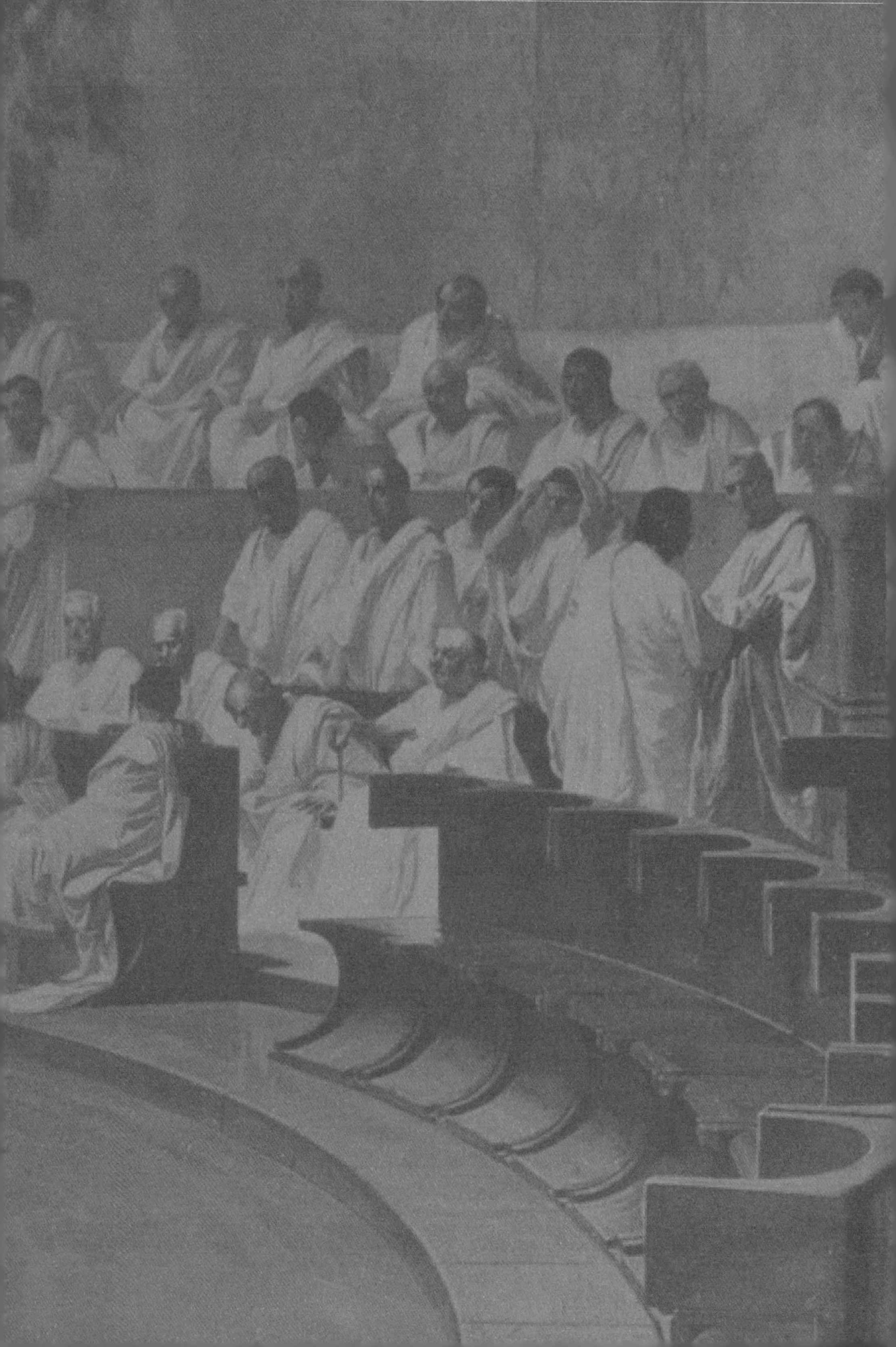

32
REGIMES AUTORITÁRIOS E TOTALITÁRIOS

A VALORIZAÇÃO DA liberdade individual – conceito que a partir do Iluminismo norteou os objetivos dos diferentes regimes políticos, tais como o parlamentarismo e o presidencialismo, começou a sofrer em meados do século XIX fortes questionamentos.

A emergência de um grande proletariado urbano, fruto da Revolução Industrial, vivendo frequentemente em condições sub-humanas, motivou a criação de movimentos políticos voltados a promover a igualdade entre os homens. A valorização do coletivo sobre o individual, no extremo, conflita com a liberdade, pois as pessoas, ao fazerem opções diferentes na vida, com o tempo farão crescer desigualdades entre elas e seus descendentes.

Os pensadores *igualitários* convergem em reconhecer que nos regimes coletivistas, nos quais o discurso de promoção da igualdade é elevado a extremos, essa necessidade não rima com liberdade. O fosso ideológico se ampliou entre o individualismo e o coletivismo.

A situação hoje, no século XXI, evidencia que regimes de esquerda se fixaram na denúncia da desigualdade e apostam no socialismo como remédio. Os regimes de direita em geral (mas nem sempre) apoiam a lógica capitalista, que enfatiza a liberdade de empreender, a iniciativa individual e o sucesso econômico por meio da competição como fator de progresso e, assim, a redução da pobreza absoluta e a melhoria das condições de vida. Existem, porém, regimes de direita extremamente estatizantes e socializantes das atividades econômicas.

A aceitação de cada regime se deu na medida em que os países – por razões históricas, econômicas e culturais – acolheram e promoveram maior grau de liberdade política para o povo, juntamente com acesso maior aos benefícios do desenvolvimento.

No plano filosófico, o chamado materialismo histórico ou científico, sobre o qual trataremos adiante, emergiu em meados do século XIX. Em sua expressão política, ele levou uma ideia de sociedade sem classes, com organização socialista da produção e da propriedade coletiva como sendo uma forma justa de se conseguir igualdade entre os homens. Deveria ser imposta, de início, por ditaduras do proletariado. Em Estados já autocráticos no passado, tais como a Rússia czarista e a China, tal transição para o coletivismo se mostrou mais fácil.

No campo político, o coletivismo se apresenta segundo dois termos, autoritarismo e totalitarismo. O primeiro está vinculado à quase asfixia do poder popular, apático e conformista, enquanto que o segundo é o regime de partido único que tende a mobilizar o povo em seu apoio por meio da incitação ao ódio, à luta de classes e à cultura do *nós contra eles*, eliminando qualquer partido de oposição e também os dissidentes individuais.

Na China, vemos o sistema de partido único atuar com desenvoltura. O Partido Comunista chinês tem mais de 50 milhões de filiados e uma Assembleia de 2.300 delegados.

O poder, centralizado e dirigista, é refratário à liberdade individual, arvorando-se grande defensor da promoção da igualdade, a ser conseguida por uma forma eficiente e científica de governar. Neste ponto, autoritarismo e totalitarismo beberam um pouco nas ideias do filósofo francês Auguste Comte,[118] criador do positivismo, que advogava a existência de uma ditadura esclarecida, um governo das pessoas qualificadas

---

118 Isidore Auguste Marie François Xavier Comte (1798 – 1857) foi um filósofo francês que formulou a doutrina do positivismo, sendo considerado o primeiro filósofo da ciência no sentido moderno do termo.

INDIVIDUALISMO E COLETIVISMO

sobre uma massa proletária obediente com acesso à cultura, mas contida e com poderes políticos limitados.

No início do período republicano brasileiro, a teoria de Auguste Comte, da qual eram partidários os militares que proclamaram a República, teve o seu grande momento na história. Seu mais longo experimento prático se deu no estado do Rio Grande do Sul com a adoção de uma Constituição Positivista, em 1891. Não surpreendentemente, esse estado teve apenas três governadores entre 1891 e 1930: Júlio de Castilhos,[119] Borges de Medeiros[120] e Getúlio Vargas.[121] Este último, com o golpe de 1930, saiu de lá e tornou-se presidente da República e, depois, ditador. Após interregno no qual a Presidência foi ocupada por um general da sua confiança, retornou ao poder, personificando ideais positivistas em muitos planos. Sucumbiu, porém, à atmosfera circundante da corrupção, que acomete governos nos quais o Executivo domina os poderes Legislativo e Judiciário e não há alternância de poder. Mais tarde, o regime militar implantado em 1964 adotou várias concepções do positivismo. Nesse regime se destacaram generais oriundos da Escola Militar do Rio Grande do Sul, onde o positivismo manteve sua presença no ensino.

Na Europa do século XIX, a sedução da igualdade levou a uma escalada de propostas de inspiração socialista, como pensado por Saint-Simon, Marx e outros da mesma escola. Ao lançarem o *Manifesto do Partido Comunista* em 1848, Marx e Engels passaram essa luta do plano intelectual ao plano da ação política. Esse manifesto, considerado por simpatizantes e adversários como um dos mais importantes da história

---

119 Júlio Prates de Castilhos (1860 – 1903) foi um jornalista e político brasileiro, presidente do Rio Grande do Sul por duas vezes. Foi o principal disseminador do ideário positivista no Brasil.

120 Antônio Augusto Borges de Medeiros (1863 – 1961) foi um advogado e político brasileiro. Presidente do Rio Grande do Sul por 25 anos, exerceu uma administração marcada pela defesa de valores positivistas.

121 Getúlio Dornelles Vargas (1882 – 1954) foi um advogado, militar e político brasileiro, líder da Revolução de 1930 que pôs fim à República Velha. Foi presidente do Brasil entre 1930 e 1945, e entre 1951 e 1954.

política do mundo, define a luta de classes e prevê a ascensão ao poder de massas proletárias com a criação de uma sociedade sem classes.

Setenta anos após a publicação do *Manifesto*, ocorreu o sucesso da tomada do poder na Rússia por Lenin e pelos bolcheviques. A doutrina comunista era, pela primeira vez, colocada em prática. Dela resultou um Estado extremamente cerceador das liberdades em nome do que os seus dirigentes consideravam ser o bem comum: a abolição da propriedade privada, o domínio pelo Estado dos meios de produção, a rejeição do capitalismo com eliminação da classe burguesa e o fim do mercado com a economia planificada centralmente. Após um início difícil, esse regime teve um momento de boa visibilidade internacional ao final da Segunda Guerra Mundial, juntando-se aos países ocidentais contra a Alemanha, após ter sido aliada desta no início da guerra.

A partir daí, ao longo das três décadas seguintes, o Estado soviético, apesar de sucessos internacionais em sua corrida armamentista, viu-se engessado por sua incapacidade administrativa e monstruosidade política, sem que conseguisse proporcionar os benefícios econômicos que prometia, tendo criado em substituição à burguesia uma classe de burocratas e funcionários do Partido, em total contradição aos propósitos originais. Paralelamente, promoveu um enorme cerceamento aos direitos humanos, além de perseguição e desaparecimento de opositores internos do regime. Acabou melancolicamente matando de inanição o comunismo. Atualmente, a Rússia pratica uma forma de autoritarismo amparado por vários oligarcas econômicos.

A variante comunista chinesa foi igualmente muito malsucedida até que, nos últimos anos do ditador Mao Tsé-Tung, seu sucessor, Deng Xiaoping,[122] reaproximou-se do Ocidente e, com forte apoio dos Estados Unidos, reinseriu a China no mundo moderno. Os grandes ajustes para o que ela denomina "socialismo de mercado" ou "capitalismo de Estado", resultaram em um país que passou a apresentar elevados índices de crescimento, com concentração de renda e extraordinário sucesso

---

[122] Deng Xiaoping (1904 – 1997) foi o líder político da República Popular da China entre 1978 e 1992, responsável pela chamada "segunda revolução", que mudou completamente seu país, transformando-o numa economia de mercado socialista que perdura até hoje.

no plano econômico, embora mantida a sociedade sob um regime de restrição à liberdade, enquanto a corrupção crescia entre os burocratas de nível mais elevado.

Recentemente, a China lançou uma grande iniciativa de integração econômica a nível regional, o projeto *One Belt, One Road* (Iniciativa do Cinturão e Rota), que rompe uma histórica tradição de isolamento e ampara sua pretensão de ser o líder de fato de um grande bloco econômico oriental. A despeito das dificuldades internas, a China se transformou em uma das maiores potências econômicas mundiais e os desdobramentos de seu papel estão promovendo mudanças na ordem política global.

33
MARXISMO

NA HISTÓRIA DAS ideias políticas, Karl Marx ocupa um lugar muito especial, não apenas pelo que escreveu, mas por tê-lo feito em um momento no qual vários fatores ajudaram a dar enorme repercussão a seus textos, com impacto na filosofia, na história e na ação política.

O marxismo surgiu entre filósofos pós-hegelianos, aqueles que desprezavam os românticos alemães e seu pendor para fatores subjetivos ou metafísicos e procuram referenciar toda evolução no campo político ao materialismo histórico, que entendem como uma nova interpretação da marcha da história, fundada no conceito de luta de classes entre fortes e fracos, ricos e pobres, patrões e empregados. Em suma, uma visão reducionista, mas que se propõe a explicar todo o passado.

Do ponto de vista econômico, Marx lançou uma *teoria do valor do trabalho*. Segundo ele, a diferença entre o preço do produto e o custo direto dos fatores de produção, o lucro, é uma apropriação indébita que os patrões fazem daquilo que deveria pertencer ao trabalhador, a chamada "mais-valia" gerada pelo trabalho. Isto é, desconsidera todos os componentes intangíveis tais como marcas, juros, saberes, finanças, riscos etc., que devem entrar no cômputo do valor do produto e são normalmente arcados pelos proprietários, para os quais o lucro é uma remuneração do capital em risco. Lucro que, se não existir, leva o proprietário ao prejuízo e, no limite, à falência. Naturalmente, Marx atribuía a apropriação da mais-valia pelos patrões como um roubo, o que,

INDIVIDUALISMO E COLETIVISMO

vistas as deploráveis condições de vida dos trabalhadores da época, era algo difícil de refutar.

Do ponto de vista social e político, com o *Manifesto do Partido Comunista*, de 1848, Marx e Engels conclamaram os trabalhadores do mundo inteiro a se juntarem e promoverem a reversão daquela ordem de coisas. Após o insucesso de medidas reformistas de pensadores utópicos da primeira metade do século XIX como Robert Owen,[123] Saint-Simon[124] e Proudhon,[125] o movimento comunista parecia trazer uma solução mais viável, encontrando eco no ambiente europeu. O século XIX foi de permanentes agitações políticas que se sucederam à Revolução Francesa. Em nome da democracia, do nacionalismo e do representativismo, as ideias socialistas e comunistas progrediram em vários países. Elas foram contrabalançadas por avanços nas concessões ao trabalho, tais como férias, jornada de trabalho limitada, salários-base por categorias, proibição de trabalho infantil, criação da previdência social e outras medidas de proteção aos trabalhadores, além de certas políticas distributivistas, como a criação do imposto sobre a renda. As agitações políticas foram concomitantes à criação de Estados, como a moderna Alemanha, a unificação da Itália e os vários conflitos internos na Rússia.

Na Rússia czarista, onde a reação autocrática não negociou e manteve-se intransigente e sem concessões às novas classes sociais emergentes, o efeito foi a queda do regime, com os comunistas assumindo o poder, reproduzindo algo análogo ao Período do Terror, que ocorreu na Revolução Francesa: milhares de assassinatos e a implantação de regime autoritário tão deplorável quanto o que foi substituído. Em outros lugares, formas híbridas como a social-democracia e a democracia cristã se firmaram como alternativas ao comunismo dentro da esquerda.

---

123 Robert Owen (1771 – 1858) foi um reformista social galês, considerado um dos fundadores do socialismo e do cooperativismo. Foi um dos mais importantes socialistas utópicos.

124 Claude-Henri de Rouvroy, conde de Saint-Simon (1760 – 1825), foi um filósofo e economista francês, um dos fundadores do socialismo moderno e teórico do socialismo utópico na França.

125 Pierre-Joseph Proudhon (1809 – 1865) foi um filósofo político e econômico francês, membro do Parlamento Francês e primeiro grande ideólogo anarquista da história.

Os comunistas tentaram implacavelmente combater toda forma de divisionismo. Eram totalitários e não podiam conviver com contraditórios.

É fato incontestável que as ideias de Marx e Engels se encontram na raiz de grandes revoluções da vida política contemporânea. A mensagem base do marxismo era que as civilizações teriam evoluído de uma forma contínua e chegado a um estado de capitalismo selvagem, no qual a luta de classes entre opressores e oprimidos resultaria na inevitabilidade de uma nova sociedade. Essa nova sociedade seria iniciada com a ditadura do proletariado e evoluiria para uma sociedade mais fraterna, sem classes.

Essa visão se mostrou errada, conceitualmente e na prática. A locomotiva da história não funcionou como Marx previa. O capitalismo mostrou mais capacidade de superar suas crises, enquanto o sistema marxista de planificação centralizada, eliminador da mais-valia, mostrou-se ineficaz em relação ao sistema de mercado como alocador de capitais e produtor de bens melhores e mais baratos.

Como utopia que é, o regime comunista já deveria estar enterrado. Nem a Rússia, país onde se deu a primeira grande revolução inspirada pelos ideais marxistas, nem a China, onde também se implantou o regime comunista, seguem hoje aquilo que era preceituado por Marx e Engels. Curiosamente, há ainda intelectuais e saudosistas que argumentam em seu favor. Mais curiosamente ainda, tais ideias ultrapassadas encontram eco entre meios universitários. Vemos na América Latina, por exemplo, sua persistência nos meios acadêmicos influenciando muitos. A América do Sul permanece subdesenvolvida economicamente e mostrando baixa evolução em verificações de qualidade de ensino há muitas décadas. No período após a Segunda Guerra Mundial, foi ultrapassada por vários países da Ásia que, até então, eram ainda piores do que ela, mas que adotaram a economia de mercado e avançaram rapidamente no plano econômico, com grandes investimentos na educação e nas ciências.

Nos últimos cem anos, avanços na tecnologia, no sistema de relações internacionais entre as nações, na governança empresarial e nas relações de trabalho criaram um mundo integralmente diferente daquele que viu nascer o comunismo.

INDIVIDUALISMO E COLETIVISMO

Um século depois do *Manifesto do Partido Comunista*, Moscou denunciou os crimes de Stalin, ditador soviético que governou a federação das repúblicas socialistas de meados da década de 1920 até sua morte, em 1953. Henry Kissinger (1923), famoso diplomata dos EUA, teve sucesso na aproximação de seu país à China e, com isso, promoveu, a partir de meados da década de 1970 uma forte conexão comercial entre ambos. Em outras palavras, o comunismo fracassou no plano econômico e no político.

A China hoje se intitula um país "socialista de mercado". Não é diferente na Rússia e outros países ex-comunistas *clássicos*, nos quais a imprensa ainda sofre forte repressão e as instituições são dependentes da vontade do governo, mas a economia vai melhor do que nos tempos do comunismo.

Hoje já não vivemos na época da Guerra Fria, disputa ideológica travada entre EUA e União Soviética após a Segunda Guerra Mundial. O marxismo, em sua forma original, não tem o apelo de outrora. O pragmatismo manda nas relações entre países. Bravatas e agressões gratuitas podem resultar em sanções que causam prejuízos comerciais para o país que as fica veiculando e isto deve ser evitado ao máximo. A cultura política precisa ser valorizada para se construir um ambiente internacional multilateral no qual os países se respeitem, independente de porte e de regime político. Por sinal, essa foi a tese defendida por Ruy Barbosa (1849 – 1923) na Conferência de Haia, no início do século XX: a igualdade das nações como base do sistema de direito internacional.

34
FASCISMO E OUTROS TOTALITARISMOS

O SÉCULO XIX assistiu ao surgimento do comunismo, que une uma filosofia política a uma prática do exercício do poder. Ele surgiu e cresceu como um contraponto a visões extremadas do liberalismo e do chamado *laissez-faire*, doutrinas e práticas fundadas no individualismo. O comunismo e o socialismo têm muitos traços comuns com o fascismo e com o nazismo (nacional-socialismo), regimes políticos autoritários e ultranacionalistas, que repudiam a democracia e admitem a concentração de poderes ditatoriais na mão de um líder *de grandes qualidades*.

O fascismo tem seu nome derivado da palavra italiana *fascio*, conjunto de plantas unidas em feixe, representando a força que se forma com tal união. Esse era também o símbolo que portava todo servidor público com autoridade para executar sentenças na antiga República Romana. Da mesma forma, o comunismo fez apelo análogo ao conclamar: "Proletários de todo mundo uni-vos, só tendes a perder os vossos grilhões". O nazismo acrescentaria ainda a isso a mensagem da raça pura, superior às demais, para reforçar essa união.

O fundamento conceitual do fascismo é oriundo de Giovanni Gentile,[126] mas é sob a liderança de Benito Mussolini (1883 – 1945), primeiro-ministro da Itália a partir de 1922, que ele floresce. Tanto no fascismo como no nazismo existe a total submissão das pessoas ao

---
126 Giovanni Gentile (1875 –1944) foi um filósofo, político socialista e educador italiano de forte influência marxista.

interesse do Estado sob a justificativa de que ele representa o interesse coletivo. No fascismo, as máquinas políticas do Estado italiano, inclusive o rei da Itália, submetiam-se ao *Duce*. No nazismo, ocorreu o mesmo sob a batuta do *Führer*. Estes líderes possuíam poderes absolutos. Ainda hoje causa espanto como a civilizada Europa, após séculos de progresso político, pôde se rebaixar a ponto de ser liderada por visionários de questionável sentido de realidade e inimigos da liberdade.

Normalmente, o fim anunciado para chegar ao poder é promover coisas boas com rapidez, eficiência, progresso e realização social. Tais regimes desprezam a atividade parlamentar, pois tendem a considerá-la dispersiva, retardadora do que deve ser feito, quando não simplesmente impeditiva daquilo que pretendem colocar em prática. Não surpreendentemente, regimes assim ascendem ao poder em épocas de crise econômica e social durante os quais se identifica um anseio pela ordem e pela autoridade, além de um desencanto com políticas vigentes, havendo muita discussão e pouco resultado.

Considerar suas próprias propostas como a única alternativa correta, como fazem tais regimes, está embasado no desprezo ao interesse individual, em decorrência da prioridade do que entendem ser o interesse coletivo, ou, em outras palavras, o interesse de quem fala em nome do Estado. Fascistas e nazistas se arvoram em representantes do interesse comum, e exacerbam o nacionalismo amparados pelas corporações sindicais e empresariais.

Comandando classes numerosas, às quais é imposta a submissão a um pensamento único pelo terror, pela força ou por promessas, esses regimes têm um discurso de autolegitimação. Há variantes como Franco, na Espanha, que se dizia "caudilho pela graça de Deus", ou seja, representante direto de Deus, dispensando corporações, políticos, militares etc.

No passado, os regimes autoritários chegavam ao poder por meio de revoluções, como foi o caso da Rússia, com Lenin, da Espanha, com Franco, de Cuba, com Fidel Castro, e da China, com Mao Tsé-Tung. Hoje em dia, como formulado pelo filósofo comunista Antonio Gramsci,[127]

---

[127] Antonio Gramsci (1891 – 1937) foi um filósofo marxista, jornalista, crítico literário e político italiano.

elas não são mais necessárias, pois o regime de democracia representativa é vulnerável às ações bem planejadas de infiltração – nos meios de comunicação, nos parlamentos, em associações. Apelando para os sentimentos de justiça e igualdade, tais grupos cooptam intelectuais e constroem uma *nova verdade* sobre a interpretação da história, pavimentando o caminho de tomada do poder nas democracias. Essa variante *não revolucionária tradicional* vende uma interpretação muito particular da história e aprega as maravilhas conceituais dos regimes socialistas e comunistas. Tais regimes chegaram a sobreviver por aproximadamente quarenta anos após a Segunda Grande Guerra, ao longo do qual não entregaram fração mínima do que prometiam.

No fundo, quando se reflete sobre isto, lembramos a frase de Marx de que a religião é o ópio do povo – enquanto sua doutrina pregava a própria substituição da religião pelo comunismo. Temos que dar razão ao grande pensador Raymond Aron[128] quando este qualifica o marxismo como o "ópio dos intelectuais".

O que comunismo, fascismo e nazismo têm em comum é o repúdio à liberdade individual, pois esta é absolutamente incompatível com a coletivização econômica e ao pensamento político único que ambos pretendem implantar. No caso do nazismo, como agravante, seu ideário traz o conceito absolutamente inconsistente da raça pura, do ódio, do extermínio dos judeus e genocídio de povos inteiros.

Os regimes totalitários e os democráticos se revezaram em vários países do mundo ao longo do século XX. Embora retrospectivamente as democracias liberais apresentem um resultado melhor em termos econômicos e de garantias de direitos humanos, sociais e civis, o ideal igualitário a ser atingido via governos totalitários mantém forte apelo em vários países. Essa vertente radical prospera onde não há vida política participativa, quando não há cobrança da população a seus representantes, ou ainda, quando não há um estado de direito que impeça as agressões à democracia.

---

128 Raymond Aron (1905 – 1983) foi um filósofo, sociólogo e comentarista político francês.

No passado, comunismo, fascismo e nazismo prosperaram por meio do engajamento de sindicatos de trabalhadores, muito numerosos após a Revolução Industrial. Hoje, com as novas formas de trabalho, a questão mudou de aspecto. Os sindicatos caminham para serem inexpressivos. Discute-se até como taxar e cobrar impostos sobre o uso de robôs na indústria. Há uma nova realidade se desenhando e o mundo precisa refletir – politicamente – sobre ela.

35
NACIONALISMO

O TERMO NACIONALISMO pode ter muitos significados. Ele passa a ser usado após a Revolução Francesa por vários Estados nacionais para valorizarem o seu passado, e não apenas a Antiguidade clássica – Grécia e Roma –, único paradigma cultivado na Europa até então. Cem anos depois, o termo já sugeria diferentes significados políticos.

Um primeiro significado é o do nacionalismo supraétnico, como o qualificou Ernest Renan (1823 – 1892), um nacionalismo cívico. Nele, a cada dia o cidadão – fosse ele branco, negro, judeu, católico, enfim, de qualquer credo, cor ou orientação – reafirmaria o seu compromisso com o seu país. Uma superação do velho *jus sanguinis*.

Um segundo significado é o de isolacionismo nacional, voltado à busca de uma quase autossuficiência em relação a países vizinhos com o propósito de não depender do estrangeiro – pessoa, país ou produto – como forma de cultuar uma situação imutável e paroquial.

O terceiro significado: o de nacionalismo político, pode ser visto como uma forte rejeição ao colonialismo, ao imperialismo e ao capital estrangeiro, visto sempre como explorador. Essa modalidade cresce ao longo do século XX, especialmente nos países subdesenvolvidos e antigas colônias. Frequentemente utilizada pelo ideário de esquerda e pela necessidade de dar explicações *estruturais* ao subdesenvolvimento, como foi amplamente divulgado na América Latina com o endosso da Comissão Econômica Para América Latina e Caribe (CEPAL), órgão da ONU sediado no Chile.

INDIVIDUALISMO E COLETIVISMO

Em qualquer desses significados, o nacionalismo alimentou políticas regionais separatistas, reforçou tradições locais, mitos, lendas, culturas e meios de vida anacrônicos.

Ele sofreu, inicialmente na Europa, um grande embate com o marxismo, que é internacionalista por definição. O próprio texto do *Manifesto do Partido Comunista* começa: "Trabalhadores de todo mundo [...]". Aconteceu, porém, que no século XX a luta pela emancipação econômica das antigas colônias europeias, América Latina, África e Ásia foi muito incentivada pela implantação de regimes socialistas e comunistas, passando em tais países o nacionalismo a ser de esquerda, pois confrontava empresas multinacionais e buscava assegurar um desenvolvimento fora da dependência da antiga metrópole, com a permanente denúncia contra velhas elites econômicas chamando-as de "entreguistas", "lacaios do capital" etc.

Para complicar, os regimes de direita, alguns fascistas, focaram-se no cultivo dos símbolos e tradições do passado de uma nação – hino, bandeira, lutas de independência, heróis – e, assim, vieram a se aproximar dos movimentos nacionalistas. Particularmente no Brasil, a exacerbação deste culto ao *amor* à pátria ensejou uma afinidade com o positivismo. Tivemos até o nosso fascismo próprio, chamado integralismo, que chegou a sensibilizar grandes intelectuais brasileiros. Os seus rituais e símbolos foram particularmente depreciados por muitos oponentes que chamavam pejorativamente seus adeptos de *galinhas verdes*.

A classe militar, ora se perfila à esquerda, como a Venezuela hoje, ora à direita, como nos anos 1960 e 1970, na maioria dos países. É, porém, nacionalista, pois faz parte da essência do pensamento militar o sentimento de "pátria acima de tudo". É o Deus, Pátria e Família dos integralistas que ora aparece revivido.

O nacionalismo é um movimento que tem hoje no mundo bastante força e se alimenta de medos como, por exemplo, reação às migrações internacionais, ao progresso tecnológico e à marcha da globalização, que parece inevitável. Hoje, a produção de um automóvel pode envolver componentes oriundos de mais de trinta países (no passado era apregoada como virtude possuir um índice de nacionalização de 97%).

O comércio, a divisão internacional do trabalho e as vantagens competitivas geográficas predominam nas decisões empresariais. O conceito econômico hoje é o de *cadeias de produção*, dentro das quais cada componente de um produto final é fabricado no país que apresentar maiores vantagens para tal. Atualmente, os trabalhadores brasileiros temem perder emprego para os chineses, e estes, para os coreanos e vietnamitas – e todos eles para as massas da Índia ou Bangladesh. Enquanto isso, sites como o Amazon e Alibaba apregoam um mundo onde o lema pode ser: "Consumidores de todo mundo, uni-vos". O mundo cresceu em complexidade e tornou mais precárias as relações de trabalho – o que aumenta o desencanto das massas. O nacionalismo não tem solução para isso, mas, em um momento inicial de denúncia, atrai seguidores e ganha espaço.

O nacionalismo cresceu com o capitalismo – americano e europeu – e, de início, notabilizou-se por colocar os habitantes dos países desenvolvidos em um ponto de superioridade e arrogância em relação ao resto do mundo. Hoje, esses países estão na defensiva tentando construir muros, barrar imigrantes e outras medidas que estão levando parte da população mundial a migrar para espaços que ofereçam oportunidades melhores para as pessoas viverem bem.

Países como o Brasil, de pequena densidade de ocupação, devem criar boas políticas migratórias, o que não possuímos. Essa será uma grande questão do século XXI e de profundas repercussões políticas na identidade nacional. A islamização da Europa já demonstra o quanto esse tema poderá vir a complicar o ambiente internacional.

36
POPULISMO

NA POLÍTICA, o emprego mais comum do termo populismo é no sentido pejorativo, como uma forma de fazer política eivada de falsidades para conquistar eleitores pouco atentos com promessas impossíveis de serem cumpridas. São propostas do tipo: "Comigo no governo os remédios custarão um real", "A moradia será de graça para todos", "Todo mundo se aposentará aos cinquenta anos de idade e assim criaremos mais empregos"; afirmações desse quilate, procurando seduzir o eleitor ávido por alimentar seus sonhos mais otimistas.

Devemos observar ainda que o termo pode definir uma ideologia própria, como se vê entre os peronistas, na Argentina, que procuram lhe atribuir o sentido de governar voltado para as prioridades populares.

É algo bem antigo no mundo, sendo apontado pelos gregos como um câncer que corrói a democracia ou, na República Romana, um crime cuja pena era o banimento, tendo sido uma causa para o assassinato de Júlio César, tido como um populista manipulador das massas plebeias.

Hoje, o populismo é usado em diferentes acepções. Uma delas, para caracterizar governos com forte engajamento popular na tomada de decisões. É uma variante do *assembleismo* ou do *basismo* ("Vamos consultar nossas bases"). Na prática, a ação fica estagnada pela excessiva preocupação de levar tudo à discussão de todos.

Uma forma extremada de emprego desse termo é atribuí-lo a regimes nos quais um líder forte e carismático governa com frequente apelo a plebiscitos e consultas diretas à população. Esses visam sempre obter uma chancela ou *voto de confiança* para medidas muitas vezes questionáveis sob a ótica da boa gestão de recursos públicos. Tais medidas são aprovadas mais pela habilidade do líder carismático em vendê-las embaladas em belas palavras. Tendo o suporte popular, os governantes se apresentam como possuidores de poderes especiais, agindo como que outorgados para atuar livres de condicionantes legais. Quando vemos este perfil adicionado com poderes despóticos, as ações do governante passam a seguir uma espécie de roteiro clichê: "vamos eliminar o jogo das elites" ou "vamos acabar com as reações dos inimigos do povo" – sempre no intuito de explorar antagonismos reais ou potenciais. O exemplo mais atual é o governo atual da Venezuela.

O acesso a plebiscitos é previsto na Constituição brasileira, o que faz o nosso país não ser qualificado como uma democracia representativa *pura*.

Como uma ideologia – conjunto de normas e visões sobre a natureza do homem e como ele deve se organizar em sociedade – o populismo não é tão dogmático quanto outras ideologias, tais como o nazismo, o fascismo, o comunismo ou o liberalismo. Isso o faz conviver bem e ser usado como prática política, instrumento de tomada do poder por adeptos de todas ideologias, sejam de direita ou de esquerda. Nesse sentido, o populismo é um perigo enorme, pois a vida em sociedade requer elevados níveis de alinhamento entre seus membros no tocante aos valores, pois sem coesão social ela não evolui. O grande desafio das sociedades modernas é medir sempre as consequências das decisões do presente no quadro que elas criarão para o futuro, o que implica, frequentemente, em pedir sacrifícios hoje para benefícios futuros. Infelizmente, o povo em geral prefere benesses hoje – e o futuro que pague o preço.

O populismo explora a terceira dimensão da retórica aristotélica – a do *pathos* – o falar coisas agradáveis aos ouvidos alheios e com isto seduzir pessoas para suas propostas, conseguindo um alinhamento temporário baseado na ilusão. Não se trata do *ethos* – a autoridade do conhecimento de quem enuncia os temas –, tampouco do *logos* – a lógica da argumentação com predomínio da razão. O populismo, sem o menor compromisso com a realidade, busca a empatia, a simpatia, o poder encantatório das palavras e do discurso, assim conquistando as massas.

O populismo é perigoso. Os cidadãos devem sempre desconfiar dos acenos que indiquem caminhos sem sacrifícios para mundos idealizados que surgirão, caso se apliquem as reformas que o líder populista propõe. Os arautos dessas mistificações querem desprezar o fato de que o mundo no qual vivemos é o resultado de um lento progresso evolutivo, alcançado com muito esforço e participação de todos, e nunca um *presente acabado* graciosamente entregue por um líder visionário.

PATRIMONIALISMO

A EXISTÊNCIA DO Estado se justifica como uma necessidade para servir a todos os cidadãos, sem distinção de credo, sexo ou origem, provendo o tipo de autoridade necessária para o cumprimento de algumas funções no disciplinamento da vida social, manutenção da justiça, da ordem e da segurança.

É sabido que, com frequência, a autoridade constituída peca pelo excesso e se atribui direitos permanentes, certas vezes hereditários, além de buscar ampliar as áreas nas quais o Estado esteja presente. Vimos diversas formas de governo serem experimentadas: monarquias, oligarquias, consulados, ditaduras, repúblicas.

Embora melhores, os regimes democráticos são vulneráveis a ameaças. No caso brasileiro, a pior delas é o patrimonialismo. Ele ocorre desde sempre em política, não apenas nas democracias. Aqui em nosso país, vem sobrevivendo ao longo dos regimes colonial, imperial e republicano.

O patrimonialismo consiste na apropriação do Estado e de suas instituições por um grupo de pessoas, que podem ser de um clã familiar, um partido político, um grupo de poder econômico, religioso, militar ou sindical. Ele se perpetua no poder por meio da indicação de seus membros, descendentes ou cooptados para os principais cargos. O Estado passa a ser um campo de exploração para proveito desse grupo, que, algumas vezes, é de tamanho bem significativo. Regime comum nas

INDIVIDUALISMO E COLETIVISMO

monarquias absolutas, como foram China, França, Rússia e também nos antigos impérios da Antiguidade.

No passado, ele era associado à força dos grandes proprietários de terras, em geral nobres que mantinham seus trabalhadores em regime de servidão. Hoje, o patrimonialismo consegue ser ainda mais radical do que dá a entender a famosa frase de Luiz XIV, "o Estado sou eu", pois a frase que atualmente representa essa desvirtuação seria "o Estado é meu!". Raymundo Faoro,[129] em sua monumental obra *Os donos do poder*, tratou de aspectos característicos do patrimonialismo no Brasil.

Mesmo após a independência do país em 1822, quando se ampliou o grau de disputa entre grupos no poder, todos no Brasil parecem comungar no desejo de *patrimonializar* o Estado, ou seja, usarem-no para benefício próprio. Na vida republicana, o Brasil viveu a ascensão de militares positivistas, seguido pelo republicanismo paulista/mineiro da chamada *política do café com leite*, passando em seguida pelo getulismo e pelo desenvolvimentismo. Não importa a denominação; ao longo de nossa história, o que vimos ser repetido foi a arte de cooptar quem fosse necessário para manter o seu grupo no poder. Assim, o mesmo patrimonialismo às vezes aparece travestido de reformista, social-democrático, liberal ou sindicalista.

Em fase recente, tivemos uma forma peculiar de patrimonialismo que, combinado com populismo, sindicalismo e corporativismo, permitiu que a permanência no poder se efetuasse por meio de um grande loteamento de cargos em entidades públicas. Aqui, o interesse nacional foi colocado de lado, deixando de ser prioridade. Criou-se um vínculo financeiro com grandes empresas fornecedoras do Estado. Esse processo se estendeu em toda a cadeia administrativa e acabou contaminando até os órgãos mais insignificantes. Os cargos ocupados eram meios de arrecadar, via corrupção, recursos para manutenção do grupo no exercício do poder, variante essa que ficou conhecida como o lulopetismo.

---

129 Raymundo Faoro (1925 – 2003) foi um jurista, sociólogo, historiador, cientista político e escritor brasileiro. Foi presidente da Ordem dos Advogados do Brasil (OAB), de 1977 a 1979, e membro da Academia Brasileira de Letras (ABL).

Na origem remota desses modelos patrimonialistas estão as chamadas "sociedades hidráulicas". Elas ocorreram onde a escassez de água favoreceu a criação de uma rígida estrutura social, com a camada inferior de trabalhadores na agricultura e construção de canais de irrigação, uma classe militar para mantê-los trabalhando e defender as terras de invasores, uma classe mais instruída de burocratas e sacerdotes que controlam os fluxos financeiros, de produção e do conhecimento e uma classe nobre que, contando com o suporte dos burocratas, comanda o funcionamento dessa sociedade patrimonialista. Isto é o que se viu no Egito, China, Suméria e em grandes impérios antigos, daí o modelo ser chamado também de "despotismo oriental". Quando Wittfogel,[130] estudando o sistema russo, apontou que a Revolução Comunista ia pelo mesmo caminho, ou seja, uma sociedade de classes, estratificada, teve que emigrar. Mais tarde, professor em Yale, escreveu a obra *Oriental Despotism*, enquanto Lenin destruía a agricultura russa criando as fazendas coletivas – um fracasso retumbante que resultou em carência de alimentos, vitimizando dezenas de milhões de russos.

Embora a palavra patrimonialismo apareça ainda pouco na literatura política, já são vários os cientistas sociais que convergem em apontar a sem cerimônia desta prática entre nós. Assim, torna-se absolutamente imperiosa a vedação de oportunidades para que isto ocorra. Três remédios parecem se impor como solução:
- a conscientização geral de que as pessoas devem depender delas mesmas e não do Estado;
- a redução do papel do Estado na atividade econômica, passando para a iniciativa privada, sob fiscalização, a realização de todas as tarefas que ela possa cumprir; e
- a profissionalização e a *blindagem* de funcionários do Estado contra indicações político-eleitoreiras, a proibição de reeleições face o peso da cooptação das máquinas de governo e outras medidas saneadoras do ambiente político.

---

130 Karl August Wittfogel (1896 – 1988) foi um sociólogo alemão a princípio marxista e membro ativo do Partido Comunista da Alemanha. Contudo, tornou-se um conservador e anticomunista convicto após a Segunda Guerra Mundial.

Tais *remédio*s podem perfeitamente ser objetos de uma combinação de leis, controles e transparência, bem como alternância nos cargos-chave do poder.

Há ainda que se impedir o corporativismo (que viceja junto ao patrimonialismo), colocação dos interesses de uma corporação (funcionários do judiciário, da polícia, médicos, empregados de estatais) sobre o interesse da coletividade, resultando na criação de vantagens salariais, previdenciárias e outras para as corporações que se escudam no rótulo da meritocracia para se autoconcederem privilégios como estabilidade, ascensão por equiparação, irredutibilidade, incorporação de vantagens temporárias e outros.

38
ESTADO, MERCADO E EMPRESAS

"É A ECONOMIA, estúpido". Esta frase, dita a um colega por um assessor da campanha política de Bill Clinton[131] à Presidência dos Estados Unidos, marcou a profunda vinculação entre o tema econômico e o político nas decisões eleitorais. Em outras palavras, a variável econômica impactando diretamente as recentes condições de vida das pessoas.

No Brasil, uma tradição mais assistencialista e um estágio de desenvolvimento mais atrasado ainda transformam em aspirações básicas dispor de serviços gratuitos prestados pelo Estado. Remete-se ao Estado a *responsabilidade* por essas provisões, direta ou indiretamente, sem maiores considerações como este fará para atender a todas as demandas. Passamos do *Deus dará* para o *Estado dará* – assim como, na Antiguidade, o Estado romano dava o pão para o povo. Enfim... pouco progresso!

É impossível ignorar que, no mundo inteiro, onde o mercado e o sistema de preços se encarregam de proporcionar a melhor alocação entre oferta e demanda, o funcionamento é mais satisfatório do que onde há intervenção do Estado na economia. A melhor das situações é a população ter acesso ao que almeja em quantidade e boa qualidade.

O comunismo, ao se posicionar contra o lucro e indiretamente contra a motivação humana pela liberdade, foi adotando, em um crescendo,

---

131 William Jefferson Clinton (1946) foi o 42º presidente dos Estados Unidos por dois mandatos, entre 1993 e 2001. Antes de servir como presidente, Clinton já havia sido governador do estado do Arkansas também por dois mandatos.

INDIVIDUALISMO E COLETIVISMO

teorias de coletivização de produção, planejamento centralizado, definição de necessidades mínimas do que cada um pode ou deve dispor, até que desarticulou totalmente os interesses produtivos.

A demonização da produção e dos padrões de consumo do mundo capitalista e liberal não conseguiu convencer as populações dos países comunistas e socialistas. Assim, pouco mais de setenta anos após a sangrenta Revolução Russa, a União Soviética se desfez. A China adotou um sistema híbrido denominado *socialismo de mercado*. Hoje, esses países têm na inserção comercial internacional o aspecto mais dinâmico de sua economia. A Rússia, exportando suas riquezas minerais, e a China, produtos industrializados.

Tal interação econômica global alterou o equilíbrio político do mundo que, ao fim da Primeira Guerra Mundial, assistiu à migração da hegemonia econômica do Império Britânico para os Estados Unidos. O liberalismo construiu esse mundo no qual grandes progressos nas ciências, na qualidade de vida e nos direitos humanos se tornaram viáveis para centenas de milhões de pessoas – o que valorizou os aspectos culturais mais diversificados e, em particular, os modelos políticos, parlamentares e liberais adotados pelos países do Ocidente.

Com a incorporação da China na economia mundial, país que sempre viveu em um mundo próprio, deixou de haver um padrão único de governo bem-sucedido. A democracia está sofrendo uma crise sem precedentes, pois se diluíram os sinais que a uniam ao sucesso econômico. O Oriente hoje cresce a taxas elevadas. Sucesso econômico e liberdade política parecem não estar mais associados. No mundo ocidental, crises se sucedem por vários motivos, dentre os quais, no campo social, a exacerbação de políticas identitárias. No Oriente, a questão dos direitos humanos é ignorada.

China, Rússia, alguns países asiáticos e africanos, e muitos países árabes – seguramente cerca da metade da população mundial – vive à margem de uma economia aberta, o que é péssimo para o futuro da liberdade individual, de liberdade política, de liberdade de credo e de iniciativa.

A democracia nasce do desejo de liberdade individual e requer um sistema político alinhado com o mercado, como o liberalismo. É importante não perder de vista na discussão política, voltada a dar melhores condições para o desenvolvimento nacional brasileiro, o fato de que o caminho de liberdade e direitos humanos é promover mais mercado e menos a intervenção estatal. Isso não implica em um Estado fraco, muito pelo contrário. O Estado deve ser forte na arbitragem de interesses econômicos, na atuação contra falhas do mercado, na repressão dos abusos do poder econômico, na segurança interna e externa e nas políticas de educação, saúde e segurança pública.

A boa política deve alertar os eleitores para as lições que o mundo aprendeu e não manter o país fechado, atrasado, não transparente em suas práticas econômicas e políticas.

Cabe também uma palavra sobre um dos mais importantes agentes políticos: as empresas. As empresas, em particular as de grande porte, são uma invenção recente. Segundo Neil Ferguson,[132] sua existência é um dos fatores responsáveis pela predominância econômica do Ocidente nos últimos séculos. Tal tendência, porém, começou a se reverter com a disseminação de empresas também no Oriente. As empresas provocaram enormes mudanças, pois são entidades focadas em resultados bem definidos. Ao longo do tempo, passaram a atuar em todos os países, com trabalhadores de todos os sexos e credos. Quando não tolhidas por regimes intervencionistas buscam fazer mais, melhor, e ao menor custo – e, assim, ter resultados maiores. Isso, combinado com os mecanismos de financiá-las, seja por copropriedade (ações), seja por empréstimos, as transformou nos mais dinâmicos agentes da sociedade na criação de empregos, adaptação de processos produtivos e transformação de descobertas científicas em produtos de uso geral. Elas provaram ser mais eficientes que o Estado e o empurraram para funções de fiscalização, regulação ou restrição a abusos do poder econômico.

As empresas, porém, não são tão populares entre as pessoas. Isso se deve tanto à sua condição de mando, do poder de contratar e demitir, de premiar ou não àqueles que contribuem para seu sucesso; como se

---

132 Neil Morris Ferguson (1968), é um epidemiologista britânico, professor de Biologia Matemática, especializado em epidemiologia de doenças infecciosas disseminadas em humanos e animais.

deve também ao comportamento execrável de alguns maus empresários, favorecendo a criação de enorme desigualdade social.

Nas últimas duas décadas, um enorme esforço em estudos e pesquisas tem sido efetuado em alguns centros acadêmicos. Procura-se melhor formar empresários para um mundo do futuro, mais sustentável e mais cooperativo.

Algumas alterações na legislação também, consolidadas em boas práticas de governança corporativa, têm trazido face mais humana às empresas, conciliando objetivos de desempenho econômico-financeiro com sustentabilidade sociopolítica, cultural e ambiental.

Entendemos que isso resultará em uma atitude mais amigável em relação às empresas, mesmo porque, a quantidade de microempresários aumenta exponencialmente. As relações de trabalho ainda são marcadas pelos primeiros tempos da Revolução Industrial, mas tudo indica que em breve darão lugar a um ambiente mais colaborativo entre empresas e empregados, sem falar na adoção de novas práticas, como trabalho à distância, terceirização do trabalho e outras.

O impacto disso na forma de fazer política será extremamente relevante. Adotando uma estrutura mais descentralizada, modos diferenciados da produção e contingentes de trabalhadores menos padronizados, as empresas indiretamente dificultarão a força que, no passado, os sindicatos alcançaram. O mundo das relações capital de trabalho vem se modificando muito e vai se modificar ainda mais.

Uma consideração final sobre as empresas como agentes no cenário político decorre da importância dos marcos legais e regulatórios para o seu funcionamento. Nesse sentido, nas democracias, elas têm formado *lobbies* para influenciar a eleição dos membros do Legislativo visando que seus interesses sejam defendidos. Como elas têm uma capacidade econômica muito forte, o apoio a candidatos pode resultar em um desequilíbrio na representação parlamentar. Portanto, torna-se importante uma legislação que contenha os abusos ou contribuições empresariais excessivas às campanhas políticas.

39
NEOLIBERALISMO E LIBERALISMO SOCIAL

O LIBERALISMO é o único sobrevivente dentre as quatro ideologias que marcaram o panorama político do século XX. Será que o liberalismo e sua vertente política, a democracia liberal, seguirão o mesmo caminho da perda de expressão já trilhado pelo fascismo, pelo comunismo e pelo socialismo?

Seria um paradoxo, pois, dentre essas quatro ideologias, três delas (o socialismo, o comunismo e o fascismo) se caracterizaram por enormes fracassos no campo econômico e no tocante aos direitos humanos. Os sistemas de governo nelas baseados falharam em proporcionar melhores condições de vida aos seus cidadãos. Já o liberalismo vem se metamorfoseando e sobrevivendo desde que surgiu, há quase duzentos anos. Ancorado em conceitos como individualismo, liberdade pessoal, livre mercado, limitada intervenção do governo e fé no progresso econômico, ele evoluiu e favoreceu a maior mudança já experimentada pela humanidade, o que é muito importante para o enfrentamento das desigualdades sociais ainda existentes.

O liberalismo é a força motriz desse período mencionado, no qual a expectativa de vida da população sobe de trinta para setenta anos; o percentual da população total do mundo vivendo abaixo da linha de pobreza absoluta diminui de 80% para 8%, e o percentual de analfabetos caiu drasticamente. Tudo isso em um contexto no qual os direitos civis tiveram um progresso nunca visto, a desigualdade de direitos entre sexos e etnias se reduziu e melhoraram todos indicadores de qualidade de vida.

INDIVIDUALISMO E COLETIVISMO

Por outro lado, o comunismo e os regimes autoritários fascistas e socialistas se esvaíram. Há poucos lugares ainda onde se pensa que possam ter algum futuro. A China, com seu capitalismo de Estado, a Alemanha, da democracia-cristã e da social-democracia, os países nórdicos, com grande liberdade empresarial convivendo com uma série de instituições socialistas, retratam o hibridismo que parece caracterizar os modernos sistemas políticos.

Há que se notar, porém, uma característica comum a todos esses países que adotam regimes dirigistas. Eles só sobrevivem se, de tempos em tempos, alguém produz intervenções que ajustam a economia, como se viu nos Estados Unidos, com Ronald Reagan,[133] ou na Inglaterra, quando Margaret Thatcher comandou o país, entre 1979 e 1990. Mais recentemente, a Suécia fez ajustes significativos ao longo da última década. Periodicamente, é necessário flexibilizar ou mesmo conter as tendências distributivistas de seus *welfare states* (Estado de bem-estar social) e adotar com mais rigor os conceitos liberais na regulação de suas economias, evitando assim o colapso econômico do Estado. É o que parece que a França está querendo fazer e que encontra enorme resistência dos grupos que lutam por seus *direitos adquiridos*.

A consequência costuma ser bizarra: uma vez bem-sucedidos tais ajustes liberais, com a constatação de melhora consistente nas finanças do Estado, volta o anseio distributivista, derivado da forte propensão dos regimes democráticos serem apoderados por teses populares que privilegiam a igualdade sobre a liberdade, como já apontava há mais de um século Alexis de Tocqueville em sua grande obra *Da democracia na América*. O desdobramento natural desse processo é o surgimento de políticas públicas que impõem mais Estado, mais impostos, menos liberdade de iniciativa, tudo derivado da curta memória política dos povos e em nome da busca ilusória de maior igualdade por esse meio, que, por sinal, nunca funcionou em lugar algum.

Tal tendência ao centralismo intervencionista cresce também como decorrência da falta de ordem. É o efeito *Leviatã*, de Hobbes, querer um

---

133 Ronald Wilson Reagan (1911 – 2004) foi um ator e político norte-americano, governador da Califórnia e o 40º presidente dos Estados Unidos (1981 – 1989).

Estado autoritário, como se as pessoas em sua condição natural, em *estado da natureza*, fossem incapazes de viver sem um poder forte e absoluto para colocar as coisas em seus lugares. Novamente, a experiência nos mostra como isto é perigoso, pois alimenta o surgimento de figuras que se colocam como *salvadores da pátria* (com o aplauso de muitos). Observamos que isso tem levado à emergência de um surto neofascista no mundo, como sempre associado ao aumento da xenofobia e tentativas de barrar migrações.

Essa ameaça paira forte sobre o liberalismo e, inquestionavelmente, sobre os direitos humanos em sociedades desenvolvidas e em desenvolvimento do mundo ocidental.

Os liberais no mundo inteiro precisam cair em si e perceber que as sociedades nas quais seu credo vem se tornando menos apreciado são aquelas em que a concentração da riqueza e o aumento da desigualdade tem crescido. Vale destacar que há muitas iniciativas individuais de grandes bilionários engajados no campo social (após garantirem suas centenas de milhões de dólares) que mitigam um pouco a situação. A repulsa à desigualdade, potencializada pela comunicação em rede, transformou-se na divisão fundamental entre os campos da direita e da esquerda.

Não basta, portanto, a criação maior de riquezas. A redução das desigualdades econômicas e sociais deve ser sempre buscada, evidentemente sem prejuízo do bom funcionamento da máquina de evolução social, realização individual, progresso e direitos humanos que é o liberalismo. Assim, nesta entrada do século XXI, quando essa corrente de pensamento permanece conceitualmente viva, é preciso revisitar alguns de seus princípios para, sem perda da liberdade, incorporar dimensões mais igualitárias em seu ideário, como defenderam em seus escritos os liberais sociais brasileiros da escola de José Guilherme Merquior,[134] San Tiago Dantas,[135] Marcílio Marques Moreira[136] e outros pensadores.

---

134 José Guilherme Alves Merquior (1941 – 1991) foi um crítico literário, ensaísta, diplomata, sociólogo e cientista político brasileiro, membro da Academia Brasileira de Letras. Crítico ao marxismo, era defensor ferrenho do liberalismo.

135 Francisco Clementino de San Tiago Dantas (1911 – 1964) foi um jornalista, advogado, professor e político brasileiro.

136 Marcílio Marques Moreira (1931) é um diplomata brasileiro. Foi ministro da Fazenda durante o governo Fernando Collor e presidente da Comissão de Ética Pública do governo Lula.

INDIVIDUALISMO E COLETIVISMO

San Tiago Dantas, no passado recente, e Marcílio Marques Moreira, em dias atuais, têm se notabilizado por textos fundamentais para o progresso político brasileiro na rota do liberalismo social. Ambos defendem um projeto nacional, evolutivo e cristão no qual a palavra tem de respeito ao livre-arbítrio, à solidariedade e à entrega de si mesmo a causas maiores, compatíveis com o ideário liberal e com uma postura ética dos políticos.

Antes mesmo da recente crise na política do *presidencialismo de coalizões* no Brasil, responsável pelos escândalos do *mensalão*, do *petrolão*, da *carne fraca* e dos *campeões nacionais*, Marcílio Moreira já publicava o seu ensaio *Ética e Economia*, no qual reaviva o último texto de Max Weber (1864 – 1920),[137] um dos grandes sociólogos alemães do século XX. Em uma conferência denominada "A política como vocação", proferida em 1919, Weber distingue a ética das convicções pessoais da mais abrangente ética do político, também denominada "ética da responsabilidade", na qual a repercussão das atitudes individuais deve ser analisada ao longo de toda sua cadeia de consequências.

A reação primária dos liberais – economistas frequentemente em maior número do que sociólogos –, tem sido exacerbar a implantação de seus conceitos, em particular o do *Estado mínimo*, e tratar todos os temas sociais *contabilmente*, trazendo para o valor presente efeitos de suas propostas políticas. Isso, no fundo, é um reducionismo, um *eficientismo* que acaba considerando quase tudo passível de ser traduzido em termos monetários. Procura-se sair do Estado adequado para um Estado mínimo. As vantagens da democracia passam a ser referidas como possibilidade de se ter maior renda per capita etc. O rótulo de neoliberalismo – e, em certa época, Consenso de Washington –, caracterizaram essa atitude defendida por uma nova direita, ávida pela acumulação de valores pecuniários como objetivo maior da vida, tendo de viver em um ambiente de juros negativos.

---

[137] A obra de Weber mais famosa e influente é *A ética protestante e o espírito do capitalismo*, publicada em 1905.

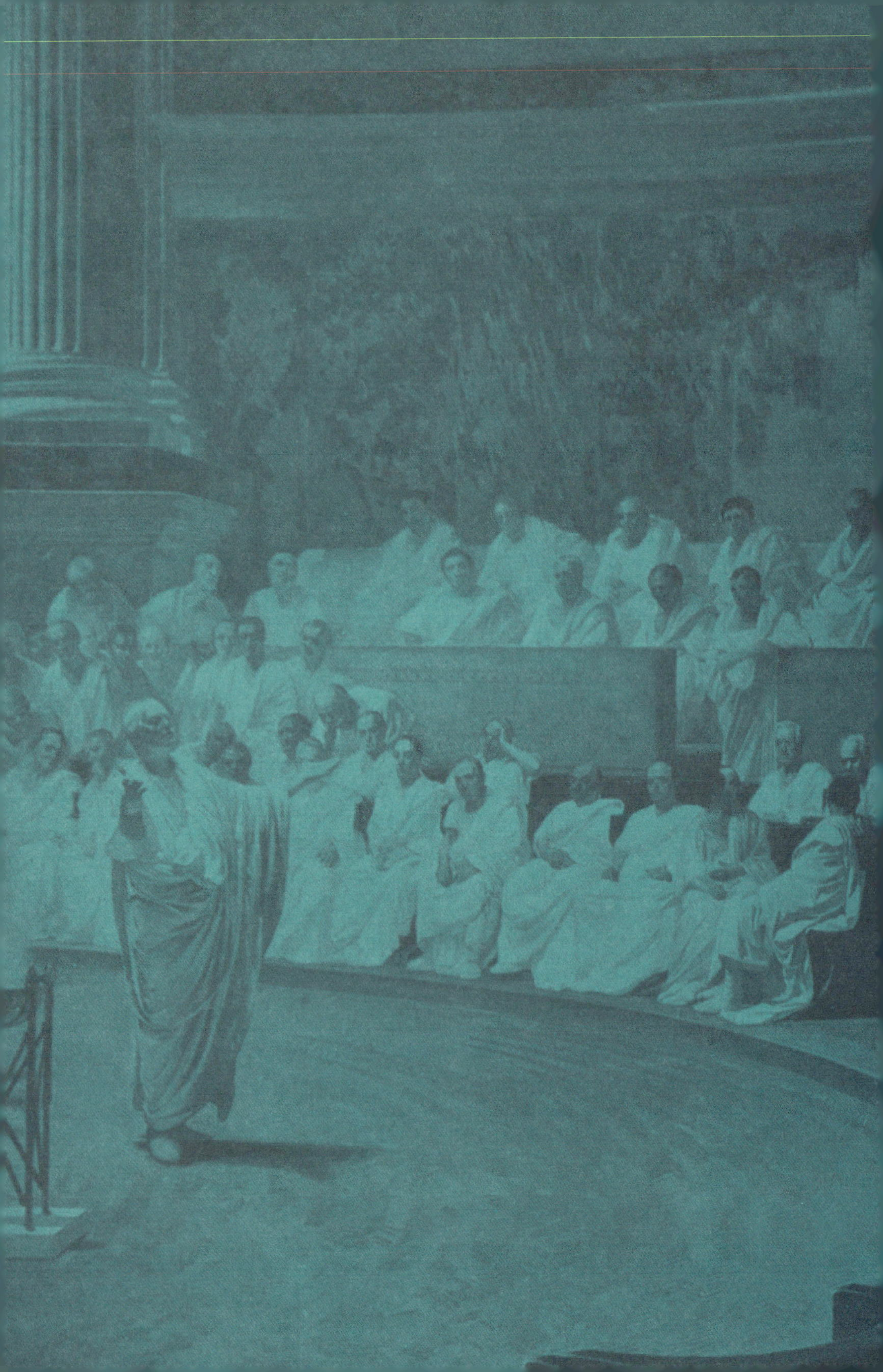

PARTE VII

A CRISE DA DEMOCRACIA

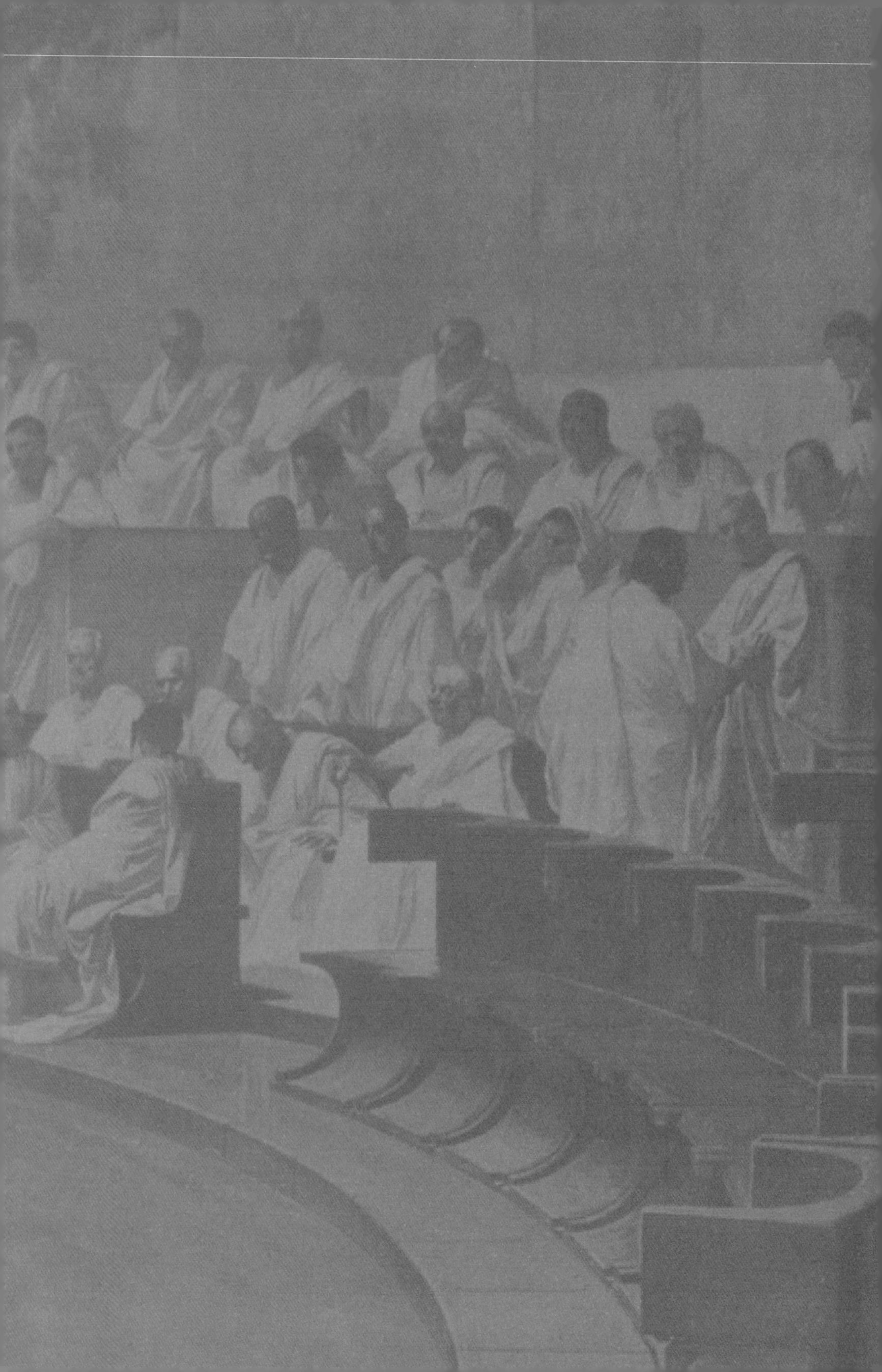

40
A CRISE DA DEMOCRACIA

Quando as coisas vão mal em um país, frequentemente pensamos quem deve ser responsabilizado por isso. Seria culpa dos políticos ou dos eleitores que os colocam no poder? E como tratar a diversidade entre os eleitores que decorre de suas diferentes crenças e ideologias?

Não deveríamos estranhar a disparidade de julgamentos quando nem sequer existe consenso em relação aos fatos. Enfim, há quem defenda que não houve o Holocausto que matou 6 milhões de judeus na civilizadíssima Europa, apenas 75 anos atrás.

A busca da verdade em nossos tempos, quando a informação é cada vez mais acessível, está surpreendentemente muito complicada. Há uma profusão de notícias inventadas e espaço aberto para que a ignorância e os preconceitos sejam difundidos.

Ao refletirmos sobre os séculos iniciais da evolução do pensamento político, constatamos que a transparência de conduta e o compartilhamento da informação são essenciais para o bom funcionamento da sociedade. Com a dificuldade de se garantir tais fatores no passado, não é de se admirar que a maioria dos regimes, de forma mais velada ou explícita, acabasse descambando para manipular informações, criando as suas próprias verdades.

Na Antiguidade clássica, as cidades gregas e romanas construíam grandes anfiteatros para que os políticos pudessem se dirigir a milhares de cidadãos. Voz alta e raciocínio estruturado eram fundamentais.

Algumas democracias chegaram a florescer dessa forma. É a época de ouro da retórica, quando a autoridade de quem falava combinada com a lógica do seu raciocínio e a empatia com os ouvintes fazia toda diferença. Todavia, para uma plateia superior a 10 mil pessoas era difícil a acomodação nos anfiteatros e, naturalmente, difícil também conseguir ouvir um orador com clareza.

Depois desses primórdios da democracia direta, foram necessários séculos até que se consolidasse a democracia representativa, sustentada pela liberdade de imprensa, o acesso à informação e à educação universal.

É necessária ampla informação para o eleitor votar melhor e, assim, exercer seus direitos políticos. As redes sociais têm contribuído para que esse conhecimento seja aperfeiçoado, proporcionando e limitando a vantagem de candidatos e partidos que dispõem de mais tempo na mídia, ou mais recursos para contratar marqueteiros caros e elaborar verdadeiras produções *hollywoodianas* para ganhar o voto do eleitor.

É uma preocupação das sociedades modernas que aspectos da lei eleitoral sejam revistos, buscando sempre criar um maior vínculo entre o eleitor e seu representante no legislativo, como o voto distrital, o que é a essência e pode representar a sobrevivência da democracia representativa.

Há uma consideração prévia a fazer quando se analisa as causas da crise da democracia. Por razões não passíveis de explicações científicas, mas constatáveis factualmente, na maioria das situações políticas, as pessoas, sob a influência de algum tipo de provocação (apelo de líder populista, ameaça externa etc.), adotam um comportamento coletivo irracional, em negação a seus próprios valores individuais. Este *efeito de manada*, observado em adesões a regimes altamente autocráticos ou religiosos fundamentalistas, parece corresponder a um instinto tribal e primitivo, que, embora não se sustente no tempo, pode provocar terríveis consequências no curto prazo. Gustave Le Bon,[138] Sigmund

---

138 Gustave Le Bon (1841 – 1931) foi um pensador francês conhecido por seu trabalho *A multidão: um estudo da mente popular* (1895), considerado um dos trabalhos seminais da psicologia das multidões.

A CRISE DA DEMOCRACIA

Freud[139] e outros mais recentes, como Elias Canetti[140] e Karl Jaspers,[141] estudaram esses fenômenos.

Segundo estudiosos, em fenômenos de massa há uma especial propensão para a adoção de comportamentos mais primitivos e extremados. Desde o passado até hoje, tal constatação é evidente. É uma grande preocupação dos que visam assegurar a governabilidade. Quando a maioria é omissa, um pequeno número de ativistas tem o poder de provocar enormes crises. Preveni-las, pelo incremento da cultura de participação consciente na vida pública, é o único fator de mitigação possível.

Essa situação encerra um grande paradoxo; nomeadamente, a democracia ser a sua própria maior inimiga. Ao conceder vasta liberdade às pessoas, em todas as suas manifestações, ao garantir direitos amplos a todos, inclusive aos inimigos dela mesmo, a democracia fica vulnerável a ameaças: golpes de Estado, complôs etc. Ainda mais: ao tornar os processos decisórios mais lentos e complexos, na preocupação de torná-los mais representativos, ela acaba não sendo o regime de maior eficiência econômica. Sua vantagem, a ser sempre valorizada, é ser o regime mais sustentável em termos éticos.

---

139 Sigmund Freud (1856 – 1939) foi um médico neurologista e psiquiatra criador da Psicanálise.

140 Elias Canetti (1905 – 1994) foi um romancista e ensaísta de nacionalidade búlgara e britânica autor de *Massa e poder* (1960), entre outros títulos. Recebeu o prêmio Nobel de Literatura em 1981.

141 Karl Theodor Jaspers (1883 – 1969) foi um filósofo e psiquiatra alemão cuja produção foi fortemente influenciada pelo pensamento de Nietzsche, Kierkegaard e Max Weber.

41
VIOLÊNCIA E NÃO VIOLÊNCIA

No SÉCULO XI, uma disputa sucessória no Califado Fatímida resultou na criação de uma seita na qual o assassinato e o terrorismo passaram a fazer parte do arsenal de ferramentas de conquista do poder político. Após algumas décadas de marcante atuação dessa temível seita, ela acabou mudando completamente de ação. Hoje, é uma entidade voltada a atividades caritativas presidida por seu líder hereditário, Karim Aga Khan (1936).

Apesar de atentados, levantes e assassinatos, os processos políticos evoluíram para formas civilizadas de disputa. Os processos eleitorais são tratados com ferramentas como pesquisas de opinião, diagnósticos de analistas políticos, debates e comícios televisionados.

Uma sucessão de acontecimentos mais recentes, porém, está mudando esse estilo. Como uma tardia seita dos assassinos, o atentado às torres gêmeas em Nova York em 2001 trouxe de volta o terrorismo, agora focado em ações contra massas de pessoas, civis em geral, multiplicando-se em várias partes do mundo. De repente, acordou-se que isso não havia se esgotado com os atentados ocorridos na Irlanda do Norte, no País Basco ou no Oriente Médio. Os atentados existem hoje nos Estados Unidos, Inglaterra, França, Espanha, Alemanha... ninguém mais está a salvo.

A CRISE DA DEMOCRACIA

A esses atentados ao público, somam-se os ataques aos políticos, como foram os assassinatos de John F. Kennedy,[142] em 1963, Martin Luther King Jr.,[143] em 1968, e Olof Palme,[144] em 1986, e, recentemente, o ocorrido debaixo dos nossos olhos: uma facada nas entranhas do então candidato que liderava as pesquisas para a eleição presidencial no Brasil. Na realidade da política factual, componentes passionais alteram o curso da história e acrescentam o crime aos ingredientes dos processos eleitorais. "Os interesses são sujeitos às paixões", como há trezentos anos já observava François de Callières.[145]

Na Roma antiga, Júlio César morreu apunhalado por senadores incomodados com suas pretensões imperiais. Um político populista morto por aristocratas. Uma mudança na história do mundo. No Brasil, dom Pedro II escapou de atentado, enquanto o primeiro presidente civil da República, Prudente de Morais (1841 – 1902), sobreviveu a um ataque que acabou vitimando de forma fatal seu ministro da Guerra.

A lição da História é clara: em clima de desagregação social, como os de crise econômica, com autoridades enfraquecidas, ânimos exacerbados e agitadores profissionais explorando a luta de classe e o ódio, um assassinato ou um atentado político de nível nacional é um enorme risco para a democracia. Ele incorpora o ingrediente do medo à tomada

---

142 John Fitzgerald Kennedy (1917 – 1963) foi o 35° presidente dos Estados Unidos. Político imensamente popular durante seu mandato como presidente, seu assassinado em 1963, diante das câmeras e sob circunstâncias debatidas até hoje, ainda permanece como um evento profundamente traumático na história dos EUA.

143 Martin Luther King Jr., nascido Michael King Jr. (1929 – 1968) foi um líder de grande destaque nos movimentos antirracistas e de direitos sociais para os negros nos EUA entre a segunda metade dos anos 1950 até seu assassinato, em 1968.

144 Sven Olof Joachim Palme (1927 – 1986) foi um político sueco, membro do Partido Operário Social-democrata da Suécia e primeiro-ministro de seu país entre 1969 e 1976 e, novamente, entre 1982 e 1986, ano em que foi assassinado.

145 François de Callières (1645 – 1717) foi escritor, membro da Académie Française, e diplomata a serviço de Luiz XIV. Seu livro *De la manière de négocier avec les souverains*, publicado pela Edições de Janeiro sob o título *Negociar – a mais útil das artes* (2018), tornou-se, a partir do século XVIII, um influente manual sobre a prática da diplomacia, reverenciado por figuras como o presidente americano Thomas Jefferson e o economista John Kenneth Galbraith.

de decisão eleitoral, provocando reações imprevisíveis. Só há uma coisa a fazer nesses casos: apuração rápida dos fatos, julgamento sem demora e justiça implacável. Qualquer postergação alimenta confrontos, acusações e pode fazer a situação sair do controle.

Há, porém, bons exemplos. Em época de muito ódio na política, convém lembrar um dos mais singulares movimentos políticos do século XX: aquele liderado por Mahatma Gandhi, um indiano que viveu de 1869 e 1948.

Gandhi, que nasceu em uma família bem situada, estudou Direito na Inglaterra, onde teve conhecimento não só dos textos sagrados indianos como dos textos políticos ocidentais, em particular o famoso ensaio *A desobediência civil* (publicado em 1849), de Henry David Thoreau (1817 – 1862).

Ao retornar à Índia, acabou se deslocando para a África do Sul, onde ganhou notoriedade como advogado e defensor das minorias hindus lá estabelecidas. Esteve ativamente engajado em várias questões e foi obtendo vitórias nos seus relacionamentos com as autoridades coloniais, o que lhe granjeou grande respeito e popularidade.

Desde seus dias na Inglaterra, Gandhi adotou hábitos de vida frugais e de vestuário simples. Era vegetariano muito antes de se falar nisto como movimento ou estilo de vida. Sua atitude pessoal era sempre a de respeito para com o próximo, evitando frequentemente os confrontos e resistindo pacificamente a todo tipo de repressão legal que sofria, inclusive agressões físicas.

No começo do século XX, Gandhi já havia estabelecido as bases do movimento Satyagraha – que significa "força da verdade" –, mais conhecido pela sua apologia à não violência e à resistência pacífica.

Empregou esses preceitos em inúmeras marchas populares contra a discriminação, tributos excessivos ou abusos de monopólio que impactavam o custo de produtos populares na Índia.

Naturalmente, era muito malvisto pelos colonizadores ingleses que, além de ridicularizá-lo de todas as formas possíveis, procuravam impedir seus grandes movimentos de solidariedade humana.

As marchas e ações públicas realizadas por Gandhi se sucediam, e, a partir de um certo momento, ganharam conotações nacionalistas. Ele ainda desenvolveu um movimento de *resistência sem dor* (ou sem violência) chamado *Ahimsa*. Alternava marchas e greves, pelos mais variados motivos, com jejuns públicos.

Na Índia, dividida por rivalidades entre hindus e muçulmanos, era um dos poucos que era ouvido por ambas as partes. Embora visto inicialmente como um arqui-inimigo, acabou respeitado pelos ingleses e granjeando o apoio da opinião pública mundial em seu favor.

Suas tentativas de propagar o movimento de não violência para fora da Índia não foram bem-sucedidas, mas, internamente, acabaram favorecendo os movimentos autonomistas que resultaram na independência de seu país e também do Paquistão. Gandhi era defensor de manter a unidade entre os dois países de povos rivais: muçulmanos e hindus.

Pouco depois da independência da Índia, foi assassinado por um fanático hindu que o considerava muito condescendente com os muçulmanos do país. O ódio entre indianos e paquistaneses persiste, mas a possibilidade de se fazer política de uma forma diferente é um legado desse país – a Índia – para o mundo. O pacifismo, enfim, contra o terrorismo!

Deve-se destacar ainda, no período entre as duas guerras mundiais na Europa, o trabalho intenso de Romain Rolland[146] e Stefan Zweig[147] no ativismo pacifista – embora malsucedidos na tentativa de evitar a Segunda Grande Guerra. Muito do que foi pregado, anos depois, ajudou a favorecer a criação da Comunidade Europeia e do Parlamento Europeu, organizações supranacionais. Muito adequadamente, em seu artigo número um, a proposta *Constituição da Comunidade Europeia* hierarquiza seus objetivos: promover a causa da paz, dos direitos humanos e do desenvolvimento econômico. Nesta ordem!

---

[146] Romain Rolland (1866 – 1944) foi um escritor e músico francês, professor de História da Arte na École Normale de Paris e professor de História da Música na Sorbonne.

[147] Stefan Zweig (1881 – 1942) foi um escritor, romancista, poeta, dramaturgo, jornalista e biógrafo austríaco de origem judaica. Suicidou-se durante seu exílio no Brasil, deprimido com a expansão do nazismo na Europa durante a Segunda Guerra Mundial.

42
OS MOVIMENTOS POLÍTICOS DE MASSA

O TERRORISMO E o pacifismo marcam extremos na forma de fazer política.

Um outro tipo de movimento, para o qual as razões individuais perdem expressão, é o dos movimentos de massa, explosivos e incontroláveis, de extrema violência, que hoje ocorrem em várias partes do mundo, muitas vezes alimentados por redes sociais.

Uma primeira explicação desses movimentos tem uma causa *objetiva*: a falta de inserção de grupos de pessoas na vida social e política. Seja porque são imigrantes, jovens desempregados ou reivindicadores de uma causa qualquer que aglutine muitas pessoas que não encontram outra forma de se expressar. Esses movimentos se fazem presentes na sociedade de forma destrutiva. O que dá início ao movimento tem pouco a ver com a aparência que ele adquire, pois a ele aderem várias categorias de ressentidos. São movimentos de muitos donos (basta ver os cartazes que os manifestantes carregam). Isso os torna fácil objeto de manobra de uns poucos mentores mal-intencionados.

Uma outra explicação é a das causas *subjetivas*, ligadas a um fenômeno coletivo de medo. Toda a sociedade está muito insegura quanto ao seu futuro. Estamos vivendo uma mudança nas formas de produção com as biotecnologias e a introdução da Revolução Digital na indústria e nos serviços. Tudo isso conjugado com uma série de desafios, como o futuro do trabalho e do emprego, o fim da privacidade, as ameaças ao meio ambiente, as pandemias e muito mais. A estes fatores se adicionam o

A CRISE DA DEMOCRACIA

crescimento demográfico, a falência dos sistemas previdenciários e a urbanização do mundo. O medo leva ao reacionarismo, à contraposição a qualquer mudança, como se viu no caso do Brexit, na Inglaterra. Existe a procura de um passado mais idealizado do que real – o que joga os grupos *medrosos* para o lado dos excluídos, que quererem romper com tudo. Mesmo sem causas comuns, velhos se unem no medo aos extremamente jovens.

No plano de enfrentar as causas objetivas, é necessário modernizar as instituições para lidar com os problemas identificados, o que demanda políticas públicas com foco nos grupos mais vulneráveis. Há que se criar canais para ouvir os vários grupos e procurar soluções para os seus anseios. Em um mundo no qual as mudanças são muito rápidas, é difícil para as instituições acompanharem o ritmo. Talvez elas possam ser em menor número e mais flexíveis – em busca de maior eficácia.

No plano das mentalidades, de ações contra as causas subjetivas, a coisa fica mais difícil. Seria necessário que houvesse uma mudança de ânimo coletivo para reverter o inconformismo e o niilismo que tomaram conta do mundo. Reconquistar a confiança e a esperança é algo que exige a volta a valores mais espirituais do que o materialismo presente na sociedade moderna. Para entender a dimensão política desses complexos processos sociais, há que se analisar a força e a fragilidade interna das motivações populares, pois a solução passa pela participação saudável na vida pública.

Recentemente, o mundo lembrou o cinquentenário dos movimentos de 1968 ocorridos em vários países – os mais emblemáticos foram na França e nos Estados Unidos da América –, onde a bandeira da luta contra os sistemas vigentes se resumia na frase: "É proibido proibir". As instituições, incapazes de absorver a demanda por mudanças que a sociedade ou sua fração mais jovem e ativa exigia, viram o movimento extravasar para as ruas em uma verdadeira reedição do ano de 1848 – o ano de muitas revoluções na Europa – que até deu origem à expressão "*l'esprit quarante-huitard*" – que em português poderia ser traduzido como "o espírito de 48", significando o espírito de agitações revolucionárias.

Da mesma forma, vimos no Brasil de 2013 multidões contestando o sistema sob um lema que inicialmente dizia "Não é pelos 30 centavos", fazendo alusão à majoração no preço dos transportes públicos. Com efeito, há muito não se tinha aqui a massa nas ruas mostrando sua indignação com tal ênfase, o que chocou a todos, especialmente quando se viu a infiltração nas passeatas de grupos violentos, os chamados *black blocs* – pessoas com rostos mascarados, agindo com truculência e incitando depredações de lojas e de veículos, além de violência física contra oponentes, agentes da lei, ou quem se colocasse contra o *movimento*.

Em dezembro de 2018, o noticiário da TV mostrou a devastação e vandalismo que ocorreu em Paris provocado pelos *gilets jaunes*, alusivo aos coletes amarelos que vestem os manifestantes nas ruas da França – item de segurança que todo francês deve ter em seu automóvel para ser enxergado à distância no caso de acidentes no trânsito.

Elias Canetti, prêmio Nobel de Literatura em 1981, apontou muito bem a heterogeneidade dos grupos envolvidos nesse tipo de demonstração, dividindo-os entre a "massa", presente, amorfa, sem direção, atuando em uma explosão mais de inconformismo e incapaz de sustentar a pressão por muito tempo, e o que ele denominou de "malta", aquele pequeno grupo que sabe muito bem o que quer do ponto de vista político (em geral, mudanças radicais e se infiltra e insufla a massa).

Historicamente, a malta já foi predominantemente formada por comunistas, mas hoje é de aderentes a regimes anárquicos, fascistas ou utópicos que entendem necessária uma explosão destrutiva. Algo similar à expressão "destruição criativa" cunhada por Joseph Schumpeter (cientista político austríaco que viveu entre 1883 e 1950) para se referir aos processos de mudança na estrutura capitalista produtiva. No caso, seria a destruição no plano das instituições políticas e sociais.

A malta tem a particular habilidade de mover a massa como fonte de pressão, não raro criando nela um ou outro mártir da repressão, o que acaba fortalecendo a ideia de que *está tudo errado*, que as instituições estão falidas, que o Estado mata seus filhos etc.

A CRISE DA DEMOCRACIA

A relativa desorientação da mídia entre tantas correntes de opinião, que se dividem entre apoiar ou não os manifestantes, acaba contribuindo para que os responsáveis pela ordem pública não saibam como lidar com esses movimentos. Tudo indica, infelizmente, que eles se propagarão nos próximos anos pelo Brasil e pelo mundo.

A ferocidade das reações repressivas, em vez da inteligência, firmeza, capacitação do policiamento e criação de canais para que as demandas da sociedade se expressem, só contribuirá para agravar esse quadro.

Outro ponto a destacar no panorama político recente é a natureza sistêmica com que disfunções criminosas se apresentam imbricadas no dia a dia da política, o que a torna pouco confiável para o cidadão comum. A influência de milícias, grupos paramilitares e crime organizado está hoje, na prática, disseminada no mundo.

Assim, damos razão a Hannah Arendt[148] que, a propósito da tentativa de nazistas se eximirem dos seus crimes, criou a expressão *a banalidade do mal*, que serve exatamente para caracterizar situações nas quais o indivíduo age como apenas mais uma das peças dentro de um conjunto de engrenagens, adotando práticas com desprezo a qualquer juízo crítico, amparando-se em argumentos do tipo "o mundo é assim", "todo mundo faz", ou, simplesmente, "fiz aquilo que me mandaram fazer"...

Estes fatos ressaltam a importância de promovermos o estudo da *cultura política* e incentivarmos o debate sobre ela em instituições que discutam história, cultura geral etc. Ela é imprescindível, caso queiramos defender as virtudes essenciais do regime democrático e tornar nossos eleitores menos suscetíveis a manipulações. Ao lado disso, tem de haver modernização institucional, com abertura de canais de participação política que possam dar respostas rápidas, ainda que não definitivas e apenas mitigadoras, para a insatisfação popular.

---

148 Hannah Arendt (1906 – 1975) foi uma filósofa política alemã de origem judaica, uma das mais influentes do século XX.

43
RACISMO E DISCRIMINAÇÃO

O RACISMO E a discriminação política, religiosa, sexual e étnica sempre estiveram presentes na História. É um problema extremamente sério, a ponto de as mais avançadas democracias, como as da França e dos Estados Unidos, não conseguirem superá-lo. No Brasil, com uma maturidade política e institucional mais incipiente, fenômenos como racismo sistêmico e discriminação a indígenas, embora absolutamente condenados pela Constituição e pelas leis, continuam a manchar a nossa vida social.

O racismo possui uma história terrível em nosso país. Durante os períodos Colonial e Imperial, estima-se que cerca de 5 milhões de africanos tenham sido trazidos, escravizados, para trabalhar na lavoura e em serviços domésticos e públicos. Diferentemente de outros lugares, deu-se no Brasil um intenso processo de miscigenação (usualmente com o abuso do colonizador). O perfil racial de nossa população mostra hoje um equilíbrio no qual, segundo dados do IBGE de 2016, teríamos cerca de 8% de negros, 47% de mestiços e 45% de brancos.

A mestiçagem deu origem ao mito que seríamos um país sem preconceitos e de iguais oportunidades a todos. Ora, as estatísticas mostram que negros e pardos são os grupos de maior concentração de pobreza, vivendo em moradias mais precárias, com mais alto desemprego, menos acesso à educação e, também, de maior incidência nas cadeias públicas e nos assassinatos de adolescentes.

Raízes históricas certamente explicam porque, a despeito das leis, isso continua ocorrendo. A nossa então metrópole aboliu a escravidão no governo do Marquês de Pombal (1699 – 1782), em 1773, o que só valia para os escravos no solo europeu de Portugal. Aqui, na colônia, isto continuou e se estendeu por mais 140 anos até o fim do Império. O total desprezo por essa população a manteve no estado *livre no papel*, mas absolutamente marginal na sociedade. Ciente disso, aqui no Brasil, o grande engenheiro e abolicionista André Rebouças (1838 – 1898) – também negro e conhecedor de toda sorte de preconceitos sofridos por quem descendia de escravizados trazidos da África – propôs, por ocasião da Lei Áurea, uma espécie de reforma agrária e toda uma política de inserção do negro na sociedade. Ele sabia bem que somente a Lei não seria o suficiente para normalizar a situação dos ex-escravos. Uma política pública seria indispensável. Isso nunca foi feito. Mesmo o acesso ao voto por parte do analfabeto, que beneficiaria especialmente esse grupo, só foi conquistado quase um século após a abolição, agravando tal discriminação.

Recentemente, vozes têm surgido procurando desconsiderar a existência do racismo entre nós, dizendo que políticas de ação afirmativa e de combate ao racismo são algo importado dos Estados Unidos da América. Por outro lado, alguns dos movimentos negros têm assumido uma importância relevante trabalhando o conceito de política identitária. Algumas vezes se observa vertentes mais radicais que, com o intuito de reforçar positivamente a identificação com suas raízes, procuram colocar a pecha de culpa na *sociedade branca* e suscitam também a chamada *dívida histórica*, que deveria ser paga em favor de todos os descendentes dos negros africanos. Naturalmente, tais ideias são extremamente polêmicas, exaltam ânimos e trazem mais cisão do que possibilidade de algum consenso.

O racismo deve ser combatido, no plano político e econômico, por políticas de cidadania plena, que acelerem a evolução do *status* econômico e ampliem a representatividade desse contingente no poder público e nas empresas, evidentemente por mérito, mas com forte investimento público e privado para que isso ocorra. Políticas culturais que favoreçam os conceitos de igualdade são importantes, bem como estatutos jurídicos que criminalizem a discriminação e o preconceito. Ainda é enorme a tarefa de conquistar as mentes para esse importante passo. Nossa afirmação de democracia plena não se sustentará sem tal coisa. Tudo que for eficaz para abreviar esse período é importante, inclusive as políticas de ação afirmativa, como as chamadas cotas.

Alguns aspectos preconceituosos encontram registro na história e na literatura. O padre André João Antonil (1649 – 1716), autor de *Cultura e opulência do Brasil por suas drogas e minas* – um primeiro livro sobre a economia produtiva brasileira, publicado em 1711 – já apontava o preconceito, dizendo que usineiros afirmavam que o negro para trabalhar deveria receber "pão, pau e pano" (comida, castigo e roupa), enquanto descrevia a sociedade como um verdadeiro inferno para os negros.

No tocante aos indígenas, embora o *status* de marginalidade seja similar ao dos negros, eles recebem constitucionalmente direito de viver em suas reservas naturais, uma expressiva fração do território nacional, e o direito de manter seus hábitos de vida. Em teoria, parecem estar bem; na prática, porém, suas áreas são frequentemente invadidas por garimpeiros, desmatadas por grileiros e seus contatos com a população não indígena são geralmente marcados por ódios e desconfianças recíprocas.

No período colonial, os indígenas receberam sempre um tratamento diferenciado por parte dos padres jesuítas. Esses tiveram sucesso na obtenção de uma bula papal dizendo que eram homens e tinham alma. Além disso, receberam do rei de Portugal um ato que impedia sua escravização. Isso não era estritamente respeitado, especialmente por mateiros e caçadores de índios.

Em um episódio particularmente triste de nossa história, as Guerras Guaraníticas, vimos serem dizimados milhares de indígenas e missionários jesuítas dos Sete Povos das Missões, no Sul do Brasil. Esses nativos viviam em harmonia, sendo catequizados pelos missionários e fixados em aldeias cercadas, denominadas missões. Lá encontravam proteção contra os bandeirantes e mercadores que os aprisionavam e escravizavam, a despeito da legislação. Tudo ia bem até que as metrópoles

Portugal e Espanha determinaram que desocupassem seus aldeamentos. Havia desconfiança que os jesuítas estivessem tramando a criação de um Estado papal entre as terras de Portugal e Espanha. A negativa dos religiosos e indígenas ensejou a mencionada guerra, durante a qual houve um verdadeiro genocídio dos índios guaranis, seguido da repartição de terras entre Portugal e Espanha, de acordo com o previsto nos tratados de Madri e Santo Idelfonso.

Temos, portanto, em muitos países das Américas, duas heranças de tratamento aviltante por parte do poder constituído e por parte da sociedade que ainda geram, em pleno século XXI, sequelas terríveis sobre os descendentes de negros e índios. Uma verdadeira democracia não pode mais tolerá-las. A aceleração dos processos de equiparação e integração é importante para que isso possa ser corrigido.

44
A DEMOCRACIA E SUAS DOENÇAS

O RESULTADO DA análise dos vários sistemas políticos dá razão à famosa frase de Winston Churchill[149]: "Democracia é o pior dos regimes políticos, exceto todos os demais".

Esse pensamento do político inglês resume a dificuldade de homens governarem homens, seus iguais. Mesmo com todos os princípios de separação e equilíbrio dos poderes, mesmo com a *Declaração Universal dos Direitos Humanos* da ONU, mesmo com o estado de direito, o exercício pleno da democracia é complicado e requer envolvimento participativo permanente de todos, governantes e governados.

Alguns desvios no caminho democrático se repetem. E vários podem ocorrer simultaneamente.

A plutocracia é uma das mais antigas doenças da democracia. Ela ocorre quando um grupo com dinheiro se apodera do Estado, compra votos e altera as regras democráticas para o benefício do enriquecimento dessa cúpula. É uma palavra associada aos regimes políticos da França e dos Estados Unidos ao final do século XIX. É a época dos *robber barons*, os chamados "barões ladrões". Nos EUA, temos, os Vanderbilts e os Carnegies como exemplos. Na França, tipicamente os Lesseps e os Mornys

---

149 Winston Leonard Spencer-Churchill (1874 – 1965) foi um político britânico, primeiro-ministro de seu país por duas vezes (1940-1945 e 1951-1955), célebre mundialmente por seu comando do Reino Unido durante a Segunda Guerra Mundial. Orador e escritor notável, Churchill recebeu o prêmio Nobel de Literatura em 1953.

são bons exemplos. Em geral, grandes empresários que fizeram fortuna contando com beneplácito governamental e subornos.

A tecnocracia é outra distorção mais frequente na atualidade, pois tende a valorizar os quadros burocráticos do serviço governamental, os *técnicos* ou *racionais*, embora isso signifique com frequência os menos sensíveis aos temas sociais, pois valorizam contas, balanços, austeridade pública e saberes muito específicos em detrimento de outras funções essenciais do Estado, tais como ter visão global, proporcionar igualdade de oportunidades e reduzir as desigualdades sociais. É uma das importantes acusações que se atribui ao período de governos militares do Brasil e sua frase símbolo: "Vamos fazer crescer o bolo antes de reparti-lo".

O divisionismo, provocado por políticas identitárias, de origem em causas legítimas, transforma-se em desagregador anárquico. Isso acaba favorecendo uma submissão da cidadania à intolerância e ao ódio. As políticas identitárias desagregadoras procuram desqualificar o coletivo, como se, antes de serem iguais em cidadania, as pessoas fossem classificadas e hierarquizadas por sexo, etnia, condição econômica, orientação sexual ou outras divisões. Esse divisionismo repercute mais nas democracias e as enfraquece, pois nos regimes fechados, de políticas autoritárias, sequer conseguem se expressar, sendo as minorias mais frequentemente abafadas (algumas vezes, exterminadas). O corporativismo também é enquadrado sob esse rótulo, em sua defesa de vantagens para sua classe específica em detrimento da sociedade.

A meritocracia pode ser identificada como a tendência a promover nas organizações ou sistemas políticos aquelas pessoas que demonstram mais mérito e iniciativa (seja porque trabalham mais, produzem mais, dão mais lucro etc.). Comum no ambiente do liberalismo, o grande perigo aqui é o critério utilizado e o modo de avaliar os funcionários. A visão estrita ou a manipulação das métricas de avaliação do mérito podem distorcer bastante o objetivo de atingir um bom governo. Isto se dá porque nem sempre a soma dos ótimos individuais resulta no ótimo social, normalmente atingido mais pela cooperação do que apenas pela competição. Frequentemente, a meritocracia é criticada como método de promover uma *faxina social*, eliminando os que não se enquadram em critérios predefinidos por não terem oportunidades isonômicas de competir e por serem parte de grupos menos favorecidos.

A denominação pejorativa cleptocracia tem sido aplicada a alguns regimes fechados, nos quais um grupo de oligarcas reparte o poder e faz do Estado uma máquina pessoal voltada ao roubo em benefício deles próprios. É uma versão mediocrizada do patrimonialismo, porque tem em sua essência a corrupção como ideologia. O patrimonialismo, embora também uma distorção, pode ter objetivos, digamos, mais nobres, como ficar no poder para promover o desenvolvimento, as virtudes cívicas, a distribuição de renda etc. Alguns países da antiga União Soviética se enquadram nessa classificação.

Outra recente distorção é a obsessão de controle sobre os indivíduos, usando a vasta parafernália de escutas eletrônicas e monitoramento das redes sociais, ocupando milhões de pessoas para controlar vidas alheias em busca de identificar os *inimigos do sistema*. É a transformação do regime na sociedade do Grande Irmão – aquele que tudo sabe e tudo vê – tal como previsto pelo escritor George Orwell em seu famoso romance *1984*, lançado em 1949. Hoje em dia, dá-se o nome de controlocracia a essa forma de dotar o governo de maneiras de constranger e ameaçar os cidadãos, além de vigiá-los em seus mínimos atos. Vale lembrar de Kautilya, indiano que viveu no século III AEC e um dos primeiros teóricos da política. Naquela época, ele já apontava a importância de um bom sistema de informações. A frase famosa de sir Francis Bacon, "conhecimento é poder", vem, desde 1597, caracterizando esse tipo de visão. Podemos também complementar com a lição do general brasileiro Golbery do Couto e Silva (1911 – 1987), ministro e ideólogo do regime militar, referindo-se ao Serviço Nacional de Informações (SNI), que ele fundou e presidiu, ao ver o resultado décadas depois: "Criei um monstro".

Uma recente doença da democracia é a ineptocracia, cuja definição ora é atribuída ao pensador francês Jean D'Ormesson (1925 – 2017), ora à escritora e filósofa russo-americana Ayn Rand (1905 – 1982). Esse seria um sistema no qual aqueles menos capazes de liderar são eleitos pelos menos capazes de produzir e promovem a distribuição insustentável de benesses através do confisco dos bens e ganhos daqueles que mais produzem. Não chega a ser uma *doença*. É mais um desabafo indignado, decorrente da observação crítica, que contrapõe iniciativa privada e Estado.

Por fim, a recente pandemia fez surgir um outro movimento de massa voltado a balançar as instituições. Podemos denominá-lo o catastrofismo, ou também o alarmismo, no qual um sentimento derrotista é trabalhado de forma institucionalizada e com forte apoio econômico para aproveitar-se de um fato superveniente para derrubar um regime. Tal quadro deve ser familiar para todos os que vivem no Brasil. Em tais situações, a força das instituições precisa ser respeitada, especialmente o equilíbrio entre os três poderes.

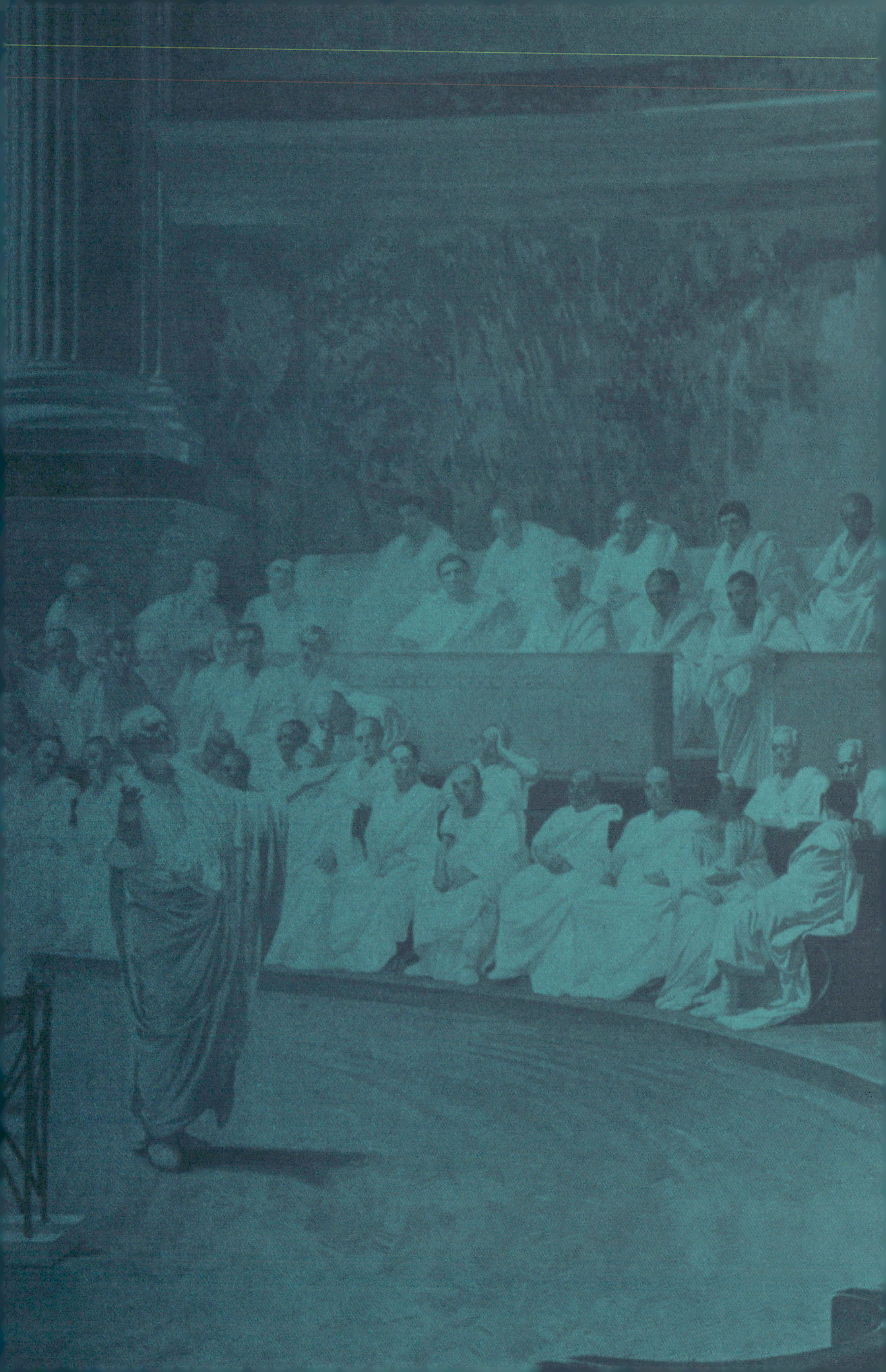

PARTE VIII

O FUTURO DA POLÍTICA NO MUNDO QUE SE GLOBALIZA

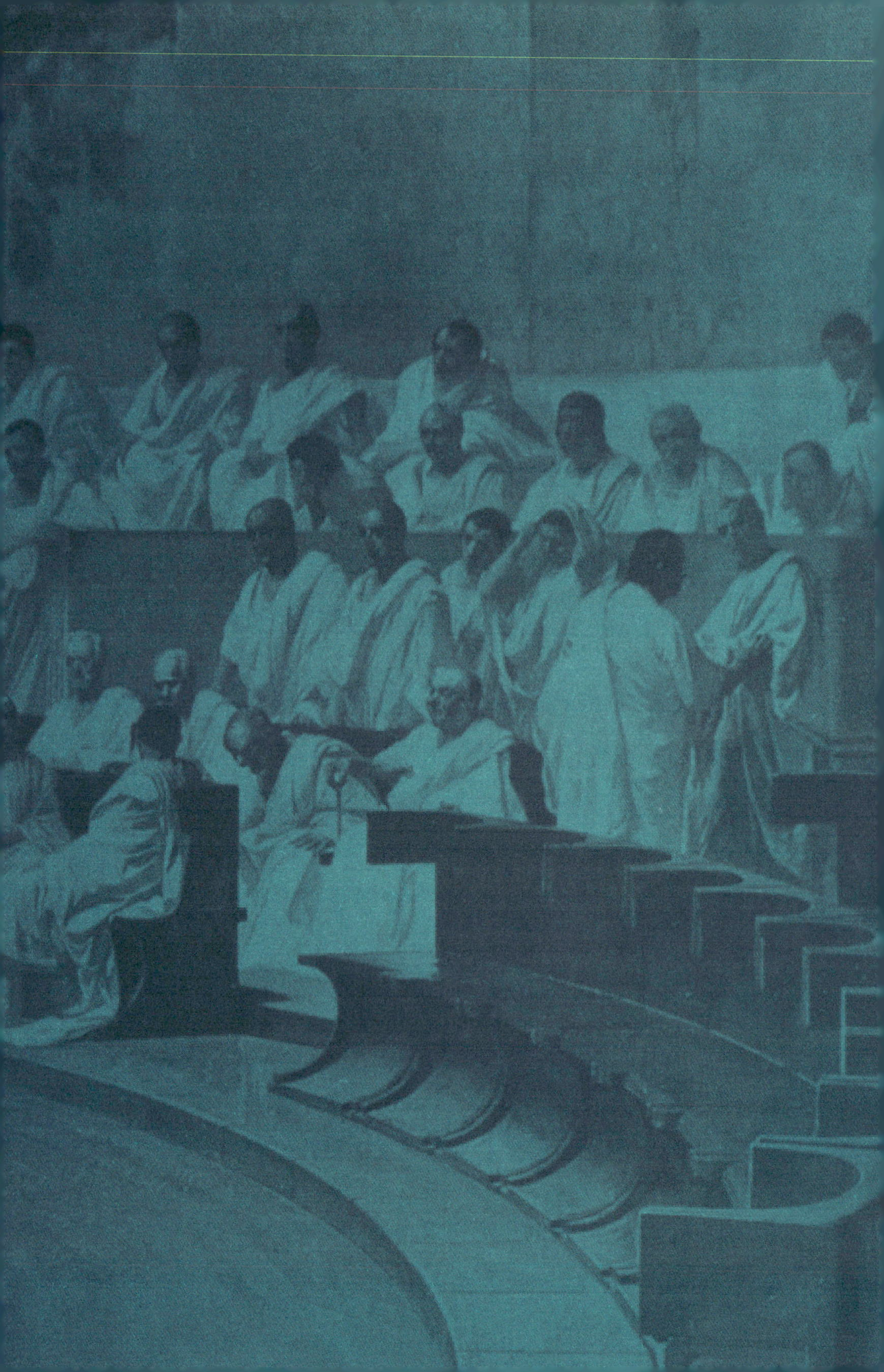

45
PRIMEIRA RAZÃO PARA ESPERANÇA: AS MULHERES NA POLÍTICA E A SUSTENTABILIDADE SERÃO OS IMPULSIONADORES DO HUMANISMO DO SÉCULO XXI

O FUTURO DA política em um mundo que se globaliza, em que as distâncias se reduzem e que problemas de um país se refletem em outros, vai exigir um objetivo comum que una todos os homens sobre os objetivos nacionais e locais.

Nos capítulos anteriores, ao tratarmos de política, procuramos deixar claro sempre o contexto em que os acontecimentos, as teorias e os movimentos se davam e vimos, quase sempre que eles tinham foco inicial num determinado país, ainda que seus efeitos se espalhassem pela região circunvizinha. Não tratamos até este momento de fenômenos políticos que ocorrem de forma simultânea pelo globo.

Entendemos que isso mudou e hoje existem causas globais, como a emancipação da mulher, as mudanças climáticas e a reação às pandemias que marcarão o século XXI e sensibilizarão as campanhas políticas.

Dos temas acima mencionados, acreditamos que a causa feminina e a sustentabilidade estão inter-relacionados. Uma mudança de atitude em relação à sustentabilidade do planeta passa pela equiparação de direitos da mulher ao homem. A mulher *cuida* e, como as antigas deusas da fertilidade protegiam as colheitas, as mulheres terrenas têm mais condição de proteger a *mãe-terra* do que os homens. A emancipação feminina resultará na mudança da mentalidade que certamente acarretará maior estímulo à proteção da Terra. É surpreendente observar que, ainda em nossos dias, na metade do mundo há uma quase total exclusão das mulheres do processo decisório e do acesso à educação. Páginas negras que precisam ser viradas o quanto antes.

A luta das mulheres se soma à percepção da limitação do nosso planeta atender, sem graves consequências climáticas e ambientais, à crescente explosão populacional mundial. Ambos desafios são maiores do que os fundos que os países têm alocado para enfrentá-los.

Enquanto os países continuam focados em resolver os seus problemas econômicos e sociais de curto prazo, alguns centros de pesquisa – privados, governamentais e internacionais – têm estudado as consequências desse novo momento sobre o nosso planeta. Tais estudos apontam que as condições naturais de equilíbrio têm sido extremamente afetadas. As mudanças climáticas têm penalizado a vida das populações e destruído os sistemas naturais. Espécies se extinguem, endemias e pandemias se propagam, doenças anteriormente erradicadas voltam a aparecer. No início de 2020, estamos vivendo com o novo coronavírus algo nunca experimentado em matéria de impactos de uma pandemia na economia e na saúde pública.

As alterações climáticas, produzidas pelos modelos de exploração de recursos naturais em voga, assim como o efeito de ciclos de longo prazo de glaciação, farão com que vastas áreas sejam inundadas pela elevação do nível dos oceanos. Há pesquisas que indicam que, se nada for feito, a temperatura média da Terra deverá aumentar e, com isso, a água ficará escassa, o que levará a conflitos entre povos. Em consequência, enormes contingentes populacionais, dezenas e até centenas de milhões de pessoas irão migrar em busca de sobrevivência, sem respeitar fronteiras políticas.

Uma única proposta consistente está na mesa para tentar adequar o nosso planeta a tantas pressões: o conceito de sustentabilidade, em suas dimensões socioculturais, econômicas e ambientais, que ora se desdobram nos *Dezessete objetivos de desenvolvimento sustentável da humanidade*. Esses objetivos sucedem outros, que não foram plenamente atingidos – *Objetivos do milênio*, conforme a definição da ONU.

O que se trata aqui é de um tipo de ação supranacional, acertado em protocolos como o COP 22 e seguintes, voltados a criar um futuro sustentável e mais equilibrado para o mundo. Não existe, porém, governança capaz de implementar as ações necessárias. A curta visão dos governos e o egoísmo das sociedades de alguns países retardam a adoção das medidas devidas. O sucesso de tais iniciativas é muito importante. É vital para nossos filhos e netos; em suma, para a espécie humana.

A ganância e o imediatismo – além de um nacionalismo tacanho – conspiram contra a humanidade. O desbalanceamento demográfico se reflete na assimetria em acesso a recursos vitais e pressiona o equilíbrio internacional, especialmente porque países onde se localiza 60% da população mundial vêm crescendo economicamente a taxas elevadas e demandando muitos recursos naturais.

Certamente, novas políticas de gestão territorial e urbana serão impostas. Hoje, as diferenças de densidades da ocupação humana entre cidades e áreas rurais são muito grandes e mostram que as populações podem ser *acomodadas* sem migrarem, desde que haja investimentos e incentivos para tal. Isso exigirá modelos de ocupação do território para atividades produtivas, recreativas ou conservacionistas muito mais controlados. O comércio internacional deverá ser bem mais aberto. Por outro lado, uma ação bem organizada pode limitar as migrações em massa e outros movimentos semelhantes, o que só se conseguirá com a descentralização dos investimentos e a redução das desigualdades entre países.

Haverá a necessidade de desenvolver novas institucionalidades adequadas a esses nossos tempos. Isso é um grande desafio, pois já estamos vendo a tendência dos políticos se negarem a considerar os reais problemas à frente e utilizarem uma retórica perversa, fértil na utilização de palavras como *soberania, poder militar, recursos necessários à nossa sobrevivência* e *qualidade de vida da população de nosso país* para justificarem uma autocentrada visão de interesse nacional. A eleição recente de representantes identificados com a extrema direita nacionalista em alguns países da Europa é exemplo disso.

Nesse ponto, acreditamos que o fortalecimento da presença feminina na política facilitará a guinada em prol de uma mentalidade diferente. A experiência mundial recente de mulheres nos mais elevados cargos da hierarquia pública fortalece tal ponto de vista. A ascensão feminina pode facilitar a valorização da economia de baixo carbono e a grande redução da desigualdade entre as pessoas, priorizando construir generosamente um clima mais ameno nas relações internacionais. As mulheres, em grande parte ausentes por culpa dos homens, e historicamente marginalizadas, podem trazer a chave para uma política mais equilibrada.

Problemas que exigem tamanha mudança de mentalidade e de ideologia exigirão da humanidade repensar profundamente a política, os conceitos de nação, de pátria, de igualdade dos sexos e seus papéis sociais. Em tal contexto, voltamos a Protágoras, que disse: "O homem é a medida de todas as coisas". Devemos nos fixar em uma proposta nova de humanismo para os séculos vindouros e fazer desse tema, desde já, uma discussão permanente nos parlamentos nacionais lembrando também a frase de Leszek Kolakowski (1927 – 2009), um dos maiores filósofos da história recente: "Minha pátria é o meu próximo".

SEGUNDA RAZÃO PARA ESPERANÇA: A EMERGÊNCIA DE BONS POLÍTICOS, BONS ELEITORES, BONS SISTEMAS E PRÁTICAS POLÍTICAS

ANTES DE SUBIR em seu palanque para apregoar suas qualidades e prometer as vantagens que trará para o eleitorado, cada político deveria fazer um bom exercício de qualificação. Deveria fazer da atividade política um aprendizado e uma missão. Deveria ter bem claro em suas mentes o dever maior de tornar melhor a vida de seu semelhante e estar preparado para manter a confiança frente às adversidades do caminho, sendo compassivo e permanentemente preocupado em lutar para a redução das desigualdades por meio de políticas públicas consistentes.

Refletindo sobre as ideias políticas e sua implantação nas sociedades ao longo da história, podemos entender por política, com P maiúsculo, aquela em que seus agentes – os políticos e os eleitores – seguem alguns princípios éticos que valem ser reiterados.

O primeiro é trazer a razão para a base de análises dos relacionamentos que caracterizam a vida em sociedade. Já estava isso bem percebido na antiga *polis* grega, considerada o *locus* onde as interações entre as pessoas poderiam levá-las à plena realização das suas potencialidades pelo estudo da filosofia, o amor ao conhecimento, a importância da razão. A possibilidade de a razão predominar sobre o instinto animal, os interesses e as paixões definem os seres humanos. Política, portanto, exige aplicar a razão à análise dos fatos e não emoções, instintos ou à cega obediência a ideologias para não falar em interesses subalternos.

O segundo princípio é o incentivo à participação de todos cidadãos na vida pública. Evidentemente, quando ninguém tem interesse em participar, tudo ocorre de forma obscura e, assim, muitos malfeitos acontecem. Quem não participa da vida pública deve ser considerado um inútil, como Tucídides registrou no famoso discurso de Péricles aos atenienses, cerca de 430 anos Antes da Era Comum. Que voltemos a esta prática! A participação consciente exige o prévio exercício de limpar a mente de *convicções* emocionais, que bloqueiam a evolução das pessoas. O pior aspecto disso é quando elas se estruturam sob a forma de uma *ideologia*, pois aí as pessoas julgam ter razão quando não a têm. Nas condições atuais, esse incentivo depende de uma ampla política horizontal envolvendo qualidade de vida, educação e dignidade.

O terceiro princípio é a intermediação existente entre eleitores e políticos por meio dos partidos políticos.

Não há dúvida que o sistema de partidos políticos está em constante mudança, no Brasil e no mundo. Aqui, por efeito dos governos autoritários que precederam a Constituição de 1988, criamos uma profusão de partidos, muitos dos quais de características cartoriais, negócios para acolher candidatos e receber verbas em um total desvirtuamento do que seria o seu papel. A recente minirreforma política vai induzir a uma concentração dos mais de trinta partidos em seis a oito, que terão características de frente partidária, cada uma delas com um espectro bem amplo do ponto de vista ideológico.

Isso deve levar a um aprimoramento da formação de candidatos a postos eletivos em relação ao nível atual. É uma atividade complexa ser político. Quinhentos anos Antes da Era Comum ela já exigia notáveis capacidades. Quando surgiram, na primeira metade do século XIX na Europa Ocidental e nos Estados Unidos, os partidos eram dois ou três, bem definidos ideologicamente. A vida política e as regras do jogo degradaram a vida partidária. O progresso político exige que, ao lado da adoção do voto distrital, que comentaremos adiante, os partidos se tornem instituições públicas e de gestão transparente e que apresentem candidatos éticos e com potencial de bom desempenho político após uma cuidadosa seleção em seus quadros. Além disso, um regime democrático deve garantir a possibilidade de candidaturas independentes, que escapem da tirania dos partidos. É bom para todos.

O quarto princípio tem a ver com a equiparação entre os eleitores no tocante à informação relevante para se tomar decisões. A assimetria de informação entre as pessoas leva à discórdia. Nivelar o conhecimento é essencial. Amartya Sen (1933), laureado com prêmio Nobel de Economia, expôs isso bem: quem compartilha a mesma base de informação é mais propenso a convergir sobre ideias e práticas do que pessoas com bases diferentes de informação.

Isso é um desafio neste mundo de pós-verdades e *fake news*. Como disse o senador americano Daniel Moynihan (1927 – 2003): "você tem direito a ter as suas próprias opiniões, mas não a seus próprios fatos". Lamentavelmente, no entanto, o que hoje se vê é uma enorme falta de cerimônia na questão de listar fatos descontextualizados, impor relações de causalidade entre eles e chegar a conclusões bizarras. Temos observado de alguns anos para cá a polarização da sociedade e mesmo da mídia. Infelizmente, constatamos que isso leva a cairmos no campo da irracionalidade ou de posicionamentos viciados na origem, eivados que são de mentiras e distorções.

Nesse domínio, o conhecimento da História traz à luz importantes experiências do passado, o que funciona e o que não funciona – e pode indicar por onde se deve buscar soluções para as dificuldades atuais.

Sem esse nivelamento de conhecimento entre as pessoas, a igualdade política entre elas fica prejudicada. A cidadania universal, um conceito que devemos à Revolução Francesa, leva à igualdade não apenas no plano de conhecimentos, mas ao de respeito às diferentes condições humanas. Antes de sermos afrodescendentes, brancos, mulheres, homens ou LGBTQI+s o que nos distingue é sermos todos seres humanos, pessoas iguais em cidadania e direitos. É em torno disso que se constrói o grau de coesão social necessário à vida em sociedade. Essa igualdade está na base da equação que estabelece que uma pessoa é igual a um voto. Não importa diferença de *status* individual. É o contrário da lei do mais forte, do mais rico ou do mais preparado.

Este conceito é fortemente contrário à proliferação de políticas identitárias, que segmentam a sociedade em *grupos distintos* de pessoas, o que enfraquece e desarmoniza a vida social. Naturalmente, a redução de desigualdades deve ser buscada de várias maneiras – e aqui vale destacar a importância fundamental da educação e da ética. Esse é o caminho que levará os cidadãos para a plenitude de sua realização pessoal e social. Nunca é demais lembrar que até 1920 as mulheres não votavam nos Estados Unidos e só a Constituição de 1946 conferiu às mulheres brasileiras esse pleno direito, ou seja, a efetiva promoção de igualdade de direitos é coisa muito recente.

Por fim, o quinto ponto é não esquecer que o tecido social não é uma coisa homogênea e pasteurizada. Mesmo desfrutando de igualdade de oportunidades e de acesso à educação, as pessoas são diferentes, veem o mundo sob pontos de vista diferentes, têm crenças religiosas diferentes e têm aspirações diferentes. Isso implica na tolerância, na aceitação de pessoas com pensar diferente, na capacidade de se por no lugar delas.

Nesse contexto, é um desafio compor parlamentos representativos de tal diversidade. Tendo os homens se estabelecido em aglomerados geograficamente densos, a representação desses aglomerados parece ser a que melhor aproxime o representante político dos seus representados, pois viver bem cercado de pessoas boas, em sua variedade, é o que motiva os seres humanos.

A representação política de uma sociedade, portanto, encontra melhor expressão nos sistemas de *voto distrital* ou *voto distrital misto*, nos quais o representante eleito é identificado por sua base de eleitores, isto é, agregando os eleitores em bases geográficas de vizinhança, o interesse comum na vida política ficará mais integrado.

Hoje, o que existe é tendência ao divisionismo. Contrariamente à vida política, a religiosa é fértil em dogmas e verdades absolutas. A religião, quando descamba para a intolerância e radicalização em suas práticas, acaba responsável por sangrentos episódios, como as Cruzadas e a Guerra dos Trinta Anos, para não falar nas atuais guerras no Oriente

Médio e tantas outras tragédias que já ceifaram muitas vidas humanas. Neste ponto, estamos regredindo, lamentavelmente. Vemos hoje muitos políticos pregarem um ativismo *religioso* no Brasil, na Turquia, no Paquistão e em muitos países da Ásia e da Europa. A religião, com suas verdades absolutas, e a política, com suas relativizações, devem caminhar em trilhas próprias. Ambas éticas e tolerantes.

TERCEIRA RAZÃO PARA ESPERANÇA: A REABILITAÇÃO DA MODERAÇÃO NA POLÍTICA

A POLÍTICA NÃO é um assunto apenas de governos, pois estes são instituições passageiras que se renovam periodicamente. A política deve ser um assunto da sociedade, algo que a conduza para estágios de desenvolvimento crescente e possibilidades de realização pessoal para os seus membros, tendo garantidas as liberdades individuais de todos. São objetivos permanentes, portanto, envolvendo vários governos, que deverão se suceder mantendo esses propósitos.

Uma característica do mundo atual é a extrema polarização e a radicalização das discussões políticas, o que põe em risco a ordem democrática. Muitas vezes, a polarização é provocada por fenômenos passageiros: uma crise econômica, o insucesso de determinadas políticas sociais, a derrota em uma guerra ou a falência de serviços públicos, por exemplo.

A radicalização é um fenômeno mundial. Basta olhar o que ocorreu na última eleição francesa com a vitória de Emmanuel Macron (1977) sobre Le Pen, ou na eleição americana, com a vitória de Donald Trump (1946) sobre Hillary Clinton (1947) – para não falar no que vem ocorrendo sistematicamente em vários países europeus, com vitórias da extrema direita, ou em países muçulmanos, com uma nova onda contrária à laicização da vida política.

O FUTURO DA POLÍTICA NO MUNDO QUE SE GLOBALIZA

Essa radicalização afeta o equilíbrio dos três poderes, ponto sagrado da Constituição norte-americana e dos escritos de Montesquieu. A proteção desse equilíbrio provocou a necessidade das primeiras dez emendas à Constituição americana e a qualificação de sua *Supreme Court* em arbitrar questões constitucionais. Na Constituição brasileira de 1988, além da introdução do Ministério Público Federal como um quarto poder representando o cidadão frente ao Estado, fortaleceu-se *de fato* a existência, no Judiciário, de uma corte de juristas cujos membros são referendados por um poder (o Legislativo) à indicação proposta por outro poder (Executivo), com a finalidade de zelar pelo cumprimento da Constituição. Trata-se do nosso Supremo Tribunal Federal (STF). A judicialização crescente de nossas vidas faz com que o STF receba 30 mil novos casos por ano e julgue cem, ou seja, justiça lenta – o que equivale à falta de justiça.

A continuidade exige moderação. A moderação é um princípio filosófico (inscrito no portal da Academia de Platão, inclusive) político e moral que deve estar presente no dia a dia, sob enorme risco de colapso das instituições, caso ignorado.

Esse conceito de moderação no Brasil ficou meio desacreditado quando dom Pedro I, ao atribuir ao monarca a titularidade de um quarto poder, na época denominado Poder Moderador. Apareceu, na prática, como um *superpoder* executivo. Embora muito questionado, o conceito se mostrou bastante adequado, pois fez da Constituição brasileira de 1824 a de mais longa vida entre todas que tivemos, possivelmente porque dom Pedro II soube se colocar à margem da discussão executiva, concentrando-se em temas como a unidade do país, a soberania e a representação do Estado.

Não sendo incorporada como uma qualidade constitucional, vimos a moderação ser apropriada no Brasil como uma virtude pessoal de quem exerce o poder. Em tempos recentes na história brasileira, ganhou expressão no ideário do antigo Partido Social Democrático, partido criado pelo ditador Getúlio Vargas para se contrapor ao Partido Trabalhista Brasileiro, também criado por ele. O PSD foi a escola dos políticos moderados, tais como Benedito Valadares (1892 – 1973), Juscelino

Kubitscheck (1902 – 1976), Tancredo Neves (1910 – 1985) e Ulysses Guimarães (1916 – 1992). Negociadores e conciliadores, mesmo antes da democracia estar madura entre nós, esses homens ajudaram o Brasil a transpor épocas de extrema radicalização.

Hoje, os moderados perderam o espaço. Em decorrência de uma série de erros cometidos na gestão do país, a paciência da população se acabou e a exploração extremada das diferenças de pontos de vista, conduzida em clima de ódio, ganhou seu ponto mais alto na história recente. O eleitorado espelha um país profundamente dividido.

Um real sistema de instituições moderadoras como pensado por George Washington ("o espírito do legislador deve ser o da moderação") e Tocqueville ("[...] eu escrevi este livro – *Da democracia na América* – com olhos na sustentabilidade da democracia no futuro [...]") é uma esperança de melhores dias para a política.

48
CONCLUSÃO: SEM PARTICIPAÇÃO AMPLA DA POPULAÇÃO NA POLÍTICA NÃO HÁ SOLUÇÃO

O QUE APRENDEMOS nestes milhares de anos da experiência humana vivendo em grupo? Tudo aponta para que haja um consenso em torno da afirmação de Aristóteles, que pregava ser o homem um animal gregário, e que para seu pleno desenvolvimento, precisa da companhia de seus semelhantes, preferencialmente em uma *polis* – um aglomerado urbano de um tamanho não exagerado – que permita um grau razoável de interação social.

Ao se trazer este pensamento para a atualidade, momento no qual as cidades são, em geral, bem maiores do que as *polis* da época de Aristóteles, chega-se à conclusão de que serão necessários mecanismos de gestão e governança política bem mais aprimorados do que os de outrora.

A vida em sociedade faz com que as pessoas busquem no conhecimento formas de obter o conforto material que precisam, e, também, a felicidade e a realização espiritual que almejam. A escala do humano, o amor ao semelhante e as peculiaridades culturais podem ser aniquilados pelo gigantismo da comunidade, que deve, com o auxílio da tecnologia, definir modelos e dimensões adequados da *polis* e subdivisões semiautônomas das grandes metrópoles.

Viver em sociedade pode trazer também uma série de problemas, não apenas entre os habitantes de uma determinada *polis*, como também em sua relação com outras, com comunidades ou países vizinhos, culturalmente diversos. Assim, a política ensina que a humanidade, cultivando a liberdade como seu bem mais precioso, deve delegar parte dela em benefício de constituir uma autoridade para impor um certo grau de ordem para a vida em comum e, dessa forma, protegê-la de seus agressores internos e externos – naturalmente, sob constante supervisão dos cidadãos.

Após três milênios, é aceito que a autoridade deve ser legitimada apenas pela chancela popular; ou seja, o poder deve emanar da vontade do povo. Entende-se, enfim, que vem do povo o poder de regular a vida em sociedade. Portanto, não ele vem de Deus ou de uma força exterior, nem tampouco seria uma demonstração pseudocientífica ou um privilégio para somente alguns ungidos definir como as pessoas devem levar as suas vidas.

A fonte da autoridade provém do povo nas democracias que se aperfeiçoam ao longo do tempo, especialmente: (i) pelo respeito à igualdade das pessoas, sem discriminação do sexo, etnia, credo religioso ou o que for; (ii) pela divisão entre poderes Executivo, Legislativo e Judiciário; (iii) pela adoção do estado de direito; (iv) pelo respeito às instituições; (v) pela universalização do voto; (vi) pela liberdade individual; (vii) pela participação equitativa de todos na vida política; (viii) pela elevação ética e cultural dos representantes do povo; e (ix) pela melhoria das condições de vida e redução das desigualdades.

Sem grandes políticos e pensadores, as mudanças não ocorrem. Sem instituições, elas não se perpetuam – e as instituições precisam ser respeitadas para que a vida em sociedade, a vida na *polis* e a vida política possam florescer. A continuidade das instituições disciplina a vida e promove o progresso da sociedade. É essencial que o sistema político zele pelo respeito às instituições e as proteja de pressões das circunstâncias. Sem engessá-las, porém. Como a sociedade, elas têm de evoluir – e, hoje, muito mais rápido do que no passado.

Participar das instituições, conhecê-las, criticá-las, aplaudi-las, apoiá-las e desenvolver ações e atividades públicas ou privadas dignifica o homem e a mulher. Ao prezar a vida em sociedade e acreditar no futuro, homens e mulheres estabelecem os padrões e as crenças que seus filhos seguirão. Sem participação, nada do que discutimos neste livro ou aprendemos em três milênios de vida política faz sentido. Sem crença no futuro as pessoas não lutarão no presente.

Parece haver um consenso de que as funções públicas devam ser conduzidas por cidadãos escolhidos por seus pares para representá-los. Respeitar os seus representantes políticos, elegê-los conscientemente e cobrar suas responsabilidades são ações que fazem a perenidade da democracia. Votar e *deixar para lá*, só se manifestar para criticar os políticos – postura, infelizmente, comum – é o caminho para ditaduras ou regimes autoritários.

Cabe aqui um breve comentário sobre o votar ou não votar, e, estendendo a questão, sobre participar ou não participar de discussões, passeatas ou protestos de natureza política. Estudos recentes têm tentado comparar duas situações: a primeira é a dos custos de nos omitirmos em política, ou custos da abstenção, e assim contribuirmos para alguém *errado* ser eleito. A segunda seria tentar avaliar as vantagens de nos abstermos, o que ganhamos de tempo ou de tranquilidade simplesmente nos omitindo. Há argumentos que atraem as pessoas para se absterem, considerando que um voto só não pesa. O problema é que a atitude de não votar ou de não participar se traduz, no fundo, em uma *autoexclusão* de cidadania, com consequências éticas e morais (para não dizer no custo psicológico) que isso pode representar na vida da pessoa e, em última análise, da sociedade, que pode pagar um preço alto em caso de omissão em massa.

Tão complexo quanto esse problema é o dilema do voto útil, do voto no *menos pior* para evitar o mal maior, ou de participar ou não de uma passeata de cujo motivo você só está parcialmente de acordo.

Um campo de investigação tem levantado a hipótese que, utilizando técnicas de inteligência artificial e Big Data, as pessoas não precisarão votar. A análise das suas postagens nas redes sociais, combinadas com seus dados de sexo, classe social, renda etc. permitirão antecipar o voto.

Essas situações – votar ou não votar, em quem votar, participar ou não participar – não se encaixam exclusivamente em uma visão de benefício econômico ou utilitarista. Há paixão, como torcer por um clube, ter um ideal, viver a fé intensa em uma solução, ao lado da razão, no ato de participar do processo político.

O mundo, no final desta segunda década do século XXI, parece estar à beira de uma revolução no campo político tão grande ou maior do que a produzida pelos reflexos do Renascimento e do Iluminismo. Revoluções políticas como as que se viu na Europa, no advento da Revolução Francesa e, tempos depois, na Revolução Comunista da Rússia, foram acompanhadas de farto derramamento de sangue e sofrimento, o que temos de evitar.

Em nossos dias, os motores da instabilidade são a tecnologia, a revolução em curso nos modos de vida e a incapacidade de resposta por parte das instituições. Para Marx, as relações de produção determinam as relações entre os homens e destes com as instituições, ou as "infraestruturas de produção geram as superestruturas ideológicas". Para Max Weber, a questão é outra: teríamos nos povos e nações uma propensão, uma ética própria, um grau de tolerância em relação a diferentes situações, algumas perversas, que condicionariam suas histórias políticas.

As possibilidades, criadas pelo Big Data de controle sobre as vidas privadas a partir das redes sociais e da internet, a insegurança cibernética, as biotecnologias e tudo mais que o futuro nos promete, revolucionarão as relações entre os homens, criarão novos riscos para a democracia e farão surgir novas ideologias. A rapidez nas respostas a mudanças, necessária para que instituições consigam disciplinar isso tudo, é desconhecida.

Em paralelo, crescem as tensões ligadas à destruição dos ambientes naturais e seus efeitos sobre o clima mundial, o que afeta milhões e milhões de pessoas e o estoque de espécies existentes no planeta, incluindo a espécie humana.

Para enfrentar tais desafios, através de participação intensa, necessitamos repensar a flexibilidade de nossas instituições e amar a política – ou, na pior hipótese, prezar o seu exercício e reconhecer nisto um valor fundamental. Isso é imperativo, porque assim garantimos a nossa liberdade, um melhor presente e o nosso futuro comum.

Estudar a rica história das ideias políticas, a sucessão de pensadores e as doutrinas aqui apresentadas brevemente, parece-nos essencial para uma boa participação na vida pública. Este é o principal propósito deste livro.

Não existem verdades científicas no campo da política, embora muitos sistemas tenham procurado eleger as suas ideias como as únicas corretas. As *ciências sociais* são mais traiçoeiras do que as *ciências físicas*. Neste ponto, o progresso que se alcançou desde a Antiguidade é pequeno. O estudo da História é a melhor forma de nos aproximarmos do que devemos fazer.

Homens e mulheres lutaram no passado para que tivéssemos o direito democrático de votar e participar da política. Vamos valorizar tal conquista e exercer nosso direito com consciência!

POSFÁCIO

Este livro é uma obra de convicção nos valores democráticos, apreendidos ao longo dos 76 anos da minha vida.

Não é um livro acadêmico. Seria desvirtuar a minha intenção adicionar notas pesadas ou a vasta bibliografia lida ou consultada.

Sua leitura deve fluir com a naturalidade de uma conversa. E quem quiser se aprofundar, encontrará no texto indicações suficientes para ir buscar as fontes de leitura a que recorri.

A minha formação de um pensamento político foi marcada pelos muitos textos lidos, como também, e o faço com um registro saudoso, velhas conversas com meu pai, após leitura de um ou outro verbete da *Enciclopédia Britânica*, capítulos de livros de Raymond Aron ou Simone Weil ("Nada no mundo pode impedir o homem de se sentir nascido para a liberdade").

A maneira de olhar a política que passo adiante apropriou-se de mim na medida que vim debatendo esses temas desde o ginásio, e, depois, como universitário no curso de Engenharia na EPUC, ou no de Sociologia no Instituto de Filosofia e Ciências Sociais da UFRJ.

Continuei discutindo política pela vida inteira, alimentando conversas com argumentos e lições que pude aprender em outras fontes, dentre as quais, conversas com políticos, em ambiente familiar ou profissional, no Brasil ou no exterior.

Sempre pude ter amplo acesso à literatura, de forma desordenada, é verdade, mas tendo em mente a advertência de Hugo de São Vitor no seu *Didascalicon – A arte de ler*: "Um dia tudo isso (que se estuda) se encaixa, demonstrando a harmonia do universo criado por um ser perfeito".

Fosse para citar autores, não poderia deixar de fora Aristóteles, Guilherme de Ockham, Francis Bacon, Giambattista Vico, Locke, Thomas Jefferson e outros *Founding Fathers* dos Estados Unidos, Karl Marx e Friedrich Engels, Max Weber, Karl Wittfogel e Stefan Zweig sem esquecer também os livros brasileiros *Um estadista do Império* de Joaquim Nabuco e *Um estadista da República* de Afonso Arinos de Melo Franco, bem como textos do padre Antônio Vieira, de San Tiago Dantas e de Darcy Ribeiro.

Dos autores mais recentes, veem-me sempre à mente reflexões e, mesmo, tiradas de John Julius Norwich, Fareed Zacharia, Isaiah Berlin, Leo Strauss, Tony Judt e Fernando Henrique Cardoso.

Eu espero que este livro estimule seus leitores a abraçarem a participação na política, único caminho para reduzir a desigualdade social vigente, para mim a maior prioridade atual.

José Luiz Alquéres

ÍNDICE ONOMÁSTICO

A

Alexandre, o Grande, *ver também* Alexandre Magno, 33, 35, 45, 54, 55, 74
Al-Farabi, 84
Alighieri, Dante, 91, 96, 97n
Althusius, Johannes, 111
Amado, Jorge, 83
Amoroso Lima, Alceu, 62
Antonil, André João, padre, 198
Arendt, Hannah, 195
Aristóteles, 29n, 33, 33n, 34, 36, 65, 82, 84, 88, 106n, 117, 119, 120, 219, 226
Aron, Raymond, 111, 162, 225
Arriano (Lúcio Flávio Arriano Xenofonte), 74
Augusto (imperador romano), *ver também* Otaviano, 58, 58n, 69, 73, 74, 75n

B

Bacon, Francis, 113, 117, 118, 202, 226
Badiou, Alain, 129
Bagehot, Walter, 141
Barbosa, Ruy, 159
Bentham, Jeremy, 138, 147
Berlin, Isaiah, 226
Boccaccio, Giovanni, 96, 97
Bodin, Jean, 111
Bonaparte, Napoleão, 130, 132, 138, 140, 232
Borges de Medeiros, Antônio Augusto, 153
Bórgia, César, 112, 122
Boswell, James, 131
Breno, 61
Brutus, 69
Burckhardt, Jacob, 112
Burke, Edmund, 138, 141

C

Callières, François de, 189
Calvino, João, 89
Camus, Albert, 40, 41, 42
Canetti, Elias, 187, 194
Cardoso, Fernando Henrique, 226
Carlos Magno, 80
Carnegies (família), 200
Castilhos, Júlio Prates de, 153
Castro, Fidel, 41, 161,
Catarina II, a Grande, 125

Catilina, Lúcio Sérgio, 66
César, Caio Júlio, 58, 58n, 66, 68, 69, 73, 76, 167, 189
Chaucer, Geoffrey, 96, 97
Chávez, Hugo, 41,
Churchill, Winston, 200
Cícero, Marco Túlio, 66, 67, 69
Clinton, Hillary, 216
Clinton, William (Bill) Jefferson, 174
Colombo, Cristóvão, 95
Comte, Auguste, 152, 153
Confúcio, 26-28, 31, 32, 33, 36, 44, 46, 49, 61
Constantino I (imperador romano), 75, 81
Copérnico, Nicolau, 105
Couto e Silva, Golbery do, 202
Cromwell, Oliver, 118, 119

D

D'Ormesson, Jean, 202
Demócrito, 105, 106n
Deng Xiaoping, 154
Descartes, René, 114n, 115, 116, 121, 121n
Diamond, Jared, 62
Dionísio II, o Antigo, 40, 41

E

Engels, Friedrich, 122, 153, 157, 158, 226
Eratóstenes, 105
Espártaco, 66

F

Faoro, Raymundo, 171
Felipe II (rei da Macedônia), 33, 33n, 34
Felipe, Luiz, 140

Ferguson, Neil Morris, 176
Francisco I (rei da França), 95
Franco (Francisco Franco Bahamonde), 41, 161
Franklin, Benjamin, 134
Freud, Sigmund, 187
Fugger, Jakob, 107

G

Galeno, 106
Galileu Galilei, 105
Gandhi, Mahatma, 190, 191
Gentile, Giovanni, 160
George III, 132
Goethe, Johann, 138
Goulart, João Belchior Marques, 144
Graco, Caio, 54
Graco, Tibério, 54
Gramsci, Antonio, 41n, 161
Grotius, Hugo, 110n, 111
Guilherme III & II, 130
Guilherme, o Conquistador, 85
Guimarães, Ulysses, 218
Gutemberg, Johannes, 101

H

Hamilton, Alexander, 134
Han Fei, 49
Harvey, William, 106
Hauteville, Tancredo de, 85
Herder, Johann Gottfried von, 122
Heródoto, 117
Hipócrates, 106
Hitler, Adolf, 41, 62
Hobbes, Thomas, 14, 49, 113, 118, 119, 179
Homero, 24, 36
Hume, David, 121, 131

J

Jaspers, Karl Theodor, 187
Jefferson, Thomas, 131, 134, 189n, 226
Jesus Cristo, 76, 80, 84, 89, 90
João (rei inglês, irmão de Ricardo Coração de Leão), 85
dom João VI, 123, 141
Johnson, Samuel (Dr. Johnson), 106
Juliano (imperador romano), 75
Justiniano (imperador bizantino), 82

K

Kant, Immanuel, 121, 122
Kautilya, 43-46, 202,
Kennedy, John Fitzgerald, 189
Kepler, Johannes, 105
Khaldun, Ibn, 92
Khan, Karim Aga, 188
Kissinger, Henry, 159
Kolakowski, Leszek, 210
Kubitscheck, Juscelino, 218

L

L'Ouverture, Toussaint, 132
Le Bon, Gustave, 186
Le Pen, Jean-Marie, 42, 216
Lenin (Vladimir Ilyich Ulianov), 40n, 41, 81, 154, 161, 172
Lesseps (família), 200
Levitsky, Steven, 61
Lilla, Mark, 41
Locke, John, 49, 113, 118, 119, 133, 141, 226
Luiz XIV (rei Sol), 120, 136, 171, 189n
Luiz XV, 131, 136
Luiz XVI, 136, 140
Luiz XVIII, 140
Lutero, Martinho, 89, 89n, 101, 102
Luther King Jr., Martin, 189

M

Macron, Emmanuel, 216
Madison, James, 134, 147
Mao Tsé-Tung, 28, 41, 154, 161
Maquiavel, Nicolau, 97, 112, 113, 122
Marco Antônio (cônsul romano), 69
Maria II (Maria Stuart), 130
Marx, Karl, 14, 116n, 117, 122, 122n, 137, 153, 156-159, 162, 222, 226
Mazarin, Jules, cardeal, 103
McCarthy, Joseph Raymond, 42
Merkel, Angela Dorothea, 145
Merquior, José Guilherme Alves, 180
Michelet, Jules, 116n, 117
Mill, John Stuart, 138, 138n
Mirandola, Giovanni Pico della, 92
Montaigne, Michel de, 14, 92, 96, 114, 115, 119
Montesquieu, 66, 120, 134, 217
Morais, Prudente de, 189
More, Thomas, 91
Moreira, Marcílio Marques, 180, 181
Mornys (família), 200
Moynihan, Daniel, 213
Mozi (Mo Tzu), 32, 33, 34, 36, 44, 46
Mussolini, Benito, 85, 160

N

Nabuco, Joaquim, 141, 226
Napoleão III, 140
Napoleão, Luiz, 140
Nassau-Siegen, João Maurício de, 124
Neves, Tancredo, 218
Newton, Isaac, 105, 113
Norwich, John Julius, 226

O

Ockham, Guilherme de, 18, 95, 96, 226

Ortega y Gasset, José, 47
Orwell, George, 142, 202
Otaviano (imperador romano), *ver também* Augusto, 58, 69
Owen, Robert, 157

P

Pacioli, Luca Bartolomeo de, 107
Pádua, Marsílio de, 18, 87, 89, 90
Paine, Thomas, 133, 147
Palme, Sven Olof Joachim, 189
Paoli, Pascal, 131
dom Pedro I, 141, 217
Pedro I, o Grande, 125
dom Pedro II, 141, 142, 189, 217
Péricles, 31, 212
Petrarca, Francesco, 96
Pisan, Christine de, 91, 96
Pisístrato, 36
Platão, 13, 14, 29, 29n, 30, 31, 33, 33n, 36, 40, 40n, 41, 42, 65, 84, 106n, 123, 217
Políbio, 65, 66, 67
Pombal, Marquês de, 197
Protágoras, 47, 210
Proudhon, Pierre-Joseph, 157
Putin, Vladimir Vladimirovitch, 81

Q

Qin Shi Huang, 61
Quadros, Jânio da Silva, 144
Quinto Túlio, 67

R

Rand, Ayn, 202
Reagan, Ronald Wilson, 179
Rebouças, André, 197
Renan, Ernest, 164
Ribeiro, Darcy, 62, 226

Ricardo I (Ricardo Coração de Leão), 85
Richelieu (Armand Jean du Plessis), cardeal de, 103, 103n
Roland, Madame, 137
Rolland, Romain, 191
Romanov (dinastia), 125
Roterdã, Erasmo de, 91, 92
Rousseau, Jean-Jacques, 122, 123, 131, 134, 147
Runciman, David, 61

S

Saint-Simon (Claude-Henri de Rouvroy), conde de, 153, 157
Salisbury, John de, 82
San Tiago Dantas, Francisco Clementino de, 180, 181, 226
Santo Agostinho, 14, 77, 79, 81, 83, 88, 102
São Paulo, 76, 129
São Pedro, 76, 89
São Tomás de Aquino, 18, 82, 83, 86, 87, 88, 90, 95, 110n
Sartre, Jean-Paul, 40, 116
Schumpeter, Joseph, 194
dom Sebastião, o Desejado, 117
Sen, Amartya, 213
Shikibu, Murasaki, 97
Smith, Adam, 123
Sócrates, 29, 29n, 30, 31, 106n, 121, 129
Solano López (Francisco Solano López Carrillo), 62
Sorano, 106
Spinoza, Baruch, 14, 114, 115, 119
Stalin, Josef, 40, 41, 159
Strauss, Leo, 226
Suárez, Francisco, 110

T

Teodósio I, 75
Thatcher, Margaret Hilda, 145, 179
Thoreau, Henry David, 190
Tocqueville, Alexis de, 132, 148, 179, 218
Tolkien, J. R. R., 117
Trump, Donald, 216
Tucídides, 31, 212

V

Valadares, Benedito, 217
Vanderbilts (família), 200
Vargas, Getúlio Dornelles, 153, 217
Vesalius, Andreas, 106, 106n
Vico, Giambattista, 116, 117, 226
Vieira, Antônio, padre, 226
Vinci, Leonardo da, 47
Visconde de Cairu (José da Silva Lisboa), 123
Vitor, Hugo de São, 226
Vitória, Francisco de, 110, 111n
Voltaire (François-Marie Arouet), 131

W

Washington, George, 134, 218
Weber, Max, 181, 187n, 222, 226
Weil, Simone, 225
Wittfogel, Karl August, 172, 226

Z

Zacharia, Fareed, 226
Ziblatt, Daniel, 61
Zweig, Stefan, 191, 226

Este livro foi editado na cidade do Rio de Janeiro e publicado pela Edições de Janeiro em outubro de 2020.

O texto foi composto com as tipografias Garamond Premier Pro e Adobe Garamond Pro e impresso em papel Pólen 80 g/m².

ASSOCIADO CBL Câmara Brasileira do Livro